如果记忆会说谎

米可 著

北方联合出版传媒（集团）股份有限公司
万卷出版公司

目 录

一、毒枭的末路 / 1

二、死亡的魔咒 / 11

三、西北的噩耗 / 18

四、墓园的幽灵 / 26

五、有罪的供述 / 33

六、双重交易 / 42

七、逃亡的父亲 / 51

八、黄雀杀手 / 60

九、猫鼠游戏 / 69

十、战友反目 / 76

十一、杀手的突袭 / 85

十二、夜访的黑客 / 94

十三、书院的厮杀 / 101

十四、父亲的回忆 / 109

十五、杀手的身份 / 118

十六、土拨鼠的秘密 / 125

十七、催眠疗法（上）／ 134

十八、温柔的陷阱／ 143

十九、我在看着你／ 151

二十、催眠疗法（中）／ 160

二十一、拯救线人／ 170

二十二、崩溃边缘／ 177

二十三、突击！突击！／ 186

二十四、催眠疗法（下）／ 193

二十五、按图索骥／ 203

二十六、密林杀戮／ 211

二十七、机密档案（上）／ 218

二十八、机密档案（下）／ 229

二十九、邪恶搭档／ 236

三十、老警之死／ 244

三十一、艰难抉择／ 251

三十二、傀儡人生／ 259

三十三、逃亡之路／ 266

三十四、尘埃落定／ 273

一、毒枭的末路

暮色苍茫，天地皇皇。莫名的一阵风起，数以兆计的灰尘从千年古砖瓦缝隙中飞扬到半空，却囿于城墙与街巷，不曾飞离这座西南边陲的平远古城，飞到那广袤的山林里。于是，人们便在一片灰暗的颜色里，离开、到达，或经年忍耐。

陆冰心舔了舔干裂的嘴唇，问身边的郝义军："头儿，还要等多久？"

郝义军蜷缩在大衣内，目光却直视前方："要有耐心。"

陆冰心扭头望向车外，那是一辆钨金色的丰田霸道，大毒贩鬼头的专属座驾。

里面会有人吗？里面的人会像他们一样死守一整个下午吗？车手难道不会吃撑了，放个屁，不得不摇下车窗散散味吗？在无线电对讲机的静默中，陆冰心的思绪开始往远处飘。

高速路口的广告灯箱亮了，车内无线电也响了，是缉毒队的组长梁川，他带着手下跟着目标鬼头从境外一直到境内。

"目标在一辆红色的长途大巴上，车牌尾号299，即将下高速。"

"收到！"郝义军回复。

"内地的弟兄提前动手了，买家已经落网，有一个持枪拒捕被打死了，动静有点儿大，鬼头应该收到消息了。"

"明白，我们跟紧了就是。"郝义军回复。

"辛苦了。"

"你们先休息吧。"郝义军松开通话键，无线电重归静默。

陆冰心又看向那辆霸道，隐约看到一个烟头在车内忽明忽灭。陆冰心在心里乐了：借了高利贷进了这么一大批货，结果买家没了，那不得闷死！陆冰心嘿嘿一笑。郝义军侧头过来，毫无表情，大概早已对陆冰心的神经质习以为常。

就在此时，一辆红色大巴通过收费站，向霸道驶去，还未停稳，前门打开，一个旅行包被人扔出，落在了同样打开后座窗户的霸道座椅上。随即红色大巴加速驶离，霸道也关上车窗，掉头向匝道驶去。

郝义军用车载电台呼叫："龚建、聂风远，目标即将驶出匝道，你们先跟上去。"

"明白。"

等霸道走远了，郝义军才启动车子，压缩机挤出一阵暖风，陆冰心打了个哆嗦："我都冻僵了。"

郝义军兀自感慨："没想到今年平远城这么冷。"

"有人说是厄尔尼诺现象，有人说是小冰期，反正今年冬天对瘦子不友善。"陆冰心说着，拍了拍郝义军的肚皮，露出狡黠的笑。

郝义军冷峻了一天的脸上露出一丝笑意，他从后座拽过自己的警服大衣，扔在陆冰心的身上，说："小子，先睡会儿，这一夜长着呢。"

空调送来的暖风在车窗上催生出一层细密的水珠,窗外的霓虹灯慢慢融化成一片迷蒙,陆冰心也慢慢睡着了。

两年责任区刑警队的工作,外加一年重案组的经历,不仅让陆冰心的警衔上多了一个豆,更让他和其他老警探一样养成了随时随地可以入睡的习惯。当然比起师兄龚建和聂风远那能掀房顶的鼾声,陆冰心打起呼来顶多像是在唱小夜曲。

呼噜了不知多久,陆冰心感受到车子熄火了。他睁开眼,看到加油站的广告牌,车子面板上显示着凌晨2点32分。郝义军正在加油,陆冰心从车上下来,伸了个懒腰:"一箱油都跑没了?"

郝义军笑着耸耸肩。

"师父,下半夜我来开吧,您老人家歇会儿。"

"好,到前面路口,换你来跟。"

"好嘞。"

那辆霸道从城市快速路出口疾驰而出,陆冰心启动车子跟了上去。后视镜里,龚建和聂风远驾驶的帕萨特慢慢停了下来。为了避免暴露,陆冰心没有跟得太紧。好在路面上的车辆零零散散还有些,不至于让他的车太过显眼。

此外,陆冰心还有一个秘密武器——他已经接通了城市智能交通布控系统。鬼头的霸道车每过一个交通卡口,都会在陆冰心的手机上留下轨迹。

因此,当鬼头驶向龙隐山口时,陆冰心便暂时放弃了跟踪,他知道还有几只天眼正在盯着鬼头。鬼头没有在山区停车,当他驶出另一处山口时,龚建和聂风远的帕萨特已等候多时。

"看来鬼头还是要往古城方向去。"陆冰心喃喃道。他瞟向郝义军,师父的眼睛半合着,或许是睡了,或许没有,反正他是属猫头鹰的。

在黎明前最黑暗的那个时辰,霸道开进了一家加油站,停了下来。陆冰心驾车驶过,郝义军指了指前方连续急弯标识,陆冰心心领神会。车子进弯,加油站点没入大山另一边,陆冰心熄灯熄火。

两人下车,蹲进路边的灌木丛。陆冰心取出长焦单反相机:八百米外,霸道停在那里,大灯亮着,像是一只警醒的狮子。又过了一会儿,司机下车。终于看到真身了,陆冰心内心感慨,连按快门,将司机的脸定格。照片随即通过蓝牙传到手机,又发到指挥中心后台进行面部识别。一分钟后,比对结果反馈回来:就是鬼头!

鬼头丝毫没有睡觉的意思,他只是静静地面对漆黑的世界,向东、向南、向西、向北,兀自凝望。仿佛整个世界都充满了杀机。

陆冰心收回相机,注意到草木叶上已经染上了白霜。陆冰心说:"师父,你回车上睡会儿,外面冷。"

郝义军说:"天就要亮了,我就多陪你会儿。"

"你这个老头对我还真是不放心啊!"陆冰心轻拍这位亦师亦父的老刑警的肩膀,两人无声地相视一笑。

果然,不到半小时,东方便已经泛起了白光。

鬼头拧灭了香烟，驾驶霸道驶离加油站。郝义军和陆冰心吸溜着鼻涕又跟了上去。经过一夜的兜圈子，鬼头大概放下心来，他将车子驶进毗邻平远古城西城墙外的一片棚户区。拎着那个旅游包钻进了小路纵横交错的巷子，龚建和聂风远守在巷口，郝义军和陆冰心则攀上一个澡堂的房顶，用望远镜盯着鬼头的行踪。

鬼头进了一间平房，前门邻街，背靠铁道，独门独户，看不见里面有何动静。陆冰心放飞一架小型无人机，悄然靠近，镜头对准房内，画面实时传输到陆冰心的手机上：鬼头正对买来的冰毒进行分拣，重新打包成二十个小包。

"看来他是要拆零包卖了。"郝义军低声道。

"原来的买家被抓了，他必须尽快把货出手，否则高利贷的利息会把他压得喘不过气。"陆冰心补充道。

郝义军扭头看向陆冰心："但这样他的风险就会成倍增加。"

"我们的机遇也会成倍增加。"

郝义军深深看了陆冰心一眼："可能没这么简单。"

无人机镜头里，一个瘦猴般的男人进入房间，交给鬼头一沓钱，领走了其中一包。

"固定视频证据，传输给缉毒组的梁川。"郝义军说。

陆冰心点点头，保存了该段视频。

"接着等。"郝义军说。

整个上午，这间平房门庭若市，先后有十七个人到鬼头所在的平房各买走一包一百克的冰毒，总共就是一点七公斤，从数量上看，判刑至少也得十五年起步。第十八个人进门那一刻，指挥中心下达收网指令，施军带领的狼牙特警队配合梁川带领的二哈缉毒组，对先后来买毒品的人同时动手，抓获信息在电台中频繁传出，郝义军也带着蚂蟥重案组向平房靠近，准备对鬼头实施抓捕。

就在此刻，对讲机中有警员报告："缴获的不是冰毒，是废报纸。"

"什么？！"梁川在无线电中吼道。

郝义军对准鬼头所在平房木门的枪口也微微垂下。

平房的门突然打开，一个男人从里面冲出，是来买毒品的马仔。众人一惊，龚建和聂风远随即紧追上去。陆冰心则冲进屋内，见鬼头将旅行包扔出后窗，跳到铁轨上。陆冰心也跟着飞身跳出，两人沿着生锈的铁轨开始狂奔。

陆冰心吼道："再跑就开枪了！"

鬼头没有理会。

陆冰心掏出枪，鬼头正经过一个道岔，将一个骑三轮的老头连人带车掀翻。陆冰心没有理会，跟在后面的郝义军扶起老人，绕到一边。

脚下的枕木开始震颤，空气中回荡起轰鸣，火车巨大的躯壳正与他们相向而行，将前路所有的一切碾轧在轮下。

鬼头突然停下，他从旅行包内取出两公斤还未开封的毒品，放在铁轨上，自己则闪身跳到一侧的水沟里。火车越来越近，最重要的证据即将灰飞烟灭。陆冰心迎着火车头冲了过去。

时间在他的大脑皮层产生了折叠、缠绕。他完全不知道自己能否在一线生机下拯救那两包关键证物。抑或是，他和毒品一道葬身。恍惚间，一个身影横着飞过。

那个人将两包毒品开大脚般踢飞，整个人也跌进一侧水沟里。陆冰心立即将身子歪向一边，火车擦着他的衣服呼啸而过。他爬起身，一节节货运车皮在眼前飞速驶过，织出一道铁的幕布。

透过那道铁幕，陆冰心看到郝义军和鬼头正在进行泥浆大作战，而狼牙特警队的弟兄们正快速围捕过来。

"警官，我犯了什么罪，你要把我铐起来？"

审讯室内，鬼头习惯性地摆出一脸无辜。

"你在平房里都干了什么？"龚建贴着鬼头的脸逼问。

"我给小弟们发点儿报纸，生活这么苦，但是得给大家希望，让大家了解一下国家大事。很好玩，不是吗？"鬼头戏谑道。

"旅行包里那两包冰毒呢？"

"那可不是我的。你有什么证据能证明呢？"鬼头也正色道。

聂风远走到审讯椅前，冷冷地俯视："鬼头，你应该听过零口供这个说法。"

鬼头没有吱声。

"你的指纹留在了那两包毒品上。"

鬼头沉默一秒钟，然后抬起头，嘴角居然扯出了个笑容："你们不就是想定我贩毒吗？可那包毒品我一克也没卖，老子我就想吸他个昏天黑地，哈哈，你们的愿望是不是落空了啊？"

"他大爷的！"陆冰心攥紧了拳头，砸在审讯室视频监视器的控制台上。

"很可惜，他说得对。"郝义军对着监控屏幕说。

"师父，果然如你所说，没这么简单。"

"他可是贩了十几年的毒了，当然不会这么简单。"郝义军说。

陆冰心松开拳头，兀自发了会儿呆，突然又乐了："据说他为了买毒品，借了五十万的高利贷。这下货没了，我们收拾不了他，有人能收拾他。"

郝义军斜眼朝陆冰心看过来，没有说话。他或许想到了陆冰心儿时混迹街头的样子，又或许想到了他曾经的搭档，陆冰心的父亲陆平乡发展线人的样子。

郝义军摇了摇头，对着监控台的话筒说："办刑事拘留手续吧，以非法持有毒品的罪名。"

蚂蟥重案组以涉嫌非法持有毒品罪刑事拘留了鬼头，将他送往看守所关押。可到了看守所，又在入所体检中查出鬼头体内藏了五个用胶带缠好的大头针，以及一个塑料打火机。这些都是鬼头历年间吞进肚子里以逃避法律制裁的。看守所怕鬼头会出生命危险，不愿意收监。陆冰心一行又给鬼头办理了监视居住的手续，令其在平远城内的老房子里等待下一步的诉讼。

忙完一切，已是午夜。陆冰心将案卷移交梁川的二哈缉毒组——这个案件也就和重案组没了关系。大家有些沉默，显然这不是一次成功的行动。郝义军请大家吃夜宵，他亲自开车，一个急刹，把车停在平远古城小吃街口的一家大排档。

"走，下车，喝酒去！"郝义军说。

龚建和聂风远从后座下来，开始招呼老板娘，陆冰心在副驾驶位上没动。郝义军拍了拍陆冰心的肩膀:"怎么,没心情?"

陆冰心嘟囔道:"都怪我,太嫩,急吼吼地要往上冲。"

"至少我们阻止了两公斤毒品流入社会,这可是善莫大焉。"

陆冰心说:"我可不想当一个善人,我想当一个恶人,那种把坏蛋生吞活剥的坏人。"

郝义军拨弄了下陆冰心鸡窝头,说:"走吧,给我送个行。"

"你要走?"

"我的公休报告都打了,我本来就打算这个案件办完后到西北玩几天。"郝义军说。

陆冰心语气调侃:"你这个老头都快退休了,还不坚持一下?"

"老家伙得给你们年轻人让位啊。"

陆冰心和郝义军一起坐到饭桌前。龚建已经在洗牌,饭前打牌是蚂蟥重案组的老规矩。

大风吹了一天,灰霾早已不见踪影,只剩下头上的月朗星稀,平安祥和,一如这温柔的夜色。

翌日,重污染天气正面冲撞平远古城。为了抓鬼头熬了两天一夜,又是一夜和同事们的宿醉,并不构成陆冰心蜷缩睡懒觉的理由。天刚擦亮,他便换上跑鞋,绕着古城墙根护城河边上的步道晨跑,唯一和平日里不同的,便是多戴了个口罩。这个口罩将他与世界隔绝开,让他更能平静地面对自己的内心。

自从父亲和母亲相继离开他的世界,陆冰心便多了许多副面孔。

儿时混迹街头时,他既要对整个世界龇起獠牙,又要对强权露出谄笑,即便如此,他还经常是鼻青眼肿;后来因为他干坏事捣乱，郝义军一次次把他抓到公安局，给他饭吃，带他洗澡、买新衣服，他的面孔是悲伤下的不屑；再后来上了警校，在忠诚与荣誉的引领下，关于父母，关于街头的那段历史虽被他抛在脑后，却一次次有意无意地作为黑历史被他人提起，他又摆出儿时那副凶狠与嘲弄的面孔。慢慢地，他觉得当屌丝挺好，屌丝不会糟到哪里去，没准还能逆袭呢！

或许正是因为这种屌丝心态，郝义军才把陆冰心从辖区的责任区刑警队调到重案组。他需要一个不按常理出牌的人。

平远古城呈正方形，每条边各四公里。陆冰心绕着古城跑了一圈，登上箭楼，远眺城外。血色朝阳依然在重霾中挣扎，出城的车辆渐行渐远，也慢慢消失在灰霾中，唯有路口的警务站闪烁着蓝红警灯，仿佛在提示着市民：我没有被淹没。陆冰心心中笼罩着不安的预感。

电话响了，是郝义军："你到殡仪馆来一下。"

二、死亡的魔咒

待陆冰心赶到殡仪馆，郝义军和法医老白正从停尸房内出来。老白看到陆冰心皱了皱眉头，他这几年没少被这个小子纠缠。老白转身离开，郝义军说："里面躺着鬼头。"

陆冰心心中惊诧，脸上却是一笑："报应来得这么快。"

"老白刚做过尸检，初步判定是吸毒过量引起的心脏骤停。现场勘察也侧面印证了这一点，到处都是冰毒，还有海洛因。"

"够嗨的啊。"陆冰心感慨道，"从哪儿来的毒品？"

郝义军摇摇头："缉毒组梁川那儿在查。"

"师父，那你让我过来做什么？"陆冰心眨了眨眼，这是战友间才有的眼神交流。

郝义军笑道："或许是年龄大了，就开始多疑，怀疑一切死亡背后的真实原因。不过这也许就是一起再平常不过的吸毒过量猝死，反正你先作为情况掌握就行了。"

"师父，你不仅是年龄大了多疑，还爱啰唆了。"

郝义军捶了陆冰心一拳："我还是开始休假吧，你继续奋战，行动中也不要太拼，要注意保护自己。"

"就这些？"

"唔，就这些。"

"像是在交代后事。"陆冰心打趣道，但发现郝义军的脸色平静中有些哀伤，他知道这个玩笑有点儿过了。

两人静默几秒钟，郝义军宣布："我走了。公休假不能浪费。"

"记得给我带些好吃的，羊肉牛肉什么的，我是肉食动物。"郝义军已经大步离开，陆冰心只得冲着他的背影喊道。

郝义军离开后的日子波澜不惊，龚建和聂风远都在忙自己案件的侦查，只有开展抓捕行动时，大家才会聚在一起。

陆冰心手里在办的是一个扒窃团伙，团伙的组织架构已经掌握，犯罪证据已经搜集完，正准备收网。没想到龚建却提溜个黄发少年扔进了审讯室。陆冰心也跟进了审讯室，旁听了五分钟，心下便明白：少年声称要请他的初中同班女孩到KTV唱歌，女孩听了男孩的话，跟着他到了KTV，却被软禁起来，还要穿暴露的衣服陪客人唱歌，女孩不愿意，耗了两天，男孩就把女孩给强奸了。

少年十五岁，已达到强奸犯罪的刑事处罚年龄。龚建记完第一遍材料，强迫女孩陪唱的原因也明晰起来：KTV的老板王姐承诺少年带一个女孩来陪唱会给五百元好处费。

龚建请陆冰心替他跑一趟KTV找一下这个叫作王姐的人。

大厅人来人往，粉黛公主穿行其中，衣着暴露，袒胸露乳。一个小哥笑迎上来："老板，来玩吗？"

陆冰心嘿嘿一笑，亮出警官证："带我去找你们的王姐。"

小哥脸色一凛。

小哥在一扇欧式软包木门前停下,推开门,正要进去汇报。陆冰心挤过小哥,自己先进去了,看到另一个小鲜肉正给床上敷面膜的老女人按摩肩颈。

"你是王姐?"陆冰心问。

女人睁开眼,瞅了陆冰心一眼,说:"你是陆警官?"

"你怎么知道我姓陆?"

王姐哼笑道:"干我们这行,对你们警察当然得一清二楚。我不仅知道你叫陆冰心,我还知道你爸叫陆平乡,原来也是个警察。"王姐又哼笑一声,补充道,"一个被开除了的警察。"

一瞬间,陆冰心的大脑皮层深处已经将这个女人从床上掀起,将他的大皮鞋踩在她的脸上,就像踩西瓜一样,踩个稀巴烂。但实际上,陆冰心却站在那儿什么也没做。

"你来找我是因为有个小丫头在地下室被我的小保安给强奸了的事情吧?"王姐说,"我只是答应给他介绍费,我可没让他干那种出格的事情,现在的小孩,真是痞得不得了。"王姐揭下脸上的面膜,看着陆冰心说:"陆警官小时候在街头当小阿飞时也没干过这么坏的事吧?"

又来了!一个声音从陆冰心的心底出来。陆冰心耸耸肩:"看样子不需要我再问什么了,有空来重案组做个笔录。"他转身要走,到了门口,又转回身子,"我不指望你的良心会痛,但我保证,我会让你经历比良心痛得多的痛。"说完,便离开了这间KTV。

陆冰心回到车内,握在方向盘上的手在颤抖,事实上陆冰心的全身都在颤抖:那个初中女孩,还有那个少年的未来就被这个女人的邪恶给毁了,他恨不得要把她撕碎。在如狂风般的愤怒中，唯有一丝弱弱的理智之声：会有法律惩罚她的。但这一丝声响，也被无法现世报的质疑所淹没。

陆冰心回到重案组，心中还是焦躁愤懑。他知道这样不对，他想起了郝义军，想这个老头年轻时候是不是和自己现在一样暴躁。想他到底经历了什么才能像现在这样处变不惊。陆冰心打郝义军的手机，关机。他稍微平静了一下，猜测老头或许真是想不问单位的事，好好度个假吧。

已近午夜，陆冰心烦得睡不着，便走出单位宿舍，想在夜风里冷静冷静。不觉间漫步到那家KTV外，发现门口围着许多人，一辆救护车正飞速赶来。

陆冰心凑上前去，随后呆立在那里。虽然血色模糊，陆冰心还是认出地上躺着的便是几个小时前对自己冷嘲热讽的王姐。而一边的女服务员指着对面的商场，结巴地说：王老板的车停在商场停车楼，她说要开车回家的，没想到……

陆冰心以为自己会因为现世报而感到高兴，但此刻充斥在他脑海中的却是无数的疑问：自杀？失足？抑或是其他原因……

睡梦中，陆冰心不断坠落，却始终没有和地面接触。他向上望去，一个高高的黑色人影正站在停车楼顶，向下俯视。陆冰心大声呼喊，但那个黑色人影只是站在那儿，没有说话，也没有动弹。陆冰心最终喊出了那个名字。黑色人影似乎颤了颤，转身消失不见。

陆冰心也在此刻惊醒。"那个梦中黑影是谁？我又到底喊出了谁的名字？"陆冰心兀自思忖，"难道是他？"陆冰心一瞬间愣在那儿。那种熟悉的不安预感又漫上心头。陆冰心打定主意，要回头好好了解一下鬼头和王姐的死因，但今天，他要对自己在办的这伙贼进行收网。

清晨，菜市场，人头攒动，熙熙攘攘。

重案组的三名组员窝在一辆面包车里，陆冰心向龚建和聂风远介绍抓捕方案："这个扒窃团伙共有三个人，结构松散，各自作案，但互相守望，反侦查经验充足。为首的外号阿贵，我来负责，其他两位就拜托您二位了。"

"这块地形他们熟，极有可能逃脱，要等他们得手后，我们才动手，确保人赃俱获。"龚建说。

聂风远点点头："注意安全，扒窃犯多有传染病，不要受伤了。"大家点点头，陆冰心打开手机屏幕，上面显示着菜市场的入口。

八点半，这伙贼如上班一样准时出现。陆冰心通过对讲机通知当地派出所将菜市场的两端扎住口袋，三名刑警便各自拎一塑料袋蔬菜，下车进入到菜市场内，向自己的目标贴靠上去。

嫌疑人显然不急于动手，他们从南到北在菜市场转了一圈，一方面寻觅合适的动手目标，另一方面也确信没有警察跟梢。龚建跟了会儿，怕暴露，便停在一个鸡笼前，挑了只老公鸡，交给卖家杀了剃毛。对讲机中传来陆冰心的声音："大吉大利，今天吃鸡！"

龚建则幽怨地回道："组织要给我报销。"

陆冰心心中一笑，却还在一颗一颗地挑着个大饱满的核桃，嫌疑人就在余光的范围内。一个个钱包进入到嫌疑人的口袋里，而这一切都被三人随身携带的针孔执法记录仪记录了下来。

龚建说："他们得手了，现在该轮到我们了。"

聂风远说:"等三个人间隔足够大后就动手。"

陆冰心说:"注意安全。"

龚建嘿嘿一笑:"还要你说!"

很快,耳机里传出一阵骚动。菜市街口,第一个目标被聂风远铐上手铐,还没来得及挣扎,就被撂进了派出所的巡逻车里。接着便是龚建的猎物,抓捕发生在一家水产店里,动作干净利落,嫌疑人很快也被制伏带离。就剩下陆冰心的目标阿贵了。陆冰心靠上前去,他准备在一个垃圾站内动手。

就在此时,水产店的人都挤了出来,正在议论刚刚发生的抓捕,阿贵的目光也被吸引过去,他不清楚发生了什么,但他的眼神犹疑了,他掏出电话。就是此刻,陆冰心拨开人群,冲上前去。阿贵转身就逃,菜市内又是一番骚动。眼见就要追上,阿贵却跳上水泥筑成的菜摊,在白菜、黄瓜间奔逃,将那些蔬菜踢飞,陆冰心接住一个莴苣,使劲砸回去,阿贵跌落在另一侧。陆冰心一跃过去,阿贵爬起身,路人皆躲闪。阿贵掏出一把小刀,指着陆冰心,声音惊恐:"别过来,我有艾滋病,我会咬你,我会拿刀扎你。"阿贵将小刀在手臂上割出一个口子,鲜血涌出,路人在一片惊呼中退得更远。

陆冰心也是心中一凛,但丝毫的犹豫都会造成更为不可收拾的结果,他一个箭步冲了上去。阿贵挥舞着刀子,陆冰心一脚踢在他的手腕上,刀子飞开。阿贵龇着牙冲着陆冰心的胳膊咬来,陆冰心侧身,以手做刀,砸在阿贵的后颈,阿贵便瘫软在地上。

审讯室,苏醒过来的阿贵没有任何抵赖,很快供述了自己连续实施扒窃的犯罪事实。陆冰心问:"你真有艾滋病?"

阿贵苦笑摇摇头:"我得的是尿毒症。"

"所以你才去偷？"

"那我能有什么办法，我没有劳动能力，但我还要生存。"

"但你也不能伤害别人。"

阿贵不再说话。

阿贵因为重病无法关押，办了取保候审的手续，回到了他独居的、充满了死亡气息的出租屋内。或许阿贵的未来一片渺茫，但陆冰心对他却有另一番打算。

接下来两天，陆冰心跑了民政、司法、医院、社区等好几家单位，将所有靠得上的政策都咨询了一通，尽可能为阿贵争取最大的救助。关于了解鬼头和王姐死因的事情已经被他忘到了脑后。龚建打电话来："小子，你不上班了？"

陆冰心回道："反正郝队在公休，没人管得了我。"

龚建又说："那你顺带帮我咨询下，有没有体重超重者救助基金，如果有帮我申请一下。"

陆冰心回道："有，我给你介绍一个素食俱乐部，只要加入就一年不能吃肉，要不要体验一下？"

"得，小爷，谢谢你了，再见！"

到了第三天，陆冰心带着整理好的各种救助政策的笔记本，来到阿贵的出租屋。陆冰心的心中有些激动，他想到一句话——授人以鱼，不如授人以渔，可又觉得这句话不合适，他这么做的初衷是避免阿贵再重蹈覆辙。

可是敲了门，没有动静，陆冰心掀开裹着窗栏的苫布往里窥，一双裸露的脚进入到陆冰心的视线。陆冰心用肩撞门，进入屋内，阿贵黑红的身体已经冰冷许久。一张字条平摊在桌面上，上面只有一行字：我死了，为了别人更好地活着。

三、西北的噩耗

陆冰心一直守在法医老白的解剖实验室外，其间，龚建和聂风远也相继赶来。大家互相瞧着，一种刑警的敏感在空气中弥散，但没有人说话，大家都在等着尸检结果。又过了会儿，解剖室的门开了。老白已经褪去手套，只留下个年轻助手在尸检台上收拾阿贵体内的"零件"。

在大家说话前，老白摊开手："死者系尿毒症晚期，死因系体内毒素淤积，致使多器官衰竭，没有其他外力因素。一句话，即便他没有错过最后那次能救命的透析，他的肾也会把他给拖累死。不过……"老白顿了顿说，"虽然他的肾脏出了毛病，但不代表他其他身体部位有问题，我在解剖时，发现这个阿贵的视网膜没了。"

"没了？！"龚建发出低呼。

"我想他是决定去死了，那么在死前，他通过那些地下医生，把视网膜取走，捐给有需要的人了。"

"那也就说明了他的那一纸留言。"陆冰心喃喃道。

"对！"老白道，"他的遗言，'我死了，为了别人更好地活着'。"

"那么之前那个 KTV 的王姐呢？"龚建问。

"坠楼身亡，头部着地，脑袋直接摔扁了。"在陆冰心试图打断前，老白摇摇手，接着说，"别以为我只是做法医，不去了解案发现场的情况。现场没有打斗痕迹，案发当时停车楼的电梯视频也调取了，根本没有人跟着。此外，这个王姐体内血样检测到大量哌甲酯成分，这是一种中枢神经兴奋剂，是需要特别处方才可以得到的。我就查了她的就医记录，发现这个女人还真因为一种间歇性发作的睡眠症而获取了大量哌甲酯药物利他林。而那种睡眠症的临床表现是突然间地猝倒失去意识。所以，如果这个女人在坠楼前经历了意识真空，那么坠楼就有了合理性解释。"

老白解释得很专业，龚建、聂风远和陆冰心都在消化他说的内容。

老白则接着说鬼头的尸检结果："这个鬼头常年吸毒，心脏早就成了一个一碰就碎的玻璃罐。经过你们一天多的追捕和审讯，再加上当晚报复性地吸毒，心脏若不爆炸，那真就是老天不开眼了。"

老白环视一圈，以一种前辈的口吻说："当然作为只和尸体打交道的法医，我只能还原肉体完成死亡的过程，但更为全面的原因，还是要靠你们侦查员来调查清楚。"老白说完，拍了拍陆冰心的肩膀走了。只剩下三名刑警面对解剖台上发黑的尸体呆立着。

聂风远打破了沉默："我知道你们是怎么想的，但关键是证据。"

龚建咧了咧嘴，却没笑出声，"死掉的都是社会垃圾。"

"没准是那个隐形杀手的动机。"聂风远说。

"没准是他们遭天谴了。"龚建朝脚边的垃圾桶唾了一口。

趁两个人你一言我一语的空当，陆冰心从解剖室内退了出来，犹豫了会儿，拨通师父郝义军的电话。听筒里传来了忙音，电话没打通。

陆冰心的心底更空落落的了。

案件一个接一个，没有给重案组以喘息的时间。大家都有些想念郝义军，甚至抱怨起他在正忙的时候跑去休假，快活得连个电话都不回。

又过一日，辖区派出所对娱乐场所开展秘密清查，抓了一个涉嫌组织卖淫的鸡头大B。上面指示由重案组负责审讯大B。结果大B刚进了审讯室，门外又来了个大B。陆冰心正狐疑，那个自由的大B通过推拉门栏杆塞进来一条烟："老娘交代，给我哥送条烟。"

陆冰心似乎明白了，问道："你是他弟弟，双胞胎弟弟？"

男人"嗯"了一声后说道："我叫小D，刚从外地回来。"这个小D当着陆冰心的面啰里啰唆，陆冰心却几乎没有听进去，他只是瞧着小D的那副面孔，心里绽放了一朵花。他打开推拉门，把小D请进了重案组的院子。小D没想到警察如此优待，犹豫再三，跟随陆冰心进入他的办公室内。

引座、点烟、泡茶。陆冰心一番招待，让小D打开了话匣子，从外出打工到各种娱乐，只要不犯法的，小D基本都说了。这也验证了陆冰心内心的判断。

陆冰心留了小 D 快四个小时，直到天擦黑，才客客气气地送他出了重案组的门。转身回办公室时，他祈祷黑暗深处的那双眼睛把小 D 当作逃脱了法律制裁的大 B。

一回到办公室，陆冰心便接入公安智能探头，一路视频追踪，看到小 D 进入另一家曾经被举报涉黄的桑拿浴里。陆冰心又等了十分钟，才换上便装，戴上头盔，驾驶摩托车来到这家桑拿浴外，悄然等待。

毫无收获的等待。而且一等就是两天。为了不至于暴露，忙完手边事的龚建和聂风远在得知陆冰心的计划后，也参与进了蹲守。

小 D 每天都在桑拿浴里吃喝玩乐，什么意外事件都没有发生，显然他与里面的按摩技师都很熟。陆冰心觉得要么就是自己多疑，要么就是那个隐形的杀手已经发现了自己黄雀在后的盯梢。直到第三天午夜，重案组正准备回组时，一阵咒骂从桑拿浴传出，小 D 跌跌撞撞摔倒在大厅。

女人们开始尖叫，男人们也乱了神，前台服务员正拨打 110 和 120 报警。在四下的喧嚣中，龚建堵住了桑拿浴前厅，对每个离开的人进行登记，聂风远则堵在后门，做同样的事情。陆冰心则集中注意力，观察并在脑海里过滤那些趁乱逃出桑拿浴大门的人，他没有发现任何异常。当人都跑得差不多时，他开始一间间地搜索桑拿浴的房间，依然一无所获。最终，他闯进浴池，在弥漫水汽的浴池内四下张望。依然是空无一人。陆冰心等了会儿，便回到了桑拿浴前厅。

120 很快赶到，载着小 D 去了医院。龚建和聂风远完成登记，和陆冰心会合。他们也没有发现任何异常。陆冰心暗恼：

凶手可能已经在他们的眼皮底下逃走了。

次日，在医院观察病房，陆冰心询问小Ｄ被故意伤害的案件经过。

小Ｄ说他昨晚喝多后，来到桑拿浴洗完澡，正要返回包间睡觉，迎面走来一群同样喝多的人。和最后一个人错身时，就感到肚皮一凉。小Ｄ随即揪住最后那个人的衣领，但那个男人把小Ｄ推开了。直到他们一群人进到沐浴区时，小Ｄ才发现自己的肚子被人给划开了。

陆冰心给小Ｄ看了龚建与聂风远登记的案发后离开桑拿浴人员的户籍照片。小Ｄ细细辨认后，说那个攻击他的人并不在其中。陆冰心给小Ｄ回放了桑拿浴浴室门外的视频探头，小Ｄ也没有从中找出那个凶手。

半响，小Ｄ说："我就感觉那个人和那群人不是一起的，他看起来就有问题。"小Ｄ顿了顿，瞅着陆冰心的脸发了会儿呆，嘴巴动了动，却没发出声音。

陆冰心说："你大胆地说。"

小Ｄ鼓起勇气，说："我倒是觉得那个凶手和你长得蛮像的，像你二十年后的样子。"

陆冰心怔在那里，就在此时，聂风远打来电话，声音有些不对劲："老郝走了。"

"走了？！去哪儿了？"

电话那边，龚建哭得像一个小孩。

陆冰心发了狂地吼道："到底发生了什么？"

聂风远像是在咬着牙，一个字一个字地说："他在戈壁滩上出了车祸,死了。"

千里之外,首都北京,一家小额信贷公司门店,一组防暴警察围在门外,更远处是一圈警戒线,围观群众交头接耳,有的已然不耐烦:绑匪已经将人质劫持了三个小时。

时间一分一秒流逝,马上就要进入下班高峰,解决的时间窗口越来越窄。但劫匪的掩蔽物找得很好,狙击手无法锁定劫匪,防暴警察也没法突入实施救援。

现场指挥愁眉不展,公安部刑侦局的犯罪心理学博士肖扬从一群老爷们儿身后挤了进来:"我有个方案。"

现场总指挥上下打量了一下这个二十五六岁的女警察,眼神中充满了烦躁和不确定,但碍于她是公安部派来协调救援的,便点头让她说了话。

肖扬很平静地陈述:"嫌疑人是因为信贷公司卷款跑路,造成了他的财产损失,但受害人不止他一个,这些受害人多次反映问题都没有得到关注,今天他能采取如此极端的行动,说明他想以此吸引社会更大的关注,推动有关部门帮他追回损失,我们可以很好地利用这样一个机会。"

总指挥沉思片刻,让她继续说。

"可以伪装成记者,以采访的名义接近他,伺机对他进行抓捕。"

大家议论纷纷,总指挥拍板:"这个建议可行,但谁来伪装记者呢?"

"我!"肖扬说。

没人说话,但那几个特警脸上却露出了轻蔑的笑。

"你们脸上都写着警察两个字，只有我这个女性可以让劫匪放松警惕。而且我是犯罪心理专家，我能觉察出劫匪的异常。"

"他手里有刀！"总指挥提醒。

"放心，我训练有素。"肖扬言简意赅。

总指挥听说过这个丫头，她曾协助市局抓过不少穷凶极恶的罪犯，便批准了她的请求。

指挥部打电话到信贷公司门店，劫匪接了电话。听说记者来采访，劫匪迟疑片刻，便答应了，但只许一个女记者进来。正中肖扬下怀。

肖扬换上便装，带一个小型摄像机，准备进入信贷公司，总指挥递给她一把枪。肖扬笑："不用，我手比枪快。"说完还比了个剪刀手。

肖扬的背影消失在玻璃幕墙后方，大家开始了耐心的等待。劫匪每一次提高嗓门，或是被劫持女员工每一次的哭喊，都将在场警察的心提了起来。慢慢地，门店里传出的声音越来越小，越来越少，每个人都开始嘀咕：里面发生了什么？

就在大家屏息到无法呼吸时，肖扬带着被手铐铐住的劫匪出来了。一拨警察迅速将劫匪押上警车，另一拨警察则冲进门店，解救被劫持的女员工。而警戒线外，围观群众鼓起掌来。

总指挥走上前问："你怎么把他制伏的？"

肖扬有些得意："别忘了，我是犯罪心理专业博士，我知道他的心理诉求。我鼓励他发牢骚，他说舒坦了，就不会再采取极端的行为了。他还说等他出狱后请我吃涮羊肉呢。"

总指挥竖起大拇指："我服！"

"领导，我先撤了，还要去健身呢。"说完，肖扬便拦下一辆出租车，准备先回住处换健身的衣服。

天色已暗，窗外流光溢彩，出租车内的音乐温婉动听。肖扬享受着属于一个女孩的片刻宁静。微信好友群跳出一条消息，是一起入警初任培训的战友发来的，他先是发了一张穿着警服的老警图片，然后又发了一句话：还记得我们一起培训时，给我们上课的老刑警郝义军吗？他车祸离世了。

微信群里很快有了回应，许多战友都在发小蜡烛的表情表示缅怀，也有追忆郝义军生前事迹的。

肖扬闭上眼，想起自己在上高中时，看到一篇关于郝义军辗转五千公里抓获一名在逃杀人犯后，还解决了杀人犯子女的户口和上学问题的报道。正是那篇报道深深感动了当年的那个小女孩。

入警后，肖扬现场聆听过郝义军的讲座，还经常和郝义军通信。两个月前，郝义军写信过来，说自己再办一个案子就退休，颐养天年。没想，这封信竟成了绝笔。

肖扬睁开眼，对出租车司机说："师傅，掉头，去公安部。"

四、墓园的幽灵

肖扬从公安部申请了一个到基层挂职的机会，地方就选在郝义军生前所在的蚂蟥重案组，任组长。公安部刑侦局打击有组织犯罪处找肖扬开展了一次秘密谈话后，肖扬便带着任命报告，南下来到了蚂蟥重案组所在的平远古城。

会议室内，龚建、聂风远和陆冰心都在，他们正等着那个从上面派下来的新头儿。龚建咳了声："我看了资料，来的是个小丫头片子啊，比咱大帅哥陆冰心还小一岁。"

陆冰心斜了龚建一眼："你要是瘦四十斤，比刘德华还要帅五个吴彦祖。"

龚建看从陆冰心那里占不到便宜，便去揶揄聂风远："我说聂同志，你怎么也没向组织争取一下，当我们的组长？"

聂风远冷冷地说："你倒是积极争取了啊，不是也没当上嘛。"

龚建被呛得又说不出话来。

沉默中，大家都瞅着门外，他们已经听到了脚步声，穿着高跟鞋的女人的脚步声。

肖扬进到会议室，清清嗓子："我是肖扬，蚂蟥重案组新组长。"肖扬抬腕看看表,"三分钟后,带好装备,出发去分局训练场。"

说完就转身离开了会议室。

龚建和聂风远面面相觑,不知道这个丫头捣什么鬼。再看陆冰心,正两手揣着兜往装备室走。

一阵邪风将训练场的沙石吹起,眯得龚建直揉眼。肖扬换了训练服,站在三个男人面前,自信且干练。肖扬说:"三位同事、兄长、老师,我初来乍到,你们一定有对我不服气的地方,这我能理解,这种轻视,甚至是蔑视的眼神我见过许多。所以为了以后合作愉快,我提议来场比试,如果我输了,我从哪里来回哪里去;如果我赢了,那咱们以后精诚合作,让蚂蟥重案组越来越好。"

龚建咧着嘴对聂风远笑,那表情仿佛在说:你看看,你看看,新官要放火了。

聂风远冷冷地问:"比试什么?"

"你们定。"肖扬答。

龚建捧着大肚子嘿嘿笑:"反正我不和你比跑步。我和你比试驾驶吧。"

一辆老式桑塔纳警车,发动机的轰鸣以及轮胎带起的沙石,龚建竟将它开出了跑车的感觉。龚建一个急刹,停在肖扬面前,正要下车,肖扬一个"请"字,让龚建坐到了副驾驶的位置。如果说龚建开起车来像野马,肖扬开起来便像是一只飞鸟,腾空、漂移、过单边桥,龚建直觉腿软,车子停下后,他便下车做呕吐状。

聂风远撇撇嘴，一脸不屑。

肖扬走到了聂风远的面前："比什么？"

聂风远说："我们是执法者，凭的是脑子。"

"我同意。"

"我这有一套全国司法考试的模拟题，咱没这么多时间，你就把这五十个单选和多选题做了，如果你能达到90%的正确率，我就服你。"

"成交！"

聂风远、龚建和肖扬进入了教室，陆冰心拖着脚步也跟了上来。肖扬提笔便开始答题。全国司法考试能及格就已很不易，更别说拿到九十分了。龚建摆了个鬼脸，向聂风远暗暗竖了大拇指。

时钟滴答滴答走过了半小时，聂风远走到肖扬身后，低头看了看已经答好的题目，再次抬起头时，聂风远的面色不佳，龚建心想坏了。又过去五分钟，肖扬把笔放下，要把试卷交给聂风远。聂风远摆摆手："肖组长，我服。"

肖扬伸伸腰，来到坐在后排的陆冰心面前："师兄，该你了。"

陆冰心抬起头，从口袋里掏出一份报告，摆出一个说笑不像笑，说哭不是哭的表情说："肖组长，我请个公休，您批准一下。"

在陆冰心公休前，郝义军的遗体被送回本地，追悼会随即举行。这么一位刑侦老兵的去世，本是件亲者痛仇者快的事情。但没有想到的是，许多曾经被郝义军抓过的人也都到追悼会现场与他做最后告别。

或许他们也都曾受过师父的恩惠。陆冰心伫立在追思送别的人群中，默想自己儿时几乎要被整个世界误会，甚至是抛弃时，郝义军也没有对他失去希望，将他从悬崖的边缘一次次拉回的一幕幕。

陆冰心始终沉默着，牙齿把嘴唇都咬出了血。他怕只一句话，一个字，自己都会崩溃，哭成个泪人。

肖扬带领重案组，以及近百名公安战线的同事从殡仪馆转移到警察陵园。几排枪响后，郝义军的骨灰安葬了下去。告别的人们渐次离去，陆冰心一路向上，爬到了墓园的坡顶，那里更靠近太阳，也更靠近郝义军赶赴的天堂。山风呼啸，吹干了他独自流下的泪。

陆冰心揉着眼泡，低下头，看到一个人孤独地站在郝义军的墓碑前。陆冰心使劲睁大了眼，想去看清那是一副怎样的面孔。然后，他呆住了，他仿佛看到了二十年后的自己！

陆冰心随即快步下山，希望不要惊扰到那个身影。但当他赶到郝义军墓前时，墓碑前已经空无一人，只剩下被风扫荡起的树叶与纸钱。

难道是幻觉？陆冰心摇了摇头。下山的道路上没有人影，陆冰心只得横向搜寻。他来到一处断崖前，看到崖壁的枝蔓上挂着一件夹克。陆冰心随即攀爬着山岩，小心翼翼下到枝蔓处，将那件夹克绕在肩膀上，打一个结，然后下到崖底。再四顾，已经不见任何人的影子。

陆冰心解开那件夹克，放在自己的鼻尖，他仿佛嗅到熟悉的血腥味。陆冰心不自觉地说出了一个名字：陆平乡……

纠结了一天，陆冰心把那件夹克，以及所有的犹疑都锁进了衣柜，只背一个书包，准备到龙隐山里度过自己的公休。

这还是陆冰心入警三年后的第一个公休。这三年来，陆冰心吃喝拉撒睡都在重案组里，没想过要去什么地方，也没想过去谈场恋爱。加之父母早年便抛弃自己远去，生死不明，家对于陆冰心仅仅只是一个概念。而如今，郝义军也离开了人世，他感觉自己又成了那个没人管、没人问的街头少年。

公休第一天，陆冰心只身来到了市郊龙隐山里的龙隐书院。选中龙隐书院还是因为看了别人在朋友圈里分享的帖子得知：书院内的客房为义工及所有无家可归的老弱病残提供免费的食宿。陆冰心没有大隐隐于市的境界，他只想躲到龙隐书院里寻一寻清净，将生活与工作都梳理梳理。

陆冰心到达龙隐书院的当天，正值一场盛大的经典诵读活动，现场人头攒动，许多家长和孩子都参与到了活动中。陆冰心在听大家诵读《大学》《中庸》等名篇的间隙，还自觉和一些义工一道做了些安保工作。

诵读活动结束后，龙隐书院院长走到前殿中央，他对大家的到来表示感谢，对大家能够接纳他这个外来人表示感恩。陆冰心偷偷问身边的一个背包少年："他是外地的？"少年压低声音回答："院长先前在外省的一家书院工作，前段时间接受委任，接替了龙隐书院刚病逝的老院长，主持书院的工作。"

说完感谢的话，这位院长停了三秒钟，他收起微笑，环视众人，然后趋步向前，众人散开一条道路，院长停下脚步，众人又围成了一个圈，院长站在中央。

院长说："现在，我走到了你们的中间，就像当初众贤走到了百姓中间,不分贫富,不分贵贱。"他顿了顿又说,"在我就任本书院院长前,当地一家企业曾试图要和书院达成合作意向,开发龙隐书院及龙隐山的旅游资源,以期吸引大量的游客,当然也可以增加书院的门票收入。但是,这一切都和书院办学的出发点相违背,书院不能被当作赚钱的工具,金钱会让我们迷失方向,会让我们对贫苦的人高高在上,对富贵的人卑躬屈膝。"

人群开始低声骚动,陆冰心从一些人的眼中看到了激动与肯定。

书院院长说:"我宣布,永久终止这个合作项目,龙隐山和龙隐书院从此不参与任何商业开发。"围观群众、义工开始热烈鼓掌,唯有本来站到大殿前排的,几个身着名牌西服、老板模样的人神色有些黯然。背包少年也注意到了那几个西装革履的男人,他的鼻子哼哼道:"那几个商人还真把国学当成赚钱的工具了。"

活动结束,众人相继离去,还有几位义工在收拾场地。陆冰心又凑到那个背包少年身边问:"新来的院长怎么称呼啊?"

"我们都称呼他为老师,或是院长,但他更喜欢别人喊他放下。"背包少年答道。

"哦,那你怎么称呼?"陆冰心又问。

少年略一迟疑,说:"你喊我阿信就好。"

收拾完一切,阿信就背着包下了山,而陆冰心就住在了书院为义工准备的客房内。

山里的夜是极静的,这让久居喧闹古城的陆冰心倒有些不习惯。他走出书院,来到山门前,眺望城市灯火,思绪便开始蔓延。

陆冰心想起了郝义军,想起了郝义军墓前的那个影子,想起了小D指认刺杀他的那副面孔。陆冰心全身开始发抖。

现在应该去侦查啊!

现在应该去战斗啊!

你他妈的怎么跑到山里面躲起来了?!

陆冰心使劲地摇着脑袋,恍惚间,他看到三个灰褐色的生物嘴巴咬着尾巴,首尾相连来到山门下的石梯,呼噜噜地吃起书院倒在盆里的汤汤水水。陆冰心认出那是三头野猪,两大一小,正好一家。傍晚时他还听书院里的义工说不要忘记喂野猪的事情。

陆冰心内心的分裂被这几头野猪打断,他竟然有些羡慕起野猪一家,整个人都看得发了呆。三头野猪饱腹后,闲庭信步地离开了。陆平乡的身影像乌云般,又一次笼罩了过来。

难道他真的是杀死鬼头、王姐和阿贵的凶手?

他又为何会出现在郝义军的墓前?

真的是他吗?

他又是一个什么样的人?

陆冰心的脑袋又开始疼了。他深吸一口气,返回到了书院的客房内。

五、有罪的供述

龙隐书院的晨钟敲响之时，陆冰心刚完成十公里的晨跑。他回到书院里的食堂打了稀饭，夹了馒头，又拿了一小碟咸菜，虽然是素斋，倒是可以把陆冰心全部的专注力调集到大脑，而非肠胃上。刚填饱肚子，一个小书童找到陆冰心，说是院长请他过去一趟。

陆冰心心中狐疑，但还是跟着小书童来到放下院长的会客厅外。里面有人在说话，小书童做了个"嘘"的手势，便转身离开，陆冰心驻足谛听房内的对话。

"我有罪啊！"

"我们大多数人认识到罪恶时，都会有意识地躲开它。你很了不起，可以主动去面对。"

"但我很害怕。"

"你已经鼓起了勇气，你要一鼓作气。知错能改，善莫大焉。"

"但我真的不知道该如何走出那一步了，我被卡住了。"

里面静默了，陆冰心可以听到有人在哭泣。

"陆警官,请进来吧。"

陆冰心一愣,才知道里面的人在唤自己。陆冰心推门进去,看到一个将脸埋在臂弯里的男人,而他的对面正坐着龙隐书院的院长放下。

放下请陆冰心坐下,然后向那个痛苦中的男人介绍:"这是蚂蟥重案组的陆警官,这是市里汇生公司的董事长钱益。"

陆冰心心中暗惊,他没想到放下对自己的来历如此清楚,但更为震惊的是那位钱董事长。他看了看陆冰心,又看了看放下,不知命运的小船将漂往何处。

放下微微颔首,微笑着说:"钱兄有些话想和陆警官说。"

钱董事长明白放下的用心,踌躇了一会儿,叹了一口气,像是卸下巨大的心理包袱,然后开始自己的讲述:"十八年前,我还只是一个初出茅庐的少年,在当地的一家烟花爆竹厂工作。工作很辛苦,老板还克扣工资。不过那时候我天真烂漫,竟然爱上了老板的女儿。我给她写了情书,情书却落到了老板手里。老板当着全部工人的面侮辱了我。我心中始终憋着气。一个晚班结束,大家都下班回家,我靠着墙根抽烟,看到厂房的窗户开着,心里一冲动,便将烟头弹进了厂房内。很快,厂房便发生了爆炸,几十万发的鞭炮炸上了天。但好在下班人都走光了,无人伤亡。"

钱老板捧起水杯喝了口水,接着说:"那家烟花爆竹厂没有正规手续,管理也很混乱,爆炸也销毁了所有证据,所以出了事情后,公安局虽然也找我调查过,但没有把我列为嫌疑犯,最后认定这是一起安全生产事故。过了一个多月,事态平息后,我离开了家乡,南下打工,一方面谋出路,一方面也是想逃避。

"爆炸案后,我的运气开始变好,我赚了钱,赚了不少钱,买了大别墅,娶了漂亮的老婆,生了一窝娃。表面看起来很风光,但心中的惧怕却始终在夜梦中折磨我,那爆炸声从来没有离开我的耳朵。为了减轻负罪感,我回到本地投资,开了不少工厂,想回报家乡。

"直到上个月,在平远古城墙根边,我看到一个乞丐,竟然是当时那家烟花爆竹厂的老板。他没认出我,但我认为他是因为我才沦落到今天这个地步。我的心里更加难受,所有的努力,包括慈善捐款都无法解脱我内心的罪恶。

"后来经人介绍,我看到放下老师在网上撰写的关于国学思想的文章,深受感动。孔子说过:唯有仁者能使人向善,能使人知耻。放下老师是一位仁者,我也想成为一位仁者。便来到了龙隐书院,把过去的不堪和盘托出。"

放下笑道:"仁者无敌,知耻而后勇,也是一种精神层面的精进。"

陆冰心插话道:"你一直没有到公安机关自首?"

"我害怕失去现在的一切,家庭、事业,所有的幸福。"

"此刻的我们是由全部的过去组成的。"放下平静地说。

钱益低下了头。

"于是,我请来了陆警官。"放下接着说。

钱益又抬起头,表情舒缓开:"我明白了,谢谢老师!"

放下对陆冰心说:"这算是投案自首吧?"

"算。"陆冰心回答得很干脆。他又面向钱益问:"那把火确定没有造成人员伤亡?"

钱益点头："确定。"

"烧了多少的货呢？"

"烧了一批当时价值二十万元的订单，还有设备、厂房。"

"我明白了。"陆冰心沉思了一下，然后说，"我可以给你吃个定心丸，这个案件发生在十八年前，没有造成人员伤亡，而且当时公安机关只作为安全生产事故办理，没有立刑事案件，这就意味着这个案件的追诉期只有十年，你就不需要再承担任何的刑罚。"

钱益愣在那里，放下也面露惊诧。

"但我还是要给你做一份笔录。刑罚虽然免了，但一些手续还是要走的，就当是为结果画上一个句号吧。"

"当然，我会好好配合的。"泪水从钱益的眼眶涌出。

"赶紧到公安机关办完这些手续，你就可以去找当年的那个老板，将你欠他的一切尽最大可能去补回。"放下说道。

陆冰心拨打了重案组的值班电话，把情况向聂风远简单说了一下。随后就在放下的会客厅内，给钱益做了笔录。

一个小时后，笔录做完，肖扬却开着吉普车赶到。一见面，她就捶了陆冰心肩膀一拳："可以呀，公休还不忘破案。"

陆冰心冷冷看着自己的组长，突然捂住自己的胸口，猛地咳嗽，脸迅速涨红起来。

肖扬抱着胳膊，等陆冰心咳一阵，才说："得了，演技派，我捶的是肩膀，不是胸口。"

陆冰心立刻恢复了正常："眼力不错。"

"你要是不翻眼偷看我，会演得更像点儿。我可是心理学博士，研究过微表情。"肖扬嘿嘿一笑，"不管你有什么狗屁心理问题，赶紧调整调整，回来加班，案子都忙不过来了。"

　　肖扬将钱益带上车，收好陆冰心做的笔录，自己也跳上驾驶座，掉头往回走。钱益将头伸出车窗，向放下和陆冰心抱拳告别。

　　当晚，陆冰心在食堂吃晚饭，放下也端了个托盘坐在陆冰心对面。陆冰心向放下鞠躬行礼，放下摇手说："不必这样繁文缛节。"

　　陆冰心"嗯"了声，埋头喝稀饭。

　　放下问："素斋还能吃得惯吗？"

　　"挺好，帮我肠胃刮刮油。"

　　"你们的生活作息很不规律吧。"放下问。

　　陆冰心点头："一有案子就得去办，我的作息时间表是跟着犯罪分子来的。"

　　放下笑，将自己托盘里的玉米面馒头递给陆冰心。

　　"您怎么知道我是警察的？"陆冰心问。

　　"到旅馆住店还要出示身份证呢，我也有必要了解在书院里的学员和义工的基本情况，为了内部安全考虑。"

　　陆冰心点头，换了个话题："来书院里的人也有作奸犯科的，比如上午的那位钱老板。"

　　"他们能来书院里，就说明他们有向善的念头。特别是那些找我来寻求如何解脱内心枷锁的，这样的人是可以被解救，甚至是可以被宽容的。"

　　"但你还是把我找来了。"

　　"每个人都是惧怕刑罚的，钱益也不例外，他需要有人推他一把。而且情与法是两个范畴，就算是道义上过得去，法律上也还有个标准，你们办案不也是先刑事后民事嘛。"

"你对法律还挺了解。"

"现在是社会主义法治社会。"

两人笑，他们交回托盘，在书院里散步。夜幕降临，风大了，天际回荡着某种呜咽。两人走了一阵，陆冰心说："但还是有法律无法解决的问题，也还有百密一疏的时候。"

"你在办案时会遇到这样的问题？"

陆冰心点头。

"你会怎么办？"

"我会尽最大努力，在下一次把他抓住。"

"你不相信宿命？不相信他们自有报应？"

"不相信。"

"我也不相信。"放下向前走了几步，留给陆冰心一个清瘦的背影，陆冰心站在原地。放下发出一连串的噜噜声，三头野猪便从林子里钻了出来。它们来到山门前，享用完书院为它们准备的晚餐，又呼噜噜地走开了。

放下回头看陆冰心："天地不仁，以万物为刍狗。演化路上，人类只是沧海一粟，孤独又无助。生存既是本能又是信仰。我们不能消极，要直面罪恶，与罪恶作战，这样才会有更多的善被留下，才会有更多生的可能被留下。"

放下回到书院里，陆冰心则望着远方出神。一个念头在此时冒了出来。"如果真是你，如果真是我的父亲做了这一切，那就先由我来把这一切查到底吧。"

陆冰心暗暗许愿，不觉间也攥紧了拳头。

陆冰心只在龙隐书院住了两天,便提前结束公休,准备回去接着工作。走之前,陆冰心和放下交换了联系方式。放下承诺若发现任何犯罪线索,都会及时向陆冰心通报。陆冰心很郑重地向放下行了礼,便下山去了。

刚回到重案组,陆冰心就立刻秘密投入到对自己父亲陆平乡的调查中。他先是调取了鬼头、王姐、阿贵以及小D等所有意外死亡及伤害案件的周边监控,不停歇地看了一整天,眼睛都充血了,也没搜寻到确切的信息。虽然其间闪现过几个模糊的人影,但他也无法确定那是不是自己的父亲。毕竟陆冰心对陆平乡的印象还停留在儿时阶段。

陆冰心还下到占据了整个地下一层的档案馆,调取了父亲在职期间的全部记录。一份工作转入当地的接收证明,一次荣立三等功,一次嘉奖,一次通报批评,还有最后的那份开除记录。开除记录下面附录了一份关于陆平乡涉嫌滥用职权罪的调查报告,显示其在二十年前在擅自开枪致一名群众死亡后,经公安局提请检察院批准逮捕,后免于起诉。

陆冰心合上那份报告,追索童年记忆。大概也就是从那个时候起陆平乡从他的童年世界消失,留下了许多负面的传言,也让陆冰心背负起了沉重的心理包袱。

这些负面传言陆冰心即便不用调取档案,也了然于心:自从陆平乡被警队开除后,他便跟在当地一个叫作劳万户的犯罪团伙头目手下混,还干到了组织的核心层。后来劳万户和卞三斤的犯罪团伙发生火拼,死了不少人。卞三斤被判死刑,劳万户坠崖身亡,陆平乡人间蒸发,再没露过头。

有些老警说陆平乡是畏罪潜逃,也有老警说陆平乡早在火拼前就被人灭口,但种种说法多没有证据。陆冰心入警后,曾抱着一丝丝希望,申请调阅了当年的卧底档案,幻想陆平乡当时是作为卧底的身份进入劳万户的犯罪团伙,但结果却是一无所获,那一点点幻想也随即破灭。

就是这么一个人,一个谜一般的人,突然又以这种方式重现人间,真让陆冰心措手不及。

但更让他措手不及的,是在他调阅完全部档案时,管理档案的档案员随口说了一句:看来真有不少人对陆平乡感兴趣。

陆冰心随即追问这位档案员,才在档案借阅登记本上愕然发现,就在肖扬来到平远古城的当天,她就系统查阅了陆平乡的有关资料;而在肖扬到来的前十天,郝义军也系统地借阅了陆平乡的全部资料。

他们是要干吗?陆冰心愣在那里,位于地下一层偌大的档案室让他有些不寒而栗。

迷失在过去的,并非只有陆冰心一个人,而刚从噩梦中惊醒的,则是龙隐书院院长放下。

放下认为自己回来了,尽管他对此也不是百分百地确信。梦境中,他看到白色的经幡,黑色的臂章,还有唢呐呜里哇啦地吹着,吹得他不安,吹得他想逃。然后他跌落,从看不见的悬崖跌入同样看不见的深谷,自由落体,越来越快,然后他醒来,不自觉地摸着后颈,那里有一道不长却极深的疤痕。

梦中的景象究竟是真实,抑或是虚幻,放下自己也说不清。那一道疤痕确是真真切切的存在，可他十二年前的记忆却完全消失了，伴随他的只有难以改变的乡音。

因此，当他得知龙隐书院前任院长病故的消息后，心中便起了波澜。彼时，他已经在另一处书院潜心研究国学十二年，有了不少的学习心得和成果。因此，他第一时间报名参加了龙隐书院新院长的选聘工作，成功击败其他对手，成了新一任院长，也因而回到乡音所在的平远古城。

他对这座古城充满着某种说不上来的熟悉，某些街巷似乎残存着自己驻足过的痕迹。因此，在主持书院日常工作之余，他做了许多慈善工作，得到了公众的关注。他希望有人能够认出自己，并准确说出属于自己那个已经遗失多年的名字。

六、双重交易

阿信结束了为期一周的义工工作，从龙隐书院回到了城里，回到位于平远古城东北角的城中村里。

如果说平远古城是整个平远市的心脏，那么这颗心脏一定淤积着各种不同年代的堵塞物。平远历届市政府都想对古城进行保护性开发，把人口迁出，对那些历史古巷进行整修。

无奈古城居民都有着安土重迁的心理，认为生活在古城内便是占据了最好的风水，政府若不满足他们提出的高额拆迁补偿，便不愿意轻易离开古城，因此动迁成本和难度都很大。于是，古城便在千百年的破烂中继续承载着它的子民。

阿信戴着鸭舌帽，耳朵里塞着耳机，里面是贝多芬的《命运交响曲》，这样他便能与城中村里那永不停歇的聒噪暂时隔绝：不管是皮条客的招揽，还是包租婆的咒骂，抑或是饿狗之间的撕咬。当阿信拐过三个羊肠巷道，跳过几处路面的漫水坑，来到自己的租住屋前时，他看到木门上用粉笔写着：小子，问候一下你的老子。后面是一串银行卡账号。阿信知道这是谁留的。他一点点擦掉粉笔的印迹，心里却已经将那一串数字记在心里——他对数字有天生的敏感。一声喵叫，阿信看到那只经常到他小窝里蹭吃蹭喝的小白蹲在墙头，眼中尽是埋怨之意。阿信打开门，小白跳下墙，跟着他进到屋内。

阿信的生活极为简单，家中物品摆放井然有序，一目了然。所以只需要一秒钟，他便可以从没有叠上的被子和床下的几个女士香烟的烟头得知她来过。他将烟头一个个捡起，放到鼻下轻嗅，是的，是欢欢的口红味。

阿信打开电脑，登录网银，将门上用粉笔写下的银行账号输入进去，屏幕提示账户所属人名字的最后一个字。确实是他亲生父亲的名。阿信敲击数字小键盘，给父亲的账户打去两千元钱。

关闭网银后，阿信打开一个叫作摆渡人的软件，输入一串账户和密码，屏幕黑了下来，只有一艘小船漂浮在黑色水浪中。当屏幕下方的进度条加载到100%时。一扇水门在那艘小船前方缓缓打开——阿信已经进入这个代号为"庞贝古城"的暗网中。

尽管阿信的学校生涯仅止于小学毕业，但他在网络安全方面的知识积累和实战经验，要远远胜过一个专业的博士生。相较于那些攻击服务器的网络黑客，以及建设防火墙的网络白客，阿信更像是一个不带任何感情色彩的影子。他既可以飘过所有防卫森严的防火墙，深入到那些核心的服务器内，毫无作为地待上一段时间；也可以在一起大规模黑客攻击发起前，悄然摸到最初发起攻击者的终端电脑，在其屏幕上留下一句忠告。然后，事了拂衣去，深藏身与名。

在暗网里，很多人都听过阿信的名字，也有人试图以高薪拉拢他，开发黑客程序，却都被他拒绝了。在阿信看来，网络技术不是手段，而是他孜孜不倦追求的目标。如果说他真有什么私心，那便是到公安部门的情报系统内找一份资料。

经过几次跳转，阿信又一次来到公安情报信息数据库的大门外，刚输入一条万能密钥。几乎在同时，一位来客也叩响了阿信出租屋的门扉。阿信将笔记本电脑合上，转身开门。是自己的养父——谢天慈。

谢天慈说："路过，看到屋里亮着灯。"

阿信闪过身，让养父进屋，暗想每次养父都是以路过的名义来这片迷宫般的城中村里看自己。

谢天慈的眼神在那台笔记本电脑上扫过，并没有停留，便拉了把板凳坐下。小白跳上谢天慈的膝盖，享受他的抚触。阿信杵在那里，不知该说什么好。

谢天慈问："过得可好？"

阿信点点头。

"你又瘦了，多吃点儿肉。"

阿信还是点点头，思绪已经飘向正在解锁情报信息平台的笔记本电脑。

小白已经发出满意的呼噜声，谢天慈笑着说："虽然我只是个司机，但我的老板很牛啊，如果你有什么困难可以找我，我不差钱。"

阿信说："我已经长大了。"

"当然。"谢天慈顿了顿说，"你有自己的事业，不过如果你想赚点儿零花钱，我可以和老板说一声，让他给你安排个工作。"

阿信说知道了。电脑发出急促的嘀嘀声，阿信的心也在扑通地跳。

谢天慈没看电脑，他起身，将小白轻轻放下，笑着说："替我给小猫买好点儿的猫粮。"说完便出了门。阿信只送了一步，便回身打开电脑，发现那串密钥触发了报警。他赶忙断网，自毁程序，消除痕迹。十分钟后，阿信已经打开网络游戏的界面，假装在游戏的世界搏杀正酣。

阿信的心稍稍放下，回身，看到小白正在撕咬桌上的一个信封。他上前打开信封，看到一沓百元大钞，约莫有一万元。他犹豫了会儿，还是将那一万块揣到了口袋里。是该吃点儿好的了，阿信想着，把小猫抱在怀里，出门往巷口的馄饨摊走去。

一辆警车也缓缓停在巷口。阿信认识驾驶座的那位，他是当地的派出所民警；而副驾驶位上的警察则低着头，像是在查一些什么。阿信猜测他是网安部门的警察。车子在巷口停了会儿，便掉头向其他方向去了。阿信判定那个网安警察一定收到另一个 IP 的物理地址了。

吃过一碗馄饨，阿信回到自己的出租屋内，又一次通过摆渡人软件，进入"庞贝古城"暗网系统中。然后，阿信犹豫了一会儿，进入"庞贝古城"网络商城，在一连串的交易信息中，记录下一个即将进行枪爆物品交易的时间和地点信息。

陆冰心听说一个叫阿信的少年找他，还有些发愣，想了会儿，龙隐书院那个义工的脸庞才浮现在他的脑海。

办公室里，阿信刚说明来意，陆冰心便惊得目瞪口呆，他立即找来重案组组长肖扬，把阿信举报枪爆物品交易的信息复述了一遍。肖扬也意识到事态重大,便打电话向负责市局缉枪治爆大队了解情况。没想缉枪治爆大队队长正愁没法落实枪爆物品交易的时间地点。没过二十分钟,他们便呼啸着赶到了重案组,向阿信了解获取这条信息的渠道。

阿信提到一个交易方马仔的姓名,称是那个马仔喝多后无意说出来的。尽管阿信的说辞令人生疑,但那个马仔的身份却是没有问题的。肖扬随缉枪治爆大队长一道向市局领导汇报去了。房间里只剩下陆冰心和阿信两个人。

陆冰心给阿信泡了杯咖啡,说:"你为什么要主动检举揭发?那些人可不是你能惹得起的。"

阿信握着杯子说:"人而无信,不知其可也。不知言,无以知人也。"

"龙隐书院放下教你的?"

阿信点点头说道:"这是孔子的名言。"

陆冰心说道:"不做沉默的大多数。"然后,便直勾勾地盯着阿信的脸。

阿信抿了一口咖啡,说:"有件事我希望你能帮到我。"

陆冰心一拍手:"我就知道,从你一进门,我就猜出你是有所求。天下没有无利起早的事儿。"

阿信没有接陆冰心的话。陆冰心却还在那儿接着说:"你和我其他线人不一样,人家都是先和我讲条件,然后再说情报。不过你可以说说需要我怎么帮你,只要在原则范围内,就算是踩一点儿纪律,我还是能帮就帮。"

阿信想了想,说:"我想查一个档案。从小我爸被关进了牢里,我妈跑去了南方,没人管我,我也不知道自己哪一天出生,我想翻翻底册,把这个日子弄明白。"

陆冰心沉默了,他意识到阿信的童年和自己的童年竟有那么些相似,心中倒是生出些同病相怜之情,遂问道:"这个日子很重要?"

阿信点点头:"很重要,女朋友要给我过生日,是她想知道。"阿信的脸上露出一丝幸福。

陆冰心说:"户籍档案集中在分局档案室保管,我写个介绍信给你,你可以找档案室内勤帮你一起查询档案。"

"你会陪我一起吗?"阿信问。

陆冰心摇摇头:"你可是刚刚给我们爆了个大雷,我们晚上肯定都会调去办你举报那个倒卖枪爆物品的案子。"

陆冰心说完,转身去办公室给阿信开了一张介绍信,又返回递给了阿信。阿信拿着介绍信,鞠躬表示感谢。少年的礼貌客气倒是把陆冰心弄得有些不知所措。

午夜,城市的烟火渐渐淡去了颜色,一道光束却照亮了山间两侧的峭壁。陆冰心的无人机悄然尾随,一路跟踪到了已被关停的振发石料厂。空地中央,本来熄火的两辆轿车也亮起了大灯,将厢式货车驾驶座前排的两个人照得清清楚楚。无人机镜头放大,将副驾驶的男人定格,是贩卖枪支炸药的主要嫌疑人姜大头。姜大头是本地人,经常非法往返边境,带枪支和弹药回到内地贩卖。这个人做事不要命,公安对他开展过几次追捕,不仅无功而返,两个弟兄还受了伤。

另一边,轿车也开了门,老疙瘩从后排出来了。老疙瘩是本地土生土长的老痞子,从摆赌博机开始,放过高利贷,开过桑拿浴，三十多年来一直干灰色产业，赚了不少黑金，但随着公安严打力度不断加强，老疙瘩赚的还不够折的，不出两年就折腾得只剩下这家振发石料厂。再加上保护生态环境力度不断加大，这家开山炸石的石料厂被几次关停。老疙瘩急了，便联系姜大头，想买些枪械和爆炸物来保住这硕果仅存的一家。

匍匐在外围大石外的陆冰心对肖扬低语："小地方偏，比不上大京城，所以有这种不开化的事情发生。"

肖扬低声回道："不开化说明人拙，容易走极端。"

"你是提醒我小心点儿吗？"

肖扬笑笑没说话。

陆冰心看肖扬的笑，心里嘀咕一声：没准就要枪战了，这个女孩居然还能笑得出来。

肖扬通过对讲机向全体参与抓捕的民警下达指令："按照市局领导意见，此次抓捕由重案组组长肖扬总指挥。狼牙特警队队长施军，你带领外围特警抓捕组把放哨的钉子拔了，不要弄出动静。"

"收到。"施军答道。

两分钟后，施军汇报："钉子都拔了。"

肖扬又在对讲机里呼叫崖顶缉枪治爆大队长："准备好绳降了吗？"

"准备好了！"

肖扬开始下令："缉枪治爆大队绳降到石料厂的厂房后门，把里面的人全部控制住；狼牙特警队同时突击抓捕老疙瘩，重案组四人目标姜大头。"

"明白。"

"明白。"

"明白。"龚建和聂风远最后答道。

"突击！"

在陆冰心的操纵下，无人机突然投射下一道刺眼光束，正在交易的双方还在发呆。施军已经带领狼牙特警队乘坐突击车进厂，人员开始四散逃离，特警们两两一组分别制伏那些马仔。缉枪治爆大队从石料厂后方绕出，将正欲逃跑的老疙瘩制伏。

姜大头趁乱跑向厢式货车，一粒橡皮子弹打在车门上，这是肖扬的警告。姜大头吓了一跳，但随即回过神，转身向着刚才枪响的方向甩手一枪。陆冰心及时将肖扬扑倒，姜大头随即跑开，他的司机落在后面。司机从汽车副驾驶位上抽出一把猎枪，正给猎枪上膛，陆冰心拽住枪托，猛地一扬，将司机的下巴砸碎，龚建随即上前将其控制。

陆冰心继续追姜大头，他已经攀上一片乱石岗，再往前便是一片沉陷形成的水塘。姜大头回身又是一枪，子弹打在石头上，崩出石屑。陆冰心看清了姜大头手上的黑色武器，一把92式手枪，可以装弹十五发，打掉两发，还剩下十三发。

"如不能活捉，就地击毙。"肖扬在无线电里喘息着。陆冰心侧头，看到肖扬正如一只高山岩羊，灵活地从侧翼攀爬包抄过来。姜大头也感受到逼近的危险，明白自己非把盯梢的除掉才能安全离开，便找了块大石掩蔽下来，枪口也随着那只岩羊在起伏移动，生死只在瞬息之间。

那架无人机还在盘旋，陆冰心停下追赶，将无人机调到竞速模式，对准姜大头直直冲撞过去。正在瞄准的姜大头在最后一刻才听到无人机的呼啸，他伸出胳膊遮挡，额头还是被撞出了血窟窿，无人机也摔碎在地上。肖扬随即赶到，将枪口对准了姜大头的脑袋。

七、逃亡的父亲

将缴获的枪支弹药清点入库,再将一干犯罪分子送押,重案组收工回组时,已是黎明。陆冰心洗了把脸,突然想起阿信调档案的事,不知道有没有个结果。陆冰心给阿信打电话,没人接,又拨打了档案室内勤的电话。

电话通了,陆冰心问:"昨天重案组开了张介绍信,让一个群众去调阅档案,他去了吗?"

"来了,他下午来的。"

"调到档案了吗?"陆冰心问。

"不知道。"对方答道,"他刚来,档案室就断电了。我去检查线路了,也不知道他有没有调到他所要的档案。"

"断电了……"陆冰心呢喃道。

"不过他走时,电又来了,他是经过安检才离开的,什么都没带走。"档案员说。

陆冰心沉默了一会儿,问道:"户籍档案在哪个区?旁边都有什么档案区?"

"户籍档案在D区,同样在D区的还有接处警记录。"对方答道。

"哦,谢谢。"陆冰心说着,挂了电话。他觉得有些不对劲,但又说不上来哪里不对劲,或许是自己太多疑了吧。

阿信拖沓着脚步回到出租房,门没锁,养父谢天慈坐在椅子上,自己的亲生父亲葛跃进则盘腿坐在地上,脑袋耷拉着,鼻涕都快要滴在衣服上了。阿信傻在那里,这场景让他有些无措。

"我们正好撞见。"养父谢天慈说,"我刚把水果放下,他就进来了。"谢天慈说着,指着一网兜的脐橙。

亲生父亲抬起头,只看了阿信一眼,便又埋下了脑袋。

"他来问你要钱。"谢天慈又说。

阿信的腿有些发软。

"你可以给他钱,供他继续吸毒。或者你也可以把他带到戒毒所,让他摆脱毒瘾。"

"不要。"亲生父亲痛苦地摇头。

阿信靠着门框,慢慢坐在地上,他的痛苦不比自己的生父少一分,他自问:为什么要让我承担这些?

谢天慈站起身,俯视着坐在地上的两个男人,对阿信说:"你要和过去有个了断,所有那些让你放不下的,都一刀两断,这样你才能开始新的生活。"

葛跃进吸溜着鼻涕,后脑勺开始撞墙,一遍又一遍,越来越重,阿信看得出,毒瘾又要再次占据生父的灵魂。

"你应该向你崇敬的那位龙隐书院院长学习,放下,把一切都放下。"谢天慈又说。

阿信的肩膀动了一下,谢天慈说到了他的心里。

谢天慈接着说:"交给我吧,我会把这件事处理好,他永远也不会再来打搅你的生活,你只需慢慢淡忘就可以了。"

阿信咬着嘴唇,看了看自己的生父,又看了看自己的养父,点了一下头,就将脑袋转向门外,眼神放空。

谢天慈说:"走吧,我会让你快活。"谢天慈从口袋里掏出一沓钱,摇晃着,迈开大步往前走。而阿信的亲生父亲像是条得到了指令的狗,连滚带爬从出租屋里跟了出来。和阿信擦肩而过的那一刻,他甚至都没有去看自己儿子一眼。

屋子空了,阿信却还靠着门框没有起来。他打开手机相册,最近的一张图片上是一条二十年前的接警记录,报案人那一栏有一个名字,案别那一栏写着诈骗,没有电话,也没有案情,只有备注栏草草的一笔:报案人病逝,案件无法查实。

是该和过去有一个了断吗?阿信想着养父的那句话,望着对面平房上的残砖断瓦,眼神再次放空。

陆平乡不是非要让那些人死不可,实际上,在鬼头、王姐、阿贵的死亡过程中,陆平乡顶多只能算一个参与者。真正掌控生死的还是他们自己。

鬼头从看守所取保候审后,立刻联系了自己的小弟,让他给自己送批货嗨一下。鬼头大概没有注意到来送货的并不是往常的那个小弟。他的年龄要大许多,说话也结结巴巴的,但这个中年人送的货倒是令鬼头欣喜不已,不仅有海洛因、冰毒,还有摇头丸、K粉、烈酒,甚至是一些管制类的阿片药物也一并被呈上,简直是要开派对的节奏。

大概是从刑事拘留变更为监视居住让鬼头的神经彻底放

松了下来，但那些毒品、烈酒，特别是那些管制药物，却让鬼头的心脏像一台猛踩油门的老式发动机，在毒品营造的幻境里狂奔了几个小时后，终于爆了缸。鬼头一命呜呼。

当警车、救护车先后停在鬼头租住房的楼下时，天色刚刚放亮，在对面巷口阴影里的陆平乡拉低了兜帽，转身消失在了古城迷宫般的小巷里。

王姐当然不会畏罪自杀，却有可能一脚踩空，意外坠楼。陆平乡事先查询了王姐的用药记录，从医生开具的利他林单子，得知王姐有非常严重的间歇性发作的睡眠症。陆平乡潜入王姐KTV的办公室内，偷偷将那些利他林的药罐带到洗手间，把药片全部冲到马桶里，再往里面倒入令人嗜睡的安眠药，重新放回到王姐的办公室里。结果便是，那几日王姐的睡眠症越是发作，她就越频繁地服用那些伪装成利他林的安眠药，造成王姐每天都生活在昏昏沉沉中。

陆冰心到KTV调查王姐的当晚，王姐好不容易撑过午夜，打着哈欠，上到停车楼顶，准备开车回家。刚出电梯间，一个女鬼打扮的人跟在了后面。王姐一吓，也不去辨清到底是人是鬼，便开始被追着逃。跑着跑着，睡眠症被激发，王姐更是遁入到意识的迷雾，只由着两条腿拖拽着她肥胖的身躯，终于一脚踩空，整个人从七楼摔了下来。

至于阿贵，故事便简单了许多。就在阿贵因为尿毒症不能被看守所关押，回到他的那间充满了悲伤与孤独的小房子时，也就在陆冰心在外面为阿贵的低保和补助到处奔波，而没有人注意阿贵时，陆平乡成了第一个，也是唯一一个造访阿贵房间的人。陆平乡向阿贵提出了一个方案：如果他选择死亡，并主动捐出他的眼角膜，陆平乡便会给阿贵的父母寄去十万元。阿贵陷入了长久的沉默。陆平乡知道这个男人的良心未泯，他等待着。阿贵同意了陆平乡的提议，在留下一张"我死了，为了别人更好地活着"的字条后，被陆平乡雇来的地下医生取走了眼角膜。

完成这一切后，陆平乡说了声"感谢"，还补充了一句："如果两天内你死不了，我会来帮助你的。"之后两天，阿贵在一片黑暗中，让体内的毒素淤积，耗尽了自己的生命。而另一双失明的眼睛，则会因此重见光明。

阿贵如他所愿，主动拥抱了死亡，陆平乡又开始了新的狩猎。他知道凭着一个优秀刑警的直觉，他们不可能不对这些意外死亡的案件产生某种怀疑。陆平乡更知道自己频繁扮演法外执行人的角色，总会百密而一疏。那些刑警或许会追着某条不经意留下的痕迹，一路倒追，锁定他的身份。但大大出乎陆平乡意料的，竟然是自己的儿子设下陷阱，等着自己自投罗网。而这个陷阱就是小D，或者是大B。当陆冰心送小D离开刑警队时，陆平乡真的以为那便是大B——又一个因为证据不足而侥幸逃脱的人。

毕竟大B犯的不是死罪，陆平乡只想给他的下体来上一刀，留下个深刻教训。没想到对手喝醉了，却和自己纠缠起来。刀刃因此一晃，反倒将他的肚皮给划破了。面对陆冰心突然而至的封锁，陆平乡只得一丝不挂地躲进浴池，在水汽升腾间等那些刑警围堵因恐惧而逃离的人们。等了会儿，陆平乡听到了脚步声。他深吸一口气，将一条灰毛巾顶在身上，靠着浴池内壁潜入了水下。闯入者逗留了两分钟才离开。陆平乡偷偷探出脑袋，认出走开的正是自己的儿子陆冰心。一瞬间的想念被更大的自豪所取代，他对自己儿子能够给自己下套感到非常满意。

陆平乡没想过儿子会步自己的后尘，当上一名刑警。事实上，在陆冰心母亲逃亡，他不得不背负起因滥用职权而杀害一名案件当事人的罪名，并被警队开除后，他便已经彻底地消失在了陆冰心的生活中。

时光倒拨回十几年前，每每看到陆冰心在街头饥寒窘迫，被人欺负时，他都在努力克制自己不要冲上去。彼时的陆平乡已经混到当地黑帮劳万户团伙的核心层。他对陆冰心的任何一次出手帮助，都只可能将这个可怜的孩子继续拖向黑暗的深处。

好在，在陆冰心成长最无助的时候，郝义军及时出现。这位前搭档一次次把陆冰心从违法犯罪的边缘拉了回来，不仅给了他一个远离饥寒的家，还教他明辨是非，送他到警校上学，直到他成了一名刑警。

陆平乡想过，作为刑警的陆冰心一定以他为耻。不过这没关系，耻辱会激发更大的斗志。而经历过这么多年的黑暗挣扎，陆平乡也不在乎自己被人多憎恨一分。他原本计划着他和陆冰心将永远是两条平行线，沿着各自的轨道完成各自的使命，只不过没想到，郝义军的死打破了这种平衡，将所有人都搅进了一个巨大的旋涡当中。

当送葬的队伍陆续散去，郝义军的墓前只有鲜花与山风，陆平乡才一步步登上山来。陆平乡每一步走得都极为缓慢,关于郝义军的那些记忆便在这段祭奠的路程中涌上心头。

虽然满打满算,从一起被踢到地下一层档案室坐冷板凳,到陆平乡被开除出公安队伍那天,两人共事的时间不超过半年。而且在这半年期间,郝义军更多生活在主角光环之外,但当陆平乡面对令人窒息的罪恶时,郝义军还是义无反顾地跟随他闯入了生死旋涡。只需要这么一次经历,陆平乡便知道郝义军是一个永远不会动摇立场的男人。

再然后,陆平乡在旋涡里越陷越深,郝义军没有理会那些警察同行关于划清界限的提醒,而是主动向他的儿子陆冰心伸出了双手,他亦师亦父,彻底改变了陆冰心的命运。

陆平乡是一个讲究现世报的人,他不希望罪恶的惩罚来得太晚,也不希望善意的报答不能及时送达。但对于郝义军,他知道自己无能为力。他不能感谢郝义军帮助了自己的儿子,他不能感谢郝义军破获一起又一起案件,他甚至不能告诉郝义军自己是一个好人……

陆平乡在郝义军的墓前兀自矗立,随即向天发出一声长叹。但这声长叹却在一瞬间戛然而止,他看到山顶上一个晃动的人影。只一秒钟,陆平乡便认出那是自己的儿子陆冰心。

陆平乡并没有急于逃离,而是弯下腰,拢了拢墓前被风吹散的花朵,眼睛却乜斜向其他方向。他看到山脚的灌木丛里,有一道金属光闪了一下。再向上看,陆冰心正快速下山,向自己所在的位置逼来。

陆平乡有两个选择,要么沿着上山的道路折回,但如此便会再一次暴露在那两道目光之下;要么横着走到一道断崖前,攀着碎石和树木枝蔓下到十米下的采石场。陆平乡没有犹豫，他快步到断崖前，脱去外套，扔了下去。夹克挂在了一处枝蔓上。然后，他沿着断崖斜向上走，并在一个很久远的坟冢后蹲下身来安静等待。

五分钟后，陆冰心也从郝义军的墓前奔来，停在断崖前向下张望。大概是看到挂在枝蔓上的夹克，陆冰心犹豫了一会儿，开始手脚并用地扒着断崖向下攀。坟冢后的陆平乡狠狠地握紧了拳头，他生怕传来那声坠落的闷响。

等了几分钟，陆平乡断定儿子已经平安着落，便探出脑袋，去看山下的那片灌木丛。金属的闪光还在。陆平乡心头一紧，他知道真正的高手还在那儿。陆平乡只得沿着斜坡继续爬到山顶。他明白唯有这样暴露自己，才能拉开与跟踪者的距离。

站在山顶上，陆平乡回望山下，灌木丛里金属的闪光定在原地没动。他正犹豫，却发现一个女子正沿着山脊快速接近。从她轻巧的步伐和闪躲，便可得知来者训练有素。陆平乡不禁暗自感慨：原来这个跟踪者利用那块金属片也玩了一出调虎离山。

陆平乡急忙沿着山阴小道下山，跑了一阵，眼见着山下的公路就在十步之外，而斜刺追过来的女子正迅速靠近，陆平乡知道自己拼速度肯定是逃脱不了，但也想不出更多摆脱追踪者的计策。

一辆乡间公交拐过山脚，带着它那一身的零碎轰鸣着缓慢开过。陆平乡加快速度，几步跳到路边，向那辆乡间公交挥舞着双臂。乡间公交停了下来，十秒钟后，这辆公交又晃动着破败的身躯向前驶去。肖扬这才跳到路边，随即以百米冲刺的速度奔向那辆公交，将它拦停。她上了公交后，车辆继续向前，她没有看到那个追踪的目标。疑惑间，肖扬透过巴士后风挡玻璃，看到陆平乡正站在马路中央，定定地望着自己。

两个人用这种方式，将对方的脸深深地印刻在自己的脑海中。

八、黄雀杀手

如果说陆平乡在惩罚小 D 时，在桑拿浴里与陆冰心的相遇是一场事先没有目标的伏击战，那么在郝义军墓前，肖扬（陆平乡已经通过公开的人事任命信息获知对方的身份）对自己的守候，更像是一场指向明确的精准圈套。

陆平乡逃回龙隐山的守林人小屋后，想了许久，还是不知道这个公安部下派的女队长是如何盯上自己的，他只是隐约觉得，有某个巨大的谜团横亘在郝义军死亡的背后。

陆平乡本打算隐匿一段时间，等事态平息，再扮演他法外执行人的角色。但一转念，既然已经身处旋涡之中，或许可以再搅和一下，没准会有一些意想不到的事情能被他翻出来。打定主意后，陆平乡便挑选了一个新近放高利贷逼死人的毛弟作为自己下一个狩猎对象。

"还没弄好？"

"快了，这个程序是死胖子留下来的，一定管用。"

"是胖子，不是死胖子，他还没死。"

"一定会死的,而且我向你保证,他一定会死得很惨。"

最先问话的中年男人不再说话,他躺在沙发上,一顶四方帽将眼睛盖住,只剩胡子拉碴的下颏。在和他对话的青年男子以为他已经睡着时,这个中年男子翻身起来,将腰间的那把英吉沙匕首卸下,用细砂纸打磨刀锋,时而还用指肚去试刀刃,微微的刺痛让他精神放松。他没有名字,他只是一个影子。坐在电脑前答话的那个青年称呼这个玩刀的中年男人为刀客,而他称呼自己为枪侠。

枪侠翘着板凳,摇晃着,随之摇晃的还有细致打理的山羊胡,夹克前胸装饰的锁环,以及腰间若隐若现的金色枪柄。顺着枪柄向下,则是又粗又长的枪管。他把这把枪命名为老二,和他裤裆里的宝贝享有同等的地位。

枪侠看刀客不说话,便顺手将电脑桌上的一包烟扔到刀客身上,刀客还是没有反应。枪侠又拿过一个苹果,向刀客掷过去,刀客胳膊一抬,那把英吉沙匕首便穿过直飞过来的苹果,将其削成两半,然后刀身扎进水泥墙壁里。

枪侠耸耸肩,将刀子拔下,递给刀客。刀客又开始擦拭刀子,双眸遮挡在四方帽的帽檐下。就在此时,电脑屏幕亮了,一幅实时画面显示在屏幕上。枪侠脸上露出了笑容:他看到龙隐书院的院长放下进入到厢房内,脱下僧袍,盘坐在床上,好像是进入了冥想的状态。

刀客将四方帽从脸上拿开,盯着屏幕,脸上露出了笑容。

枪侠则拍了拍手,说道:"终于搞好了,真他妈比杀个人都难。"

安顿好书院内的事务,放下脱掉汉服,换上便服,走出龙隐山,进到平远古城内。菜市场中央,各种叫卖声、鸡鸣声,还有讨价还价声将他淹没。他的指尖触碰着新鲜的蔬菜、瓜果,一些寻常生活的记忆在他脑海中泛活,但他却回忆不起来那是在何时、何地。

他盯着一副副面孔,一副副面孔也回看他。放下希望有人可以认出他,喊出他的名字,但那些擦肩的路人都只是觉得放下的眼神有些怪异。放下在菜市场内转了两圈,有些沮丧,便退到了菜市场的入口。

突然,有个中年女人拽住放下的袖子,嘴上说着:"你是……你是……?"

放下的心一瞬间激烈地跳动,他也在回应:"我是……我是……"

中年女人拍着脑袋,像是开窍一样,大声喊道:"你是放下,你是龙隐书院的放下老师!"女人面色激动,像是活捉了一名高级将领。

放下连连摆手:"你认错人了,你认错人了。"

女人还是拽着放下的袖子:"没有认错,绝对没有认错。我还在电视上看到过你。"

放下抬起胳膊,想挣脱女人的拉扯赶紧离开。一个瘦猴般的中年人突然从人群中钻出,张开五指,抓住女人脖子上的金项链。女人只觉得脖子一凉,还没反应过来,就见那个瘦猴沿着马路狂奔,同样狂奔的,还有瘦猴身后的放下。

"跟上去。"坐在副驾驶位上的刀客说。

枪侠启动车子,不远不近地跟在后面。固定在仪表台上的手机录制着这段街头追捕。

瘦猴的体力显然没有放下好，眼见着要被追上，瘦猴钻进一条小巷，放下也跟着进到巷子里。这是一条叫作四眼井的巷子，是一条死胡同。巷子尽头是四眼井，据说是清朝开挖的，旧时居民都从这口井取水，现在虽然废弃了，但井水却还未干涸。

瘦猴跑到了巷子尽头，无路可走，只有并排的四眼井口。瘦猴转身掏出刀子，面对着赤手空拳追过来的放下，放下愣在那里，并不是为明晃晃的刀刃，而是为这四眼古井。一个声音从记忆深处传来：我来过这儿，不止一次，不止一次……

放下忘记了瘦猴的存在，只顾继续向记忆深处挖掘，但那刀刃已经逼近了他的胸膛。危急时刻，放下闪过身子，抓住瘦猴持刀的手腕，一压一抬间，刀子掉了，手腕也断了。先是瘦猴的尖叫声，然后是越来越近的警笛声。放下不得已将瘦猴绑在一棵柳树上，将被抢的金项链放在瘦猴够不着的地面上，看了一眼四眼井，然后悄然离开。

放下刚退出巷口，两个警察模样的人就冲进了巷子。他看到有个穿着朋克样式衣服的小伙子龇牙笑着，给他鼓掌。他没有理会便走开了。

看到放下走开，枪侠不再鼓掌，回到车子上问："那个抢金项链的怎么办？"

"不管他了，咱们走，有新任务。"

枪侠往嘴巴里塞了根棒棒糖，启动车子，两人离开了那个叫作四眼井的巷子。

刀客和枪侠将车子驶入古城东南拐的娱乐城。车轮缓缓轧过青石板铺就的道路，最终停在一家按摩店外。

刀客说："是这儿了。"

枪侠含着棒棒糖，探着脑袋，越过刀客的肩膀向外望。

一个行李箱从按摩店里飞了出来，各种女士衣服，以及极具挑逗意味的内衣裤散落一地。一个梳着飞机头，光着膀子的男人揪着一个女孩的头发，将她从屋里拖了出来，一把扔到行李箱边。女孩刚要起身，就被飞机头的大皮靴踹在脸上。

女孩嘤嘤地哭了起来。

那个飞机头弯下腰，拽着女孩的头发，将她的头对着青石板路面猛磕。女孩起初还反抗，但慢慢地，便像没了知觉的尸体一般，任由他摆布。这还嫌不够，飞机头又将女孩提溜起来，从腰间摸出一把小刀，刀刃抵在女孩的脸蛋上，朝着旁观的人们叫嚣道："我要让你们好好看看，借钱不还，就是这个下场！"刀锋刺破女孩的下颏，一直上挑，划出一道带血的弧线。

"操他妈的！"枪侠话音未落，手枪已经端在手中，正要上膛，刀客瞬间握住他的枪柄，轻轻一按，弹夹退在他的手心。

面对刀客冷若冰霜的脸，枪侠明白自己又犯了老毛病，只得又骂一句"操他妈的"来为自己掩饰。

远处传来了警笛声。大概是有人报了警。飞机头把女孩用力一推，一个打扮得看起来像是按摩店老鸨的中年女人把她接在怀里。飞机头用带血的刀刃指着老鸨说："我再宽限三天，三天后再不还钱，我就要从她的下面动刀子了。"说完，飞机头狞笑一声，钻进他的皮卡里，开车走了。

警车不到一分钟就赶到了现场。两名巡警下车寻找报案人,却发现整条街道空无一人。原先那些围观的人们已经躲回自己的店里,包括那个老鸨和被划破相的女孩。

刀客轻轻摇了摇头,像是对眼前发生的一切感到悲哀。随即,他要枪侠启动车子,朝着那辆皮卡消失的方向追了过去。

枪侠驾驶着车辆,问刀客:"这个飞机头叫什么?我们干吗要跟着他?"

"他外号毛弟,是老板用来钓鱼的诱饵。"刀客淡淡地说。

另一边,陆平乡也已经启程,在毛弟将要路过的地段耐心等待着。陆平乡盯这个放高利贷的毛弟已经有一段时间了,还准备了充足的调查材料。

半年前,一个女大学生为了购买新款的 iPhone 手机,找毛弟借贷一万元。毛弟扣除了所谓的手续费,实际给了女大学生六千元,却逼女大学生打了一个两万元的借条,约定按照 5% 的月息两个月内还款。如此,这个女大学生懵懵懂懂陷入了毛弟为其设下的套路贷。之后,毛弟擅自以她拖延还款等名目,增加利息。结果五个月下来,女大学生尽管东拼西凑,连本带息还了毛弟四万多元,却还是稀里糊涂在毛弟那里新签了五万元的借条。

为了逼女大学生还款,毛弟多次闯到她的课堂,公开要挟其还款。毛弟还 PS 了女大学生的裸照,发在她所在的班级群里,以此作为索债的手段。终于,女大学生不堪其扰,在巨大的精神压力下,服用了过量安眠药自杀身亡。

事后当地派出所也对女孩的死亡进行了调查,并找到毛弟进行问话。但毛弟却拿出了女孩亲笔写下的欠条。这些欠条乍一看都具有法律效力，因此，毛弟与自杀女大学生之间构成的便只是民事借贷关系。

但陆平乡知道事情没这么简单，他见识过毛弟逼债的手段，也知道还有几个可怜的孩子欠着毛弟利滚利的套路贷，每天都生活在恐惧与绝望中。因此，尽管陆平乡明白自己已经被重案组盯上，却还是觉得必须得尽快对毛弟采取惩罚措施。

光束盘旋向上，桑塔纳穿行在龙隐山的盘山公路上。车里的毛弟灌一口啤酒，高声歌唱，似乎正为他下午用刀划破女孩的面颊感到骄傲。后视镜里闪了两下，毛弟往后看，一辆吉普牧马人已经跟了他一路。

毛弟打开工具箱，从里面掏出一把锯短了枪管的猎枪，伸出窗外，耀武扬威般晃了晃，然后放在了副驾驶座上。"是哪路不要命的自找不痛快呢！"毛弟这么想着。

或许是被吓到了，那辆牧马人在转角的一个临时停车场上停了下来。这是摆脱纠缠的好机会。毛弟把油门踩到底，拐过另一个急弯，另一道光如从天而降，直刺他的双眼。毛弟伸手遮蔽强光，却忘了减速。等到眼睛勉强看清前方时，他发现一头驴子正龇着牙发出嘶鸣，驴子的脑袋上还顶着一盏大灯。

毛弟急刹车，猛打方向盘，车子撞碎了路边山崖的木质护栏，一半车体悬于半空。毛弟的心先是吊起，然后又落回胸腔，他小心调整着平衡，车身又向路基回摆。他定睛向前望去，驴子脑袋上的灯已经灭了，一个黑影从驴子身后绕了过来，一步步走到车前。

这是一个戴着小丑面具的男人。毛弟一边伸手去摸副驾驶座位上的短管猎枪,一边吼道:"你是谁?滚开!"

小丑抬起腿,脚掌搭在皮卡的保险杠上,冷冷地说:"毛弟,你应该冷静一下。否则只要我的腿轻轻用劲,你就会坠落到几十米的悬崖下。"

毛弟犹豫了一会儿,松开枪托,将两手举过头顶,说:"你想干什么?"

小丑从口袋里掏出一个手机,将摄像头对准毛弟,指示道:"我要你把你实施套路贷的犯罪方式,向谁逼了债,又是如何把那个女大学生逼死的情况说清楚。"

"你他妈的……"毛弟刚开口,就感到小丑的腿暗暗发力,车子随即摇摆起来。"别!别!"毛弟又恐惧地叫道,"我说,我都说!"

"那我们倒数五个数,五、四、三、二、一,开始!"就在小丑打开手机录像模式,也就在毛弟准备陈述他的犯罪经过时,一发清脆的枪响打破了夜的平静。毛弟和小丑同时转头,看到一辆吉普车突然亮起远光灯,一个男人从车上下来,举着枪,迈着夸张的舞步走了过来。小丑急忙闪身,找到最近的一处大石闪避,却感到肩头一凉——另一个黑影已经在大石后方等着自己。

小丑急向后翻滚倒退。玩刀的那个黑影随即杀到,趁着小丑还未起身,刀子已经在他大腿处留下一道长长的血口子。小丑挣扎起身,看到那个玩刀的黑影站在两米开外,暂时停止了进攻,而那个端枪的男子也站在了自己的斜后方。

小丑哼笑道:"看来是逃不了了。"

"除非告诉我你是谁。"玩刀的男人说。

小丑伸出手，正要揭开遮挡在脸上的面具，却突然向后一翻，拽住崖边的一棵小树。一粒子弹射中小丑肩膀。小丑松开小树，坠落山崖。

　　刀客和枪侠走到崖边探望，底下是一片黑暗。两人对视了一眼，来到还悬在半空中的皮卡车前。目睹了一切的毛弟叫唤起来："救救我，大哥！刚才就是那个小丑要害我。我们是一路的！救我上来！"

　　枪侠看了看刀客，刀客点点头。枪侠抬起脚，踹在保险杠上，皮卡随即轰隆隆地坠落几十米的悬崖。

　　了结毛弟后，枪侠用枪指着那头毛驴，问刀客："它怎么办？"

　　刀客走到毛驴前，手起刀落，毛驴的半块耳朵被割了下来。毛驴叫唤着，掉头朝山上跑去了。枪侠不懂刀客为什么这么干，只得耸耸肩，钻进车里，开着车带刀客离开这片已经空寂下来的案发现场。

九、猫鼠游戏

　　交警最先赶到了坠车现场，现场勘察时竟发现一枚弹壳，便迅速通报了指挥中心，请求重案组介入调查。
　　肖扬接到命令，载着龚建一同赶往案发现场。路上，肖扬问龚建："对于连续发生的意外死亡，你们有什么看法？"
　　龚建嘿嘿冷笑一声："省事了。"
　　"嗯？"
　　"要我说真话吗？"龚建问。
　　"说吧，没外人。"肖扬道。
　　"死的都是社会垃圾，就拿今天坠亡的这个毛弟来说吧，如果他不死，也不知道得有多少人会被他逼死。"
　　"法律也可以惩处他的。"肖扬说。
　　"法律总比那个人慢一拍嘛。"龚建道。
　　"那个人？"肖扬反问。
　　"对啊。我也不藏着掖着，在你来之前，聂风远和我就对先前的几起意外死亡案件产生过疑惑。"龚建说。
　　"陆冰心什么看法？"肖扬突然问道。

69

"他？"龚建一愣,"他能有什么看法。他这小子,表面上看起来嬉皮笑脸,实际心里想的谁都不知道。"

"哦？"

"就比如说郝义军去世这件事吧,我可是哭得稀里哗啦,可他就是愣没流过一滴泪。要知道郝义军可是如同他父亲一般啊。"

"听说他的亲生父亲原来也是警察？"

"是啊。叫陆平乡。他曾经是郝义军的搭档,只不过我成为警察前,他已经被从公安队伍中开除了出去。"龚建顿一顿,嘿嘿一笑,"我是不是说多了？"

肖扬摇摇头。

"我亲爱的肖组长,肖妹妹,我知道你刚来,想尽可能全面掌握情况。所以我就知无不言、言无不尽。我知道只有信息公开,才能取得彼此的信任。但有的人,比如陆冰心吧,从小到大遇到的尽是倒霉事儿,所以他有理由沉默。但请你务必要相信他,他绝对是一个好小伙。"

说话间,两人赶到了案发现场。他们暂时搁置讨论,下车从交警手中接管了现场的勘察权。

刑事勘验民警已经提取到了弹壳,放进透明的物证袋中,正准备送到市局枪爆实验室进行弹道检测。龚建接过物证袋,打量一番,摇了摇头。肖扬说:"九毫米帕拉贝鲁姆子弹,格洛克手枪专用。"

"格洛克？国内没有这种枪啊？"龚建问道。

"平远古城靠近边境,有这种枪不奇怪。"肖扬说完,顺着几滴飞溅的血迹开始搜索,血迹一直延展到一块大石后方。她在石头后方蹲了下来，看到石头尖上有蹭出的血印。她探出脑袋，对着盘山公路上山的方向，由此判定了子弹射来的方向。

随后，肖扬来到盘山公路中央。路面上散落着一行向上的血滴。出血量不大，血滴与血滴间距却很远，肖扬沿着这一行血迹走出几十米，便什么都看不见了。这里又发生了什么？肖扬感到困惑。肖扬折身回到中心现场，检查那道黑色弯曲的车辙印迹。很明显，一定是死者毛弟驾驶着那辆皮卡撞见了什么，才会突然猛打方向盘，冲下山崖。

肖扬绕了一大圈，下到崖底那辆皮卡的残骸前。消防队员正在切割金属，试图把卡在驾驶座上的毛弟尸体给拽出来。肖扬探头进到车子前排，一个半空的酒瓶躺在驾驶位下面。肖扬又在现场搜索，看到了一把短管猎枪，便叫来现场勘验的刑事技术警察取走那把猎枪，自己则继续扩大搜查范围。她看到了更多被压平的灌木，以及枝杈上的血迹。肖扬顺着这血迹向前搜索到一条小河边，停下脚步，一片密林在小河的对岸延展开来。

肖扬凝视了那片密林一阵子，然后回身，转向盘山公路方向，正要通过对讲机呼叫龚建，却看到了一个熟悉的身影。是陆冰心。他正插着兜，或许在俯视自己，或许在俯视那片密林。

他怎么会在这里？他是在寻找什么？肖扬暗自思考着，按在通话键上的手指不觉间松了：鬼头、王姐、阿贵、毛弟、陆平乡、郝义军，甚至是陆冰心，这些名字在肖扬的脑海里不自觉地连成了线。

肖扬回到刑警队办公室，锁上门，从背包里打开一幅图，平展开，里面有黑、白、灰三个圈圈。肖扬在黑色的圈圈里写下毛弟的名字，和他同样在黑色圈里的，有鬼头、王姐、阿贵这些命丧黄泉者的名字，以及小D那些虽然没有死亡，却已接受过某种非官方的正义审判的人的名字。

　　白色的圈圈，是当地的富商、名流，甚至是一些政府人士，这些名字都是郝义军身亡的可能相关人。他们虽然暂时清白，但肖扬的眼睛却紧盯在他们的身上。没准哪一条线索，就会把他们的名字圈进灰色的圈圈，甚至是黑色的圈圈。

　　灰色圈圈里的名字只有一个，那便是陆平乡。

　　肖扬的手指摩挲着陆平乡这三个字，想起郝义军在打击有组织犯罪专题讲座上说过的一句话："打击有组织犯罪，关键在于找到一个切口，那个切口或许是一条线索，又或许是一个人。"

　　追杀别人，又被别人追杀的陆平乡，大概就是那么一个切口吧。肖扬这么想着，宿舍的门也在此刻开启。

　　是聂风远，腋下夹着一个文件夹。肖扬问："DNA鉴定报告出来了？"

　　聂风远点了点头，把报告递给肖扬。

　　肖扬打开报告，略去中间的专业术语，直接跳到结尾部分：经鉴定，该血样中DNA成分与失踪人员陆平乡具有99.999%同一性。

　　肖扬合上文件夹，问："陆平乡在失踪人员系统里？"

　　聂风远点点头："我看失踪人员系统里的录入人员是郝义军，他也是陆平乡先前DNA样本的提供者，大概他是想通过这种方式找到消失多年的陆平乡。"

　　"他为何能够获取陆平乡的DNA样本呢？"

"他俩当年在刑警队是搭档,出生入死办过不少案件,有对方的血样也不奇怪。"

"后来他又怎么失踪了呢?"

聂风远摇摇头,说:"具体情况我不是很了解,只知道陆平乡因为在一起案件中滥用职权,造成案件当事人死亡,被开除出了公安系统,过了不久,他就跟在当地的一个黑老大劳万户手下混,混得还不错。几年后,团伙被清缴,劳万户坠崖身亡,陆平乡自此便下落不明。"

"陆平乡就这样把他的儿子抛弃了吗?"肖扬问。

聂风远哑然几秒钟,然后吞吞吐吐地说:"你是说陆冰心吧。他们父子俩的情况我不很了解,只知道当年郝义军在陆冰心最迷茫、最困难的时候,帮助了他。关于陆冰心和他父亲之间的事情,我建议你还是问陆冰心吧。"

肖扬想了想,举起文件夹,说:"鉴定报告的事情,不要和第三个人说。"

聂风远点点头。

"我可以信任你吗?"肖扬问。

聂风远耸耸肩:"我觉得你应该相信陆冰心。"

肖扬愣在那里,不知该如何作答。聂风远摆摆手,一个人下楼去了。

周末,陆冰心一大早从宿舍起床,换上运动服,又开始沿着古城墙晨跑,肖扬也是一身便服,还戴了个鸭舌帽,登上了古城墙。由于不知道陆冰心会从哪个城门离开,肖扬只能不远不近地跟跑在后面。还好,晨练的人很多,能够对肖扬的跟踪起到掩护作用。

古城墙一圈跑下来十六公里,肖扬跑到十二公里时就已经有些岔气,但还是暗骂着陆冰心,咬着牙坚持跟在了后面。回到南门起点的陆冰心极目远眺,肖扬则躲在城墙根下,喘着粗气。

随后,陆冰心下了城墙,融入到了川流不息的人群中,肖扬跟在了后面,开始了一天的跟踪。从早到晚,陆冰心一共走访了十三家城乡接合部的诊所,两片棚户区,两个河岸码头,一个林场。肖扬猜测他是在找自己受了伤的父亲陆平乡。

到了傍晚,肖扬打开微信,看到计步软件显示一共走了四万六千步,她和陆冰心牢牢占据了排行榜的前两名。陆冰心还不知在什么时候给自己点了个赞。这个赞让肖扬心里有些发毛,她怕陆冰心对自己走了这么多步起疑心。

入夜,陆冰心进到一家酒吧,肖扬听到酒吧内人声鼎沸,便也进到了酒吧里,偷眼看到陆冰心躲到角落的一个小桌子旁,正在和一个穿着皮背心的男人低头说着什么。肖扬则在吧台尽头的阴影处坐下,一颗树脂做的骷髅头隐藏了她姣好的侧脸。

不一会儿,一个戴着耳环的男人挤到肖扬身边,身上的香气熏得肖扬打了个喷嚏。耳环男在肖扬的吧台前放了瓶果酒,声音肉麻地说:"美女,请你的。"

肖扬翻翻眼,没理会,越过耳环男的肩膀继续看角落里的陆冰心和他同坐的男人。

"呦呵,是不是想来点儿带劲的?"耳环男说着,招呼酒保,"来瓶威士忌。"同时捏过两个方口杯,贴到肖扬耳边说,"姐,配合下，今天晚上你的消费我买单，我就是想给我那帮弟兄们证明我也是能泡到马子的。"

肖扬终于正眼看了下面前这个香气扑鼻的男人。她冷笑着，一把揪住了耳环男的下体。耳环男一哆嗦，正要尖叫，肖扬做出了一个"嘘"的手势。耳环男不敢挣扎了。肖扬说："你已经向我证明你有蛋蛋了。"耳环男连连点头，面露哭相。

"你要是再不滚，我就把它们给挤爆了。"

耳环男赶紧作势要走，肖扬松开了手，拿湿巾擦了擦，耳环男慌不择路回到了同伴那里。当肖扬再找陆冰心时，角落里的那张桌子空了，和他对饮的那个背心男也不见了踪影。

肖扬赶忙四下寻找，还是没看到人。她跑出酒吧，一辆停在路边的车按响了喇叭，远光灯刺得肖扬睁不开眼。这辆车慢慢驶来，停在肖扬身边，是陆冰心。

"上车，跑了一天，该歇歇了。"陆冰心像是在说笑，但表情却没有一丝笑意。

肖扬盯着那双冷冰冰的眼睛，叹了口气："我有车。"

陆冰心打开车辆的中控屏幕，一个光点在附近一条偏僻的巷子里闪烁，那是肖扬的警车。"GPS，每辆车子都装的，你不知道？"

十、战友反目

陆冰心开着车在前面领路,肖扬跟在后面,两部车子停到了一片宽阔的水面之前。两人下车,靠着车子引擎盖,看远处亮着信号灯的矿井井架倒映在水面上。深秋时节,肖扬裹紧了大衣,这个北京姑娘还不习惯南方的湿冷。

陆冰心说:"这里原来是片采煤区,煤挖完了,地面沉陷,成了一片水塘。"他眼神放空,进入到回忆中,"我们称这个水塘叫作老鳖塘。小时候我不明白为什么,以为里面会养老鳖,还跑来拿自己做的鱼钩钓老鳖,但除了钓起来一只破鞋子,什么生物都没钓上来。后来长大了,我才明白老鳖塘这个名字的隐喻。"陆冰心侧头看肖扬,把隐喻的答案留给肖扬。

肖扬想了想,说:"水浅王八多?"

陆冰心会心一笑:"我们这座城市很有意思,一座平远古城坐落城市中央,四面城墙,无所不包,牢笼天地,也拘束住了古城百姓的视界。他们都想成为这座古城的统治者,千百年来一直如此,不管以何种手段,何种形式,在外面混得再好都要衣锦还乡。古城里面没有高楼大厦,但那些潜在的经济势力、家族势力却让壁立千仞之感无处不在。可悲的是，那些老鳖们做不到无欲则刚，在攫取经济利益的过程中，发生了很多次内斗，有的还很惨烈。"

陆冰心再看肖扬，这个北京姑娘对陆冰心的讲述很感兴趣。陆冰心接着说："三十年前，古城东南那片煤区允许私人开发，那群王八们就一窝蜂到城东抢地盘，开小煤窑，又是一番血雨腥风。但这几年随着资源的枯竭，这些人又瞄准了城东北的龙隐山，说是搞旅游开发，实际上就是破坏环境，中饱私囊。这其中也必有一番暗战，只是更为隐蔽，更为巧妙，我们看不见，但我知道这其中的残忍程度不比曾经煤矿开发时的血拼要低。"

"如果有10%的利润，资本就会保证到处被使用；有20%的利润，资本就能活跃起来；有50%的利润，资本就会铤而走险；为了100%的利润，资本就敢践踏人间一切法律；有300%以上的利润，资本敢犯任何罪行。"肖扬说。

"马克思的经典语录。"陆冰心答道。

肖扬说："你对这座城市很熟悉。"

"我在这里出生，也在这里长大。"

"它对你有什么影响？"

"它几乎杀了我，但也救了我。"

"明白，我对你的经历做过一些了解。"

"你是北京的专家，对我当然看得透透的。"

"不，我看不透，至少现在不行，但法律是不能触碰的，它就在那儿，谁违犯了就要受到惩罚。"

"法律不一定能起到作用，新的犯罪会像韭菜一样，割了一茬又冒出来新的一茬。"

"你想怎么办？"

"我也不知道。"陆冰心摇摇头。

"新的惩罚者已经出现了，不是吗？"肖扬反问道。

陆冰心一愣，说："我说过了，水浅，但是王八多，这里面的关系可能很复杂。"

肖扬说："要把关系理清楚，还要找到那根线头。"肖扬顿了顿，说，"找到陆平乡。"

"我会把他找出来的。"陆冰心说。

肖扬摇摇头："不，你不会。对于我来说，把他抓获归案是公事；但对于你来说，这就成了家事。"

"不，这只是公事！"陆冰心突然咆哮起来。

"作为组长，我还是要提醒你不要把自己陷进去。"肖扬叹口气，说，"所以在确定你是否能摆正立场前，我不能相信你。"

"我知道。"沉默半晌，陆冰心低声说，"如果郝义军还在就好了。"

两人对视一眼，他们在彼此的眼中都看到了痛苦。接着，陆冰心淡淡地说："酒吧里穿背心的男人是我小时候的玩伴，一起在街头当过小混混，有次打群架，他把我拉住了，自己却冲了上去，架打完了，一个肾也摘除了。他现在经营那家酒吧，能听到许多事情，也算是我的一个线人。"陆冰心顿了顿，接着说，"所以，如果他有消息，也只会和我说。对于其他人，包括你，他都不会说一个字。"

"所以说，不管是你的线人，还是你，都不会配合我。"肖扬说。

陆冰心点点头："至少我们的出发点是相同的。"说完，陆冰心拉开车门，开车走了，留下肖扬一个人面对这空旷的水塘。待陆冰心的车开远，肖扬使劲拍了引擎盖，暗骂自己怎么没想到车上还装着 GPS 呢！

真是够笨的！

回到重案组后，肖扬通知龚建和聂风远到她的办公室。

"说说吧。"肖扬坐在办公桌后面，龚建和聂风远站在办公桌前面。

"说什么？"龚建脸上赔着笑。

"说说我是怎么被陆冰心当猴耍的。"肖扬的两颊涨红着。

"他小子还有这个胆量啊？"龚建还在笑。

"他自己可做不来，除非有帮凶坐镇大本营，给他提供我驾驶汽车的 GPS 定位信息。"

龚建不说话了，聂风远的眼神也出现躲闪。过了会儿，龚建做出一副慷慨赴死的表情："这事儿是我干的，可那小子也没说车上的人是你啊。"

肖扬转向聂风远："你答应过我的，那份 DNA 鉴定报告不让第三个人知道。"

聂风远摊开手："就是我不说，论陆冰心那个聪明劲，他一定能够猜到，否则他也不会出现在毛弟坠车身亡的现场了。"

聂风远的话倒是能解释得通，但这并不能代表肖扬就会相信他。反倒是龚建更为冒失点儿，他插话道："组长，你要相信陆冰心，他可是个好同事。"

"那我能相信你们吗？"肖扬追问一句。

肖扬的追问让龚建和聂风远都有些目瞪口呆。

肖扬正色道:"郝义军在时,重案组一定是一个团结默契的团队,但如今郝义军去世了,我成了你们的新组长,我没有感受到团结和默契,没有团结默契就没有战斗力。我选择相信你们,因此,我也希望你们能够相信我。"

"头儿,我们相信你。"龚建还是第一次用"头儿"这个称呼喊肖扬。聂风远虽然没有表态,但面容坚定,看起来是同意肖扬的观点。

"那我来布置任务。"肖扬在一张报告上签下名字,然后递给龚建,"以涉嫌故意杀人对陆平乡网上追逃,即刻执行!"

龚建和聂风远虽有些惊异,但毕竟毛弟坠亡现场有陆平乡的血样,仅这条证据就说明了陆平乡的涉案嫌疑,所以这份通缉令也在情理之中。

"至于陆冰心值不值得我的信任,"肖扬看着兄长般的龚建和聂风远,喃喃道,"就要看他在追捕他父亲陆平乡时的表现了。"

龚建和聂风远走后,肖扬登录全市视频天网系统。毛弟坠崖的那段盘山公路并没有视频监控。但是山崖下往北走出一里地,是一条小河,一座木桥横跨两岸。木桥远端是一个小型码头,码头上有一处视频监控。案发当晚的视频显示,一个人颤颤巍巍地走过木桥,消失在河北岸的龙隐山的密林中。

肖扬盯着那个模糊的身影,暗自思索:他为什么要去往龙隐山?那里有他的藏身之所吗?

清晨,陆冰心开着自己的车出了重案组大院。

楼上的肖扬端起马克杯，抿了口咖啡，拨通了区号为010的一个固定电话，向电话那端报备过陆冰心的车牌号，然后又静静地喝起咖啡，思绪飞到古城之外龙隐山的那片密林。

手机响了，陆冰心车辆的实时轨迹信息同步到了肖扬的手机上。肖扬放下马克杯，心里涌起一种快感：小子，我可有高科技，跟我斗！

肖扬开着自己从租车公司租来的Smart，循着手机上陆冰心的行车轨迹一路跟了上去。

车子出了城，驶入了山区，路边是密密匝匝的松林，前路不断蜿蜒，但肖扬却慢慢感受到了天地的宽博。她打开车窗，清冽的风鼓进车内，和家乡的风是一个味道，呼吸一下子通畅了许多。而她的思绪也在徜徉，一闪念飞回到自己轻狂的年少时光。

尽管肖扬满嘴的京片儿，但她并不是北京人。实际上，肖扬是个土生土长的新疆姑娘。

她的家乡在号称东方日内瓦的喀纳斯湖畔。她的父母也都是哈萨克人。母亲是一名牧民，父亲则是一名森林公安。小时候，她坐在父亲的马鞍上，和其他警察叔叔一起巡逻于高山与深谷，见过飞鹰，也见过黑熊。

大多时候，巡逻是欢乐的，牧民口口相传的歌曲响彻山谷。有的时候，父亲和他的同事也会匍匐在青草碎花间，那是他们发现了偷猎者。那些亡命之徒，手里都有枪。但更多时候，巡逻是无聊的，日头从东到西，生命在马背上一天天耗尽。

那一年，肖扬高考。彼时，早已对父亲的公安职业失去神圣感的肖扬准备报考全国最著名的一所航校，她不想当空姐，她想当飞行员，她想飞出家乡的高山湖畔，到全世界去看一看，看看真正的日内瓦是不是和自己的家乡一样美。

况且，肖扬的学业成绩和身体素质绝对超出航校的要求，但也正是在那个夏天，因为终日骑马，父亲得了很严重的腰椎间盘突出症，走路，甚至躺着都很痛苦。刚从繁重学业中解脱的肖扬得以陪在父亲身边照料。一天早起，肖扬发现床铺空着，父亲没有了踪影。肖扬出了院子，看到身穿警服的父亲正艰难地攀上马背，马儿被勒疼了，扭动着身体。肖扬心疼，跑上前扶住马辔，马儿安静下来，父亲也终于坐上了马鞍。父亲笑着说："躺着也疼，只有坐上马，才觉得舒服些，我这屁股估计和这马鞍子都一个形状了。"

那天，肖扬和父亲一同又巡了趟山。望着父亲马背上的背影，儿时对警察的那股子神圣感又涌了上来，即便肖扬知道父亲大半辈子的从警生涯并没有立过什么大功，破过什么大案，但肖扬就是想哭，那是自豪的泪水。

回到家，肖扬做了个决定，不去考航校了，她要上警校。之后，一切便很顺利，她考上了人民公安大学，然后是研究生，然后是博士，成了公安系统的一名犯罪心理专家。

工作以后，肖扬每次打电话回家时，都只是说一切顺利，但她心里清楚作为一名老公安的父亲肯定知道和犯罪分子做斗争时所蕴含的危险。报喜不报忧，几乎是每一名警察的职业习性。父亲每次在挂电话前，都只会说一句话："注意安全。"而那句"当一名好警察！"父亲只是在送她到北京念书时说过一次——父亲对女儿有充分的信任。

山风将眼角的湿润吹干了。肖扬瞄了一眼手机，屏幕上的实时轨迹显示陆冰心的车已经停下。肖扬也将车子停下,两辆车距离虽然只有一公里,但莽莽群山足够让肖扬好好隐藏。

可没想到,陆冰心的车突然掉转方向,向着肖扬的方向加速开了过来。肖扬心中暗骂一声,赶忙也掉转了车头,朝着山下驶去。老鹰追小鸡的游戏一瞬间发生了角色互换。还好肖扬的车况好,动力足,在一个分岔口向右,躲进了一家废弃的木料厂仓库里。而陆冰心的车子则向左,往山下驶了一阵儿,又掉转了车头,重又向山上开去。原来是在玩反侦查啊!肖扬暗想,然后将在木料厂仓库躲避的 Smart 缓缓驶出,继续扮自己老鹰的角色。

相处一段时间后,心理学专业的肖扬对陆冰心有了一个大致的人格侧写:虽然陆平乡早年就抛妻弃子,但让陆冰心大义灭亲,他目前还很难做到,更何况当年对陆平乡加入犯罪团伙的消息多是传言,没有确凿的证据,同样作为刑警的陆冰心自己也需要一个确切的答案。如今陆平乡重回视线范围,而且还牵连进了系列死亡案,陆冰心必定有所作为。

肖扬认为陆冰心并不会包庇自己的父亲,但在警方介入前,他要以一个儿子的身份向自己的父亲求证许多事情,这便是连日来陆冰心遍寻陆平乡线索的原因。

陆冰心是一个好警察,这一点肖扬从来没有怀疑。虽然根据弗洛伊德的理论:儿时的经历对日后的价值观形成有很大的影响。而且陆冰心的童年经历的确比大多数的孩子都要悲惨,成长的路途也出现许多磨难。但毕竟陆冰心都挺了过来,这其中郝义军发挥了巨大作用,他在陆冰心早年的内心播下了正义与善良的种子。而那些磨难也越发坚定了陆冰心对于信仰的守护。这也是肖扬判断陆冰心并不会包庇自己父亲的现实依据。

肖扬唯一担心的，就是陆冰心在面对自己师父郝义军去世，面对自己父亲陆平乡可能涉嫌犯罪的现实面前，乱了阵脚，犯了迷糊。

手机显示陆冰心的车在一个山路分岔处停了下来，在一条县道和一条无名道路间，陆冰心的车选择驶向了无名道路。肖扬开车也跟着上了这条无名路。导航显示这条无名路实际是一条断头路。"陆冰心到底要玩什么花招？"肖扬心想着，加速跟了上去。过了一个弯，路也就驶到头了。陆冰心的车停在了道路的尽头，前面是两个石墩，写着"此路不通"。

门开了，车上下来一个胖子。肖扬一愣，揉揉眼，看到下来的那个人是陆冰心在酒吧会面的老板。肖扬又是一拳砸在了方向盘上。

十一、杀手的突袭

　　酒吧老板倒也不隐瞒,他在县道和无名道路间等待陆冰心,之后两人换车,陆冰心自己步行往林子里去了。
　　听酒吧老板这么说,肖扬立即开车掉头回到了三岔口,随即下车,也往林子里追去。
　　密林中,肖扬看到一些折断的枝杈,断口还很新鲜。肖扬想这是陆冰心所为,但却无法确定这是不是另一种迷惑。但密林森森,肖扬没有办法,只有循着那些断裂的枝杈前行。几分钟后,肖扬来到了一片谷地,一条小溪缓缓流淌,小溪边上是一间草屋。
　　肖扬将手按在枪套上,踱步到门前,然后绕到门后,看到陆冰心正举着一个火把,火星子掉落在湿软的土壤上。
　　"你要干吗？"肖扬问,她已经闻到了浓浓的汽油味。
　　"他不在这。"陆冰心说。
　　肖扬斜眼从方格窗往房里瞅,里面空空如也。
　　"他曾经在这里待过,但他已经走了。"陆冰心从口袋里掏出一张树叶,上面沾有血迹,"他在里面疗过伤,但是他现在不在这里。"

"放下火把!"肖扬吼道。

"如果我们能找到这里,那么那些要杀他的人一定也能找得到。"陆冰心说。

"什么?"肖扬质问。但还没等她的话落音,陆冰心就将火把扔到了木屋上,林间小屋迅速成为一个腾起的火球。

热浪让肖扬往后退了一步,她愣了一秒钟,对陆冰心说:"你因为涉嫌妨碍侦查,从今天起,你被正式停止职务!"

就在肖扬和陆冰心在山林里上演着猫鼠游戏的同时,重案组的公安网络突然断了。聂风远到局里的机房,敦促技术人员排查网络故障,留下因为办案熬了通宵的龚建在宿舍补觉。刀客和枪侠开着车,缓缓向重案组前进。

车上的音响正在播放维瓦尔第的《四季·夏》,透着紧张气氛的弦乐让枪侠有些不太自在。他不自觉地想起上次播放这个曲子时,还是在西北戈壁上的那场对决。

与郝义军的那场生死对决!

得到郝义军与线人碰头的位置后,刀客和枪侠即刻动身,仅用一天半的时间,便追出去一千五百公里,一头扎进沙漠风区,那里没有住家,也罕有车辆,只有猎人和猎物。郝义军以为他和线人可以借助漫漫黄沙来躲过追捕,郝义军想错了。

刀客在无线电里呼叫:"沙尘暴要来了。"

枪侠开着牧马人加快速度,飞过一个缓坡,郝义军那辆捷达的车屁股出现在视线内。枪侠右手扶住方向盘,左手伸出窗外,金色枪身在残阳的照耀下熠熠生辉。捷达开始蛇形前行,但枪侠不会失了准头,即便是左手持枪。

枪响了,捷达像是垂死之兽,突然痉挛,在几乎要冲出路面前才稳住方向,后轮毂与地面擦出飞溅的火花。

《四季·夏》的交响曲渐入高潮。枪侠又是一枪,打掉了驾驶位一侧的后视镜。爆胎的捷达降低了车速,牧马人也降低了车速。枪侠似乎还想将这一死亡进程多享受一段时间,但细细的沙子却越来越密地打在风挡玻璃上。枪侠抬头看,一面百米高的沙墙滚动着,正向他们平推过来。

那辆捷达似乎也注意到了沙墙,开始加快速度,希望能够在飞沙中掩蔽自己。但刚开出去不久,就看到一辆油罐车,引领着沙墙的潮头向捷达直冲过来。郝义军只一迟疑,便轰大油门,朝着油罐车头冲了过去。与此同时,捷达后排座上的一个胖子捂住耳朵,传出尖厉的哭号:"我的妈呀!"

两头钢铁兽即将撞击的瞬间,捷达猛打方向,冲下了路基。下一瞬,漫天的黄沙即刻将光明吞没。枪侠下车,端着枪,走下路基,朝着捷达车的方向搜索过来。走了十米,发现捷达驾驶座和后排的车门都开着。枪侠沉下枪,对车内进行搜索。一个身影从车头处掠过,枪侠刚要举枪,子弹却在外力的影响下打飞到了天上,人也摔倒在了地上。枪侠还没起身,一截细绳便绕过他的下颚,勒紧了他的脖子。枪侠又向黄沙深处打了一枪,再一秒钟,他已经看不见光亮,只等待颈骨断裂的那一声咔嚓。

可那双拽着细绳的手却松开了。枪侠翻过身,猛咳一阵,与此同时,细沙也灌进了他的嘴里。刀客矗立在不远处,刀刃上还滴着血。他的脚边是一具没了动静的尸体。

待枪侠恢复了平静,把尸体翻过身,才发现是郝义军。沙尘暴更加猛烈了,那些飞沙循着所有的空洞钻进去,郝义军颈部的血窟窿很快便模糊成了红褐色的一片。而捷达车后排座上的那个胖子,则早已没了踪影。

"他会死在这片无人区里的。"枪侠喘着粗气说。

刀客点头,戴上墨镜,蹲下身子搜郝义军的身。枪侠则在搜捷达轿车的前后座。搜了半天,他们俩连一张纸都没有找到。刀客冷冷地说:"搭把手。"两人将车开回到路面,然后又把郝义军放回到驾驶座上。随后,刀客驾驶着油罐车,朝着捷达小车狠狠撞去。

引擎盖上冒出了火光。刀客下车,和枪侠回到了那辆牧马人上,然后掉转车头,将风沙中的那团火球远远丢在了身后。

回平远古城的一路,刀客都没有再说一句话。枪侠明白,虽然杀了郝义军,但关键的线人汤宝却不见了。这根本算不上一次成功的任务。

维瓦尔第的《四季·夏》播放完了,刀客瞅着重案组的大门,说:"行动吧。"

枪侠翻下遮光板,对着镜子理了理头发,拉开车门正要走,刀客对他说:"不要留下痕迹。"

枪侠摆摆手:"知道,痕迹就是性命。"

刀客看着枪侠的背影,想着:这是自己第几个徒弟,第七个或是第八个?之前的那几位要么死了,要么正在把牢底坐穿。个中原因表面看来都是他们留下了别人可以追索的痕迹——暴露即死亡,但更深层的原因还是在于他们缺乏一个杀手应有的自制力。当他们将别人的性命玩弄于股掌间久了，就失去了对他人生命以及自己生命起码的尊重和敬畏。如果那些杀手都把每一天当作最后一天来过，去纵情人生，那么他们距离灭亡也就真的不远了。

刀客希望自己能够长命百岁，也希望枪侠这个徒弟能够长长久久，平平安安。枪侠是个心思单纯的小伙子，没有善恶之分，只想着完成每一次任务。但和刀客不同的是，枪侠还未褪去年轻人的浮躁和娱乐精神，"刀客"和"枪侠"这两个外号就是他闲着没事给起的。而之前，刀客本身是没有称呼的，他只想当一个影子。刀客希望枪侠能够在自己离开前赶快成熟起来。

枪侠从重案组的后墙登上了房顶，又顺着水管攀上了三楼的外沿，一翻身，就进入到了重案组的走廊里。他等待了会儿，仔细听着楼里的动静，然后才下到二楼，来到走廊尽头的一个房间。

此时，刀客看不到枪侠的身影，却可以通过他头上的摄像头看清郝义军办公室内的一切陈设，整洁、干净，不管是个人电脑，还是工作笔记，都已经不见了踪影，看来不会有什么收获了。果然，枪侠经过一番搜寻，没发现任何有价值的东西。就在他要放弃，准备撤离时，枪侠猛然抬头，耳朵对着门外。刀客透过望远镜望向四楼，门开了，龚建从宿舍出来，趿拉着拖鞋，下到二楼的厕所。

"等等。"刀客通过无线电对枪侠说。

"嗯。"

时间过去了两分钟。

"走。"

枪侠从屋子里出来，轻轻关上门，向二楼楼梯口走去。但刚上到三楼的龚建突然像是想起了什么事情，又折返往二楼走。

"躲。"

枪侠闪身，进到开着门的那间运动室。

龚建大大咧咧经过运动室，朝着食堂走过去了。又一分钟，龚建拿了两个馒头回头往楼上走。

枪侠等了半分钟，然后下楼，正要打开门禁，聂风远突然出现在院子里。

四目相对，立时就对情况做出了判断。聂风远撞开身边门卫室木门的一瞬，一粒子弹就打在门卫室的金属牌上。枪侠去推门禁，却发现绿色指示灯变成了红色，门卫室内的聂风远从外面将门禁锁死了。

龚建沉重的脚步声也噔噔地回响在楼梯间里，枪侠看见楼梯转角有黑影出现，扣动扳机。

"我操！"一声粗粝的咒骂，然后是连续几发没有准头的回击。子弹在墙壁和地面几次撞击，形成跳弹。枪侠只得蜷缩在角落，默数子弹数。六发，是警用手枪的装弹数。楼上的枪声停了，枪侠探出身子用脚踹门禁。一发子弹却从门卫室内射来，将枪侠再次逼进了死角。

就在此时，牧马人轰大了油门，冲进重案组的大院，然后一甩屁股，将铁栏门撞弯。枪侠一边对上方的龚建进行火力压制，一边拽开变形的铁门，钻进牧马人的后备厢里。聂风远还想向牧马人正面射击，刀客再次轰大油门，从重案组冲了出去。

肖扬刚闯进急诊，就听见龚建的号叫加咒骂。肖扬的心稍稍放下，还能叫唤问题就不大。肖扬进到治疗室，护士正用酒精棉给龚建的脚踝消毒，黑红色拭去，露出白色的骨头。龚建又是一句脏话，站在旁边的聂风远捶了龚建脑袋一拳："你他妈的嘴巴就不能干净点儿？"

龚建安静了一秒钟，看到肖扬，又开始嚷嚷起来："我挂彩了！给我立功！"

聂风远又给了龚建一拳："看个家都看不住，还给你记功，不给你处分就不错了。"

龚建撇撇嘴。

护士给龚建敷上了纱布，然后退了出去。肖扬探出身子，看走廊空寂，便从里面将治疗室的门关上，看着龚建和聂风远二人。

"你们想问什么就问吧。"肖扬说。

"头儿，你知不知道，有些地方不对劲。"龚建好好讲话了，"先是连续意外死亡事件，然后郝义军的车祸，还有陆平乡的那份DNA报告，再就是今天发生的这个事。"龚建迟疑了一下，说道："我说不上来，但总感觉每一件事都是连着的。"

"你怎么看？"肖扬朝向聂风远。

聂风远注视着肖扬，然后轻声说："还有你的到来，也很不对劲。"聂风远顿了顿，"你一定是带着某个任务来的。"

"比如？"肖扬反问。

"比如来查郝义军的真正死因。"聂风远说完，龚建的眼神也如火炬熊熊燃烧起来。

肖扬停了一秒钟,点了点头。

"我就说郝组长的死有问题吧!"龚建从病床上跳到地上,又一句脏话,丝毫不再为脚踝的伤痛而自怜。聂风远冷着的脸像要杀人。

"我也是知道郝义军牺牲的消息后,才主动请缨来到这里任职。来之前,打击有组织犯罪处告诉我,交警对车祸现场勘验发现很多疑点,而进一步的尸检显示郝义军的颈部有一处很深的贯穿刀伤。"

聂风远沉默了,龚建却哇的一声哭了出来。

"老郝为什么会在那儿牺牲?"聂风远问。

"这也是我要搞清楚的问题。郝义军表面上称是休假,实际上是到西北去追捕一名涉案人员。出发前,郝义军向打击有组织犯罪处汇报追踪到本地一条涉嫌洗钱的线索,而这名涉案人员正是洗钱环节的核心人员。但具体情况郝义军并没有细说,他要等这名涉案人员归案后再做专题汇报。只是这一切都被西北的风沙给埋葬了。"

"那老郝究竟有没有抓到那名涉案人员呢?"龚建问。

肖扬摇摇头:"现场没有出现第二具尸体,但我倾向认为郝义军是将那名涉案人员抓获后,负责灭口的杀手出现,郝义军为了保护那名涉案人员而与杀手搏斗,壮烈牺牲,而那名涉案人员则在双方战斗中趁乱逃跑。"

聂风远点头:"所以他们才会潜入郝义军的办公室,搜查他从那名涉案人员口中获取的信息。"

"在他们到来之前,我已经对郝义军的公用物品和私人物品进行了全方位的搜查,什么都没有找到。"肖扬说。

聂风远和龚建沉默了。半晌，龚建才说道："老郝做事非常隐秘，特别是面对这种关系错综复杂的案件时，他的保密工作都做得特别好。"

"特别是陆平乡还被牵扯了进来……"聂风远的话说了一半，但他想表达的意思已经不言而喻。

"如果郝义军查的案件涉及陆平乡，那么他对线索的保密，尤其是对陆冰心的保密就很有必要了。"肖扬说。

"我更倾向于是他对陆冰心的保护。"聂风远说。

肖扬点了点头："因此，为了能够查清陆平乡的死因，也为了揪出真正隐藏在背后的凶手，我已经把陆冰心给停职了。"

"停职？！"聂风远和龚建几乎异口同声。

"你们就当我也是处于法律上回避原则，对陆冰心的一种保护措施吧。"肖扬道。

聂风远沉默了一会儿，点了点头。但龚建却幽幽叹了口气："陆冰心这小子，可不是你停了他的职，他就能消停的。"

龚建的话，让急诊室再次陷入了沉默，而弥漫其中的福尔马林的味道竟多了一些神秘与危险。

十二、夜访的黑客

欢欢蜷缩在床上，呆望着阿信在灶台前忙碌的背影。腾起的水汽将阿信包围，让她有了一种触摸不到的感觉，而掌心里的手机正频繁弹出一条条姊妹们的微信聊天。欢欢叹口气，拿起手机加入了她们的世界。

过了一会儿，阿信端着一碗阳春面放到了床前的小茶几上。欢欢放下手机，开始吃面。阿信则注视着欢欢的侧脸，眼神中充满了怜爱与幸福。他做了一大碗面，外加两个荷包蛋。欢欢吃得只剩下一个荷包蛋才放下筷子。阿信把碗往她的前面推，欢欢摇摇头说："真的吃不下了。"

的确，这一碗面的分量对于这么一个一把能搂过腰的女孩来说是不少了。

欢欢说："为什么你做面这么好吃？"

阿信微微一笑，没有回答。

"是偷学了谁的手艺吗？"欢欢又问。

欢欢的话让阿信想起了他去世的爷爷。阿信的心稍稍痛了一下。随即，他站起来准备收拾碗筷，欢欢握住了他的手："陪我坐会儿。"

阿信便陪着她坐着,一副无所适从的笨模样。那只叫作小白的猫"喵"了一声,仿佛是吃了阿信的醋,翘着尾巴从门缝溜出去了。

欢欢和阿信相识于一次电竞比赛。两人分属两支战队。如果说欢欢是一名热血杀手,那么阿信则是一名战略大师。尽管大多时候,战局一开,阿信都在扮演丢盔弃甲、落荒而逃的角色,但正杀得开心的敌人会惊觉自己落入了一个无处可逃的陷阱中,垃圾时间的长短只取决于对手认输的速度。欢欢旁观了阿信的战法,知道他是一个数据精算师,要战败他的唯一途径就是速战速决,否则打起持久战来几无胜算。

欢欢和阿信代表的两支战队一路凯歌,会师最后的决赛。巨大的玻璃房内,两支队伍分列两侧,中间是两排共计十台电脑。玻璃房外则是巨型屏幕以及数以千计的狂热玩家。欢欢虽踌躇满志,但还是有些底气不足,手心潮热。欢欢偷眼看阿信。这个少年还是一副病恹恹的模样,神情比欢欢还要恍惚。

比赛正式开始,双方运筹帷幄,抢占地形,拉开阵势。镜头在每一位游戏英雄间切换。他们开始捉对厮杀、佯攻、突破、退守、再次反攻,地图虽大,但每一处丘陵、每一条河流,甚至是每一处古井,都遍布着杀机。战斗虽慢慢被拖入了中局,场外对结果的预判已经明显倾向于阿信这边。毕竟以他数据精算的能力,会在无形之间,一点一滴瓦解对方的战斗力。但就在此时,发生了一场令全场目瞪口呆的事情,阿信居然离开阵形的后方,一改相持消耗的打法,径直向欢欢的英雄冲了过去。"这是什么鬼?"欢欢心想。要论战力属性,阿信的英雄明显打不过欢欢的英雄。难道这又是对方布下的陷阱？但欢欢也不能放弃自己的有利位置。而阿信的队友也无法从酣战中脱身出来。场外的主持人连连吼出三个"Why"。眼见着两方的英雄就要接敌了，还没搞懂阿信套路的欢欢不想躲了，主动发起了攻击。其他四位英雄怕陷入了圈套，还在观望。

阿信英雄的血槽一点点空了，但他就是不还手。全场寂静了，只有他的队友在对他咆哮。在毙命前，阿信终于将手放在了键盘上，对着欢欢的英雄打出了一行字："能加个微信好友吗？"

全场哗然！

欢欢的战队夺得了总冠军，欢欢还赢得了全场的MVP。当然，阿信也有收获，他在一片嬉笑，甚至是耻笑中被授予了最佳风尚奖，此外，他也得到了欢欢的微信号。

两人很自然地发展成了情侣关系。欢欢生性开朗，阿信则腼腆内向，两个人在一起本可以互相影响，互相改变，但阿信的沉默比起欢欢的外向要更加执拗得多。自那场电竞比赛后，阿信被开除出了战队。于是，他又埋头于自己的黑客世界中。欢欢坚持了一阵，觉得也没太大意思，便也回到现实的生活中来，打一份闲工，和闺蜜们逛街、旅游、吃大餐，享受年轻人应有的欢愉。一静一动间，两个人又像是进入了两个战队。慢慢地，欢欢在阿信的面前也便话少了起来。

欢欢摸了摸阿信的脑袋，说："你很可爱。"

阿信也晃晃脑袋，眼神中流露出满足。

欢欢的身体倾过来，睁大双眸，将唇落在阿信的唇上，阿信则闭上了眼，欢欢开始脱阿信的衣服。

门响了。

两人停下手中的动作，整理好衣服。阿信去开门，一个陌生的胖子。阿信正疑惑间，对方自我介绍："我的名字叫作汤宝，在网上，他们称呼我为土拨鼠。"

阿信一愣，大脑随即检索"土拨鼠"这三个字，一瞬间，他意识到：门口的这个同龄人和自己拥有相同的身份——黑客。

阿信闪身，让土拨鼠进了屋。土拨鼠一眼就看到靠在床架上正用火柴点烟的欢欢，他的脸色突然变得很难看。欢欢将火柴扔到地上，然后下床走到阿信的面前，用手托住他的脸说："007先生，我先走了。"

阿信点点头，眼神还是有些不舍。欢欢又瞥了眼土拨鼠，便离开了房间。

土拨鼠进屋后，一屁股坐在电脑前，端起一大壶白开水就往肚子里灌，细流从土拨鼠肥胖的腮帮滑过满是脂肪的脖子，最后落在他腆着的肚皮上。阿信站边上看着他豪饮的模样，没头脑地想到了沙漠中的骆驼。

土拨鼠放下水壶，倒是很应景地来了句："你知道渴死是一种什么感觉吗？"

阿信摇摇头，问道："没想到你会找我。"

土拨鼠沉默了一会儿，说："我也没想到。"

阿信有些吞吐地说："其实我们俩并不算认识。"

"但是你的名气大家都知道，你是一名网络灰客。"土拨鼠说。

"灰客?"

"这是我发明的专有名词,是指介于那些干坏事的黑客,以及安全公司那些提供防护的白客之间的一类人。没有好坏之分的那种。"

"那你是什么客呢?"阿信反问。

"哈哈,我只是一个土拨鼠,一个藏在地下的土拨鼠。"

"全网知道你身份的,只有三个人。"阿信说。

"这三个人中,有一个已经蹲进监狱了,还有一个金盆洗手了,只剩下你了,我们还过过招。"

阿信回忆起那次在暗网上耗时二十个小时,几乎搅动全部网络黑产以及安全白客的攻防厮杀,那是阿信少有的快意人生时刻。阿信收回思绪,微微笑道:"没有胜败。"

"如果我们联手,我们真就把世界给掀个底朝天了。"看样子,土拨鼠的思绪也回到了那次战斗中。

"如果那样,也就是我们暴露身份的时候了。"阿信顿了顿,问道,"真有其他人发现你的身份了吗?"

土拨鼠摇摇头:"是现实世界。"

阿信想了想,说:"你在网上消失了一段时间。"

土拨鼠突然哇的一声哭了:"我不想一辈子都在牢里蹲着,我更不想死,我还年轻。"

阿信不知道该拿眼前这个胖子怎么办。他曾经许多次暗示过这只土拨鼠:黑客技术是一把双刃剑,它既可以是正义的,也可以是邪恶的,而且邪恶的力量要更为强大,因此要慎用那些黑客程序。但土拨鼠不听,他一定是明知故犯。阿信曾经制造了一个虚拟身份,在暗网上跟踪土拨鼠的轨迹,发现他虚拟货币账户有大笔的流水进出,最高时一天达到了千万元。他猜测土拨鼠一定是卷入到某种网络黑产当中了。

阿信双臂抱在胸前,想了一会儿,决定不去提黑产的事情,他只是问了土拨鼠:"你打算怎么办?"

土拨鼠猛地抬头看阿信,像是抓到了救命稻草:"我想逃,逃得远远的,彻底消失,不仅在现实中,也在网络上。"

"为什么会找到我?"阿信问道。

"因为网上没有人知道你的存在,而在现实中,更不会有人知道我们俩的关系。"

阿信点点头,又问:"我能做些什么?"

"这个我有办法,你不用操心。但在我离开前,我想办两件事,一个是安置好我的奶奶,她是一位盲人,但我就是她带大的,我想让你把她安置到龙隐书院里,那里据说提供相应的慈善服务,能有人照料。当然,钱不是问题。"土拨鼠顿了一顿,看阿信的反应。阿信点了点头。

"再一个,我想把那些非法所得全部还给受害人,当然不是面对面地还,而是通过你将暗网上的钱转换成通用货币,然后再分别打到他们的账户上。"

阿信犹豫了,这个操作不难,但却有风险。这意味着赃款也要经过他的手,痕迹也必然会留下。

看出阿信的犹豫,土拨鼠说:"我不能再在网上现身了,你知道那些网安,还有那些黑客的鼻子有多灵,反应有多快。再说了,我这么做也是赎罪,减少那些老百姓的损失。"

"好吧,我只有一个要求。"

"什么要求？"

"把你虚拟货币账户登录账号和密码给我。"

土拨鼠犹豫了一下，但他明白虚拟货币账号还是绝对安全的。他将账号和密码抄在了一张小纸条上。阿信给土拨鼠冲了一杯咖啡。土拨鼠把字条给了阿信。阿信扫了一眼，就用打火机把字条烧了。土拨鼠看着那化为灰烬的字条，有些出神，身体微微颤抖，或许是回忆起了一些恐惧的事情。

阿信在心中暗暗叹口气，他打开电脑，活动活动手指，然后登录了土拨鼠的虚拟货币账号，将里面的虚拟货币全部转到一个现实世界不存在的人的银行账户中，然后又经过这个银行账户，分别向土拨鼠提供的受害人账户转去了原本属于他们的钱。

当完成最后一批款项划拨后，阿信又通过一系列操作，将他的这个虚拟银行账户，以及相关联的电子支付、手机号码，甚至是用于面部识别的头像全部销毁，只剩下那个不知属于谁的身份证号码再次回到那条见不得光的网络黑产链条中。

阿信关上了电脑时，土拨鼠也醒了过来。阿信点点头，说："完成了。"

土拨鼠感激地点点头："谢谢你，为我冒这个险。"

"我不是为你，是那些被骗的人太可怜了。"阿信说，"你的账户上还剩下大概一百万，够你潜伏一阵子了。"

土拨鼠点点头，随即告诉了奶奶的地址，再次拜托阿信帮他安置他的奶奶。

阿信答应土拨鼠天亮就去办这件事。

土拨鼠拥抱了一下阿信，然后打开门，消失在了夜色中。

十三、书院的厮杀

清晨，重案组的盥洗室，肖扬正对着镜子在脸上涂抹着护肤品。聂风远来到门前，轻轻敲了敲。

肖扬说："等会儿。"

聂风远微微一笑。

肖扬说："也不能总是女汉子。"肖扬将化妆品收进了小包，转身问聂风远何事。

聂风远说："早上浏览昨夜警情的时候，我发现了一件值得注意的事情。今年年初我们这里发生了系列集资诈骗案件，钱都是从网上转走的，虽然有收款账户，但户主只是一个通过网上黑产购买的虚假身份。而且款项经过几次转移后，就没了踪迹。有趣的是，昨天后半夜，那些受害人损失的钱突然又一分不少地回来了。"

"嫌疑人良心悔过了？"肖扬笑着说。

聂风远也笑了笑。

"让我猜猜，给受害人账户打款的人也是虚假的身份。"肖扬说。

聂风远点点头："除了身份证号是真的，其他全是假的。而那张身份证还出现在其他黑产犯罪的链条中，所以追起来没有任何价值。"

"这是一个什么样的集资案件？"肖扬问。

"是打着龙隐书院旗号，说让大家众筹，促使书院把封存在国外的资产给解冻的项目。"

"哼，不就是民族资产诈骗的变种嘛。"肖扬说。

聂风远点点头说道："后来查了，这件事的确和龙隐书院没有关系，是嫌疑人通过搭建龙隐书院的网页和微信公众号，并伪造了书院的文件和古籍书信来骗取受害人的信任。"

"现在这种打着国学名头的机构的确泥沙俱下。"肖扬顿了顿说，"但为什么那些钱又回到受害人手中了呢？"

"是嫌疑人被书院的精神感召了？"

肖扬哼了一声，但又随即想到书院院长放下先前敦促爆炸犯投案自首的事情。肖扬觉得有必要和这个放下聊一聊。

阿信来到土拨鼠的奶奶家，说自己是土拨鼠的私人助理。老人愣了一下。阿信才想起，土拨鼠的真名叫作汤宝。他便告诉老人家："汤宝让我接你到山里享享清福。"老人乐得合不拢嘴，她连连说："我就说咱汤宝天天在外面忙，这下可是忙出息了。"

老人家一路都在说她和汤宝两人相依为命的经历。她是怎么把汤宝拉扯大，汤宝又是怎么孝敬她的。虽然失明，但老人还是能够感受到阳光透过玻璃照进来的方向。老人面朝窗外，仿佛正在端详街道上的车水马龙，那副苍老的面孔显出某种安静和柔软。阿信凝视着老人的面孔，又一次想起了自己的爷爷。

小的时候，挤公交时，总是爷爷拉着扶手站着，而他则坐在座位上，扒着窗沿看外面。当公交车售票员报站"四眼井到了，到站的乘客请下车"时，爷爷便会拉着自己回到那个小巷，回到他们爷儿俩相依为命的家。那是多么美好的时光啊。可是爷爷早已不在了。

阿信偷偷抹了一把眼泪。昨晚听土拨鼠帮着骗走了普通老百姓的钱，他立刻就想到了自己的爷爷。他的爷爷当年因为被骗子骗走了孙子的学费，悲愤交加，溘然长逝。当时，阿信的右手已经伸向手机，他要拨打110。但当他听土拨鼠说要把钱退还给受害人，而且还要安置他的奶奶，阿信的心又柔软了。他多么想也能够有机会孝敬自己的爷爷啊！

进了龙隐书院的山门，阿信刚向书院的小学徒说明了情况，小学徒便告诉他：放下院长正在书房等着他。小学徒随即领着土拨鼠的奶奶到义工居住的宿舍去了。阿信理了理衣服，往放下的书房去了。

与此同时，熙熙攘攘的龙隐书院前殿，两个男人先后迈过门槛。领头的中年人对着孔子像念念有词，后面的年轻人则嗤笑一声，绕过塑像，来到后院。

栏杆上有晾晒的汉服。年轻人扯过一件，裹在自己的身上，在义工居住区的回廊上折转。在三楼楼梯口的一间房门口，他停下了脚步。屋内的床上端坐着一个老妪，瞪大了眼睛，瞳孔却昏暗无光。年轻人来到她的面前，蹲下，用手在老人的面前画了一个扇面。老人问："你是谁？"年轻人笑了，回答道："我姓枪，我叫枪侠。"

而就在刀客和枪侠进到书院不过十分钟后，肖扬将车子停到龙隐书院前,刚进山门,居然撞见了刚从斋堂出来的陆冰心。两人相对而立。肖扬先开口问道:"你怎么会在这里?"

陆冰心没有回答。

"对了,你是要找陆平乡。他受了伤,跑进了龙隐山里,你是来这里查他的下落的。"

陆冰心说:"听说重案组遭袭了。"

"原来你知道啊。"肖扬哼笑一声。

"虽然我被停职了,但不代表我不关心组里的情况。"

"那你就更应该和大家合起一条心,来应对强敌。"

"只是我和你出击的方向不一样罢了。"

"你是想抢先我们一步,找到你的父亲吧。"

陆冰心耸耸肩:"随你怎么想吧。"

肖扬正色道:"陆冰心,作为你的组长,我有必要警告你,在法律这条唯一准则前,不要犯浑!"

肖扬话音刚落,还没等陆冰心说话,一声尖叫连着一声扑通打破了龙隐书院上空的宁静。两人一愣,立即向声响发出的方向奔去。

那声枪响前不久,阿信进到放下的书房,看到两人在一尊茶海两端对坐。一位是书院院长放下,另一位居然是自己的养父谢天慈。阿信愣了一下。放下说:"给你的养父沏茶。"

阿信说了声"知道了",便开始洗手,挑选茶具,温壶烫杯,洗茶泡茶,封壶分杯等一套步骤。起初,阿信有些紧张,脑子还在想为什么养父会来见放下。但慢慢地,他也沉浸在了茶道所特有的韵致中,心也沉了下来。

阿信向两位奉茶后，就退到一边，放下和养父品了一口茗，然后开始说话。

谢天慈说："或许是我们的老板，也就是华亿公司老总顾衍忠认为我有一副善于倾听的耳朵，所以才派我来和你见面，但实际上我只是他的司机，一个开车的。"

放下说："工作没有贵贱，更何况您这行古代称为御者，有很高的地位。"

谢天慈微微笑道："我对历史、对国学不懂，我只是想听听你对顾总提出的关于龙隐书院加入旅游开发项目的看法。"

放下说："你知道我的答案。不行。"

谢天慈问："原因呢？"

"龙隐书院要回归本源，而金钱则会让它迷失了方向。"

"还有呢？"

"龙隐山及周边的群山是许多动植物的家园，商业开发会危及它们的栖息地。"

"还有呢？这些理由顾衍忠都听过了。"他的笑带着挑衅的味道。

放下抿了口茶，说道："我不喜欢你。我也不信任你。"

谢天慈哈哈大笑起来："商人是逐利的，但这并不意味商人就是可耻的。为了能够获取最大的利益，他愿意通过一切手段来解决他遇到的困难，而收买是最常见的手段。"谢天慈说着，从内兜里掏出一张银行卡，推到放下面前，"这是我们顾总的一点儿小意思。"

放下眼皮颤了一下，眼神在一瞬间露出了凶相。阿信知道他被自己的养父给侮辱了，但用钱摆平事情也的确是谢天慈一贯的风格。

看到放下没有收下的意思，谢天慈将银行卡收回到兜里，站起身，踱步到窗前，看着不远处的讲学堂，沉默半晌，"有句话叫作'天知地知你知我知'，这句话的背后深意，指的是世界有四只眼。第一只是人眼，我们看到什么，便相信什么，管他是谎言还是骗局，只要能蒙蔽我们的双眼，我们便照单全收。第二只眼是心眼，什么事情都要在心眼里转圜一下，也正因为有了我们的小心眼儿，才有那么多的尔虞我诈，以及相应的各种防备。"

谢天慈回头，目光掠过了一边站立的阿信，接着他的讲演："第三只眼是天眼，头上三尺有神明。神明既领路众生，又普度众生，和你们仁爱、慈善的说辞差不多。天眼是欢喜的，人人热爱，人人崇拜，因为只要天眼一开，大家就能得到好处。那么最后一只眼，便是地眼。它是沉默的，也是恐惧的。人们不喜欢它，甚至会刻意遗忘它。但它就像地震一样，时不时给你来一下，所以它是始终存在的。"

谢天慈顿了一下，回头，直勾勾地看着放下："正是因为有了这四眼，世界才能维持相应的平衡。这大概也是城里那口四眼井背后所蕴含的深意。"

四眼井！这三个字让阿信和放下都心头一凛。阿信感到惊讶，是因为四眼井就是他长大的地方。而对于放下来说，前些日子刚看到的四眼井又一次出现在了谢天慈的口中，这让他冥冥之中有一种感觉：自己丢失的记忆和这口井有关。

谢天慈也是盯着放下的面孔，像是在解析他的每一个表情，但放下的脸上却现出一片茫然。谢天慈恢复了正常语气：

"这个社会如一台精密的挂钟,你只是其中的一个齿轮。龙隐山开发的事情,你不愿意动,会有别的齿轮推着它动。到时候成群结队的人逐利而来,你怕是挡也挡不住了。"

谢天慈喝完茶盏里的茶,来到门前正要离开,看到阿信还靠墙站着,便转身对放下说:"阿信是个好孩子,感谢你对他的教诲。"

说完,便牵过阿信的胳膊,领着他一同出了书房,开车离开了龙隐书院。

谢天慈和阿信从正门离开龙隐书院不久,土拨鼠则从后门悄然而至。他沿着回廊寻每一间义工的宿舍,肥胖的身影投映在每一扇窗上。走到回廊尽头,土拨鼠发现一个房间的门开着,他推开门,看到了自己的奶奶坐在床上,还有一个背影在桌前往杯里倒水。土拨鼠还没弄清发生了什么,倒是他瞎眼的奶奶发出惊呼:"孙儿,快跑!"

土拨鼠夺门而出,枪侠转身要追,却被土拨鼠的奶奶抱住了腰,枪侠扭胯逃脱,老人摔倒在床下。慌不择路的土拨鼠绕着回廊往上跑,一层、二层,到了三层,土拨鼠没看到有人来追。他停下喘口气,不料枪侠攀着朱红的石柱跳出,将他踹倒在地。

土拨鼠爬起来要跑,枪侠拽住了他的夹克,土拨鼠转了一圈,夹克从身上脱离。枪侠一愣,就看到这个胖子尖叫着飞身跳下,扑通一声,落入了一楼天井中央的水池内,一条锦鲤飞到半空,落在了水泥板上,无助地拍打着尾巴。

枪侠掏出枪,对准水池中心,可水面上只有一连串的水泡，土拨鼠并没有浮上来。等了两秒钟，枪侠攀着栏杆滑到一层，发现水池侧壁有个大洞，连通到院外。枪侠提着枪，向生活区出口奔去。一人宽的门正好被循着尖叫声赶来的陆冰心堵住。两人见面，电光石火间，便有了判断。枪侠刚要抬枪，陆冰心便拖住枪侠手腕，一粒子弹打折了院内的毛竹。

土拨鼠从大殿前的放生池里爬出来，枪响让他一怔。刚回过身，便看到刀客向自己走来。土拨鼠惊恐地又叫了一声。刚刚赶到的肖扬在此时掏出了枪。一个飞镖从刀客袖口飞出，掠过土拨鼠的头顶，将肖扬的手枪打落。刀客大步向肖扬冲了过来，土拨鼠趁机向山门外奔逃。

肖扬想捡起地上的手枪，无奈刀客却已抢到身前。短刀在肖扬的眼前划出一道光。肖扬被逼得后退一步，随即拉出一副格斗姿势。刀客停下来，冷笑："对不住了。"

肖扬朝刀客的面部挥了一拳，但这只是一记假动作，她的重点还是在刀客右手的短刀。刀客往后闪身，那把短刀隐到了袖口中，肖扬几记组合拳的力道都消散在了空气里。两下分开，肖扬骂了句脏话。刀客又笑："京骂啊。"

肖扬跳起，长腿劈扣，刀客右手轻轻一挥，肖扬跌在地上，鲜血从脚腕上渗出，在青石板上留下鲜红的一道。肖扬咬着牙，又冲向刀客。刀客接招，短刀向前，肖扬抓住刀柄，向下一折，刀客身体顺着肖扬的力道扭转。形势似乎发生逆转，肖扬占据了上风，但她眼角的余光却看见刀客的左手握住了一个发光的物体。原来还有一把刀。肖扬这么想着，太阳穴突然传来剧痛，下一秒钟就什么也看不见了。

十四、父亲的回忆

陆冰心的左手将枪侠的右手钳着，空出的右手伸向自己的枪套，枪侠的左手却摸到了枪柄。两人一同将陆冰心的配枪抽出，在空中画圈的一秒钟，弹夹已经被枪侠退出，枪膛里的子弹也从套筒里弹出。枪成了一块废铁，两人一同将它扔掉，又将空出来的手握住了枪侠的那把枪。两人面贴着面，僵持着。

枪侠突然笑："我有后援。"

陆冰心冷着脸："我也有。"

"你不想看你的后援怎么样了？也许已经翻白眼了。"

"也许是你的后援翻白眼了。"

"那我们换个方法，利索点儿的。"

"怎么说？"

"打一架。"枪侠的眼神放着光。

"我看行。"

两人松开手，枪掉在地上，枪侠一脚将枪踢开，然后脱掉外套，开始活动筋骨。陆冰心还在那儿站着。枪侠挥拳，陆冰心突然从身后抽出一根伸缩棍，打在了枪侠的胳膊上。枪侠刚尖叫一声"我操你祖宗",一只手腕就被陆冰心用手铐铐上,另一端则铐在了石柱上面。

陆冰心来到前殿,看到肖扬躺在石板地上。陆冰心俯下身子,肖扬睁开眼,气声说道:"快追。"陆冰心见她并无大碍,便也飞身出山门,向远处追去。肖扬挣扎起身,靠着石柱坐了下来,跟腱处已不流血,问题不大,但却使不上劲。肖扬转头,看到院长放下站在广场前,似在观察,又似思考,总之没有任何举动。

土拨鼠奔向了龙隐山紧临的野猪山,山下是一片冬笋地,有的冬笋已经冒尖,有的则空出了一个个小土窝。土拨鼠躲闪着这些土窝,并没有想到这些土窝是野猪拱出来的,但刀客对此却了然于心,他甚至觉察出某些土壤被新翻的痕迹。刀客有些惴惴不安,他加快了脚步,转过一块大石,看到了土拨鼠的背影,同时也看到了更高处的两头野猪,一大一小,正夯着身上的毛瞪着下面的两个人。

"停下!"刀客喊道,他希望土拨鼠不要激怒野猪,但土拨鼠却好像没有发现野猪的存在,径直往上爬。于是,那头大的野猪开始向下冲锋。土拨鼠这才看到了那头野猪,他停下脚步,身子开始筛糠一样发抖,但那头大野猪却放过了土拨鼠,向着刀客直直撞过来。

刀客伸出手,两把短刀握在掌心,嘴里大喊:"来吧,你个蠢东西!"

人的尖叫和野猪的尖叫混在一起,然后便是各种翻腾与撞击,那头小野猪也加入了战斗。土拨鼠不敢看,折了个方向顺着山脊跑了。

陆冰心也循着方向追了过来，但除了一片被压倒的狼藉，以及一头母野猪和一头小野猪的尸体，他什么也没看见。山风吹下，空气中弥漫着血腥味。陆冰心知道肯定还有一头更大的公野猪，他不敢停留，赶忙返回到龙隐书院内，却发现原本铐着枪侠的那根石柱已经被踹断，人和手铐都没了踪影。

坠落，一直在坠落，深渊有了牙齿，即将把自己吞噬。陆平乡醒了过来，全身酸痛，定了定神，将自己从虚幻中挣脱出来，但过去的画面仍在脑海中闪烁，他不由得死死抓住被子一角。

陆平乡看不清两个来人的面孔，但却可以感知逼近的危险。背后是悬崖，他无处可退，只得硬着头皮向前。枪响了，子弹射入了他的肩胛。他一惊，向一侧扑倒，又是一枪，射入了身后的黑暗。另一个男人一个大步冲到自己面前，手里玩弄着冰冷的刀。不一会儿，陆平乡的身上便多了几道伤口。他在一瞬间判明了形势，顺势向后一滚，从山崖开始坠落。

往下，不断往下。陆平乡用受伤的臂膀抓住了崖壁上的一棵小树。然后，一辆汽车载着他的主人，从上方轰然下坠。陆平乡紧贴岩壁，金属车顶擦着后脊梁，一直坠到下面的崖底。

陆平乡屏住呼吸，他仿佛感受到崖顶的人正在伸头探望，为了生存，他只能等待。与此同时，更多的鲜血流淌出来，湿润了他的双手，也在岩壁上留下了痕迹。这该死且要命的痕迹一定会把自己的身份暴露出来。

在寂静中又煎熬了五分钟，陆平乡确定崖顶上的两个人已经离去，便开始沿着崖壁往下爬，当他终于下到崖底时，他几乎要昏厥过去。但陆平乡不敢耽搁,他咬着牙继续前行,跨过一座木桥,消失在龙隐山的密林中。

陆平乡对这片山林很熟悉,因为他是这片山林的守林人,或者说是名义上的守林人。

自从他先前所在的劳万户犯罪团伙覆灭后,由于找不到任何的身份证明,他被迫成了一个游荡的影子。他急切需要找到一个面对现实世界的真实身份。八年前,他注意到这片林区的守林老头年事已高,而且还有重度的酒精依赖,健康情况非常糟糕。此外,他还孤身一人,几乎没有任何访客。陆平乡便经常拜访老头,一起喝上两杯。久而久之,陆平乡开始陪老头在守林的小屋住上几天。老头要求很简单,只要有酒喝,就是好朋友。别人对陆平乡身份的质疑,老头闭口不谈,陆平乡也只露出一脸憨笑。慢慢地,生活在周边的林场居民认为陆平乡要么是老头的亲属,要么是他的接班人。

在和守林老头相伴的两年中,陆平乡不是老头生命的延缓者,他并没有采取任何方式帮助老头恢复健康;当然,他也不是一个生命终结的助推者,他只是顺势而为,让基因的密码来决定老头的寿命。在老头即将油枯灯灭之际,已经说不出话的他紧紧握着陆平乡的手,浑浊的眼神中充满着复杂的感激。那一瞬间,陆平乡明白了,老头的心里是清楚陆平乡是有问题的,但他用自己的沉默,换取了陆平乡的陪伴。

老头去世后,陆平乡很庄重地为他料理了后事。山林里的居民也就很自然地将陆平乡认作老头的晚辈。其后的六年中,陆平乡尽职尽责地守卫龙隐山林的安全,在这期间没有发生过一起火灾,也很少发生盗捕盗猎案件。当地林场和森林公安几次到他的住处送锦旗和奖励金,都始终没有见到人。大家只以为,这个沉默不语的家伙一定又去巡山了。实际上,在这深居简出的六年间,陆平乡在龙隐崇山和谷底间,分别建了六个守林人小屋,这是他的应急场所,也是他的战略纵深。

陆平乡负伤,忍痛跨过木桥,钻进密林后,并没有急于回到他的林间小屋,而是很细心地用他的鲜血,在许多道路分岔处布置了迷魂阵,干扰可能出现的敌人追击。随后,他才到一处谷底边的小屋疗伤,小屋外流淌着淙淙小溪,小屋里则储藏着急救的药品。

陆平乡在这间小屋里为创口消毒、包扎,然后躺在床上,谛听森林里的任何异动。他想起了自己的孩子陆冰心,想他们最后一次在郝义军墓前见面的场景。虽然分别多年、相距百米,但陆平乡确信陆冰心已经认出了自己。

他会如何看待这个不合格的父亲呢?

他从床铺下摸出一个笔记本,里面贴着陆冰心的照片。从童年到少年,到警校,到授衔成为警察,再到第一次抓捕,陆冰心人生的不同阶段,陆平乡都记录了下来,有的照片还是他冒着危险隐藏在暗处偷拍的。

作为父亲,他从来没有离开。

显然,这些照片并不能满足陆平乡,他不禁想起了陆冰心的童年。

当年陆平乡还在刑警队工作时,难得在家休息,陆冰心便跟在他屁股后面,用手比作枪,嘴里还模仿着"Biu Biu"的枪声,满脸自豪。有时候,陆冰心也会不开心。有一次,他在幼儿园被别的小朋友欺负了,他勾着陆平乡的手说:"爸爸,你能穿着警服送我去幼儿园吗?"陆平乡问他为什么要这么做。陆冰心回答:"我要你去吓唬吓唬那些欺负我的小朋友。"陆平乡摸着陆冰心的脑袋说:"警察是去抓坏蛋的,不是去吓唬小朋友的。"看陆冰心还是不开心,陆平乡便鼓励道,"你要像爸爸一样,变得坚强,这样才不会有人欺负你。"

自从被警队开除后,陆平乡在儿子心中的形象崩塌了。为了不影响陆冰心的成长,也为了儿子的安全,陆平乡主动离开了这个家,成了一个彻底无牵无挂的影子。他任由年幼的陆冰心在街头忍饥挨饿,甚至被人欺负。真像原先陆平乡鼓励的一样,陆冰心虽然经历许多磨难,却始终连眼泪都不落一滴。此外,郝义军一次次在陆冰心的成长历程中出现,他是一名恩师,更是一名慈父,帮助陆冰心成为一名刑警。

一夜的追忆模糊了现实与梦境。第二日清晨,稍稍恢复的陆平乡收拾好木屋里的东西,清除掉一切痕迹,向树林深处转移。而这间木屋,几天后在陆冰心按图索骥的一番搜索后,被一把火焚烧殆尽。

陆平乡背着行囊在山林里穿行,走着走着就没有了路。但陆平乡并不担心,他知道自己的目的地在哪里。陆平乡跨过一道满是碎石的山涧,再往前绕过一片沼泽,又在密林里走了五分钟,眼前便豁然开朗。一栋木屋矗立在林间空地中央。这是陆平乡耗费一年的时间搭建的,没有人知道它的存在。

他走到门前,手伸到口袋拿钥匙,门却吱呀一声开了。陆平乡的心突然吊了起来,松开拿钥匙的手,赶紧去摸裤腰上的刀柄。

房间里传出咯咯的笑声:"叔,你回来啦!"一个女孩出现在门前。

原来是二丫。陆平乡松开握刀的手,笑容浮在了脸上。

"叔,这是我采的松露。给你。"二丫捧着松露递给陆平乡。

陆平乡摸了摸二丫的头说:"叔不用,你拿去,能卖不少钱呢。"接着又问:"你怎么知道叔叔住这里的?"

二丫笑得很得意:"我是捉迷藏的高手。"

陆平乡当然知道二丫的厉害。二丫从小到大生长在这片山林里,她对每一头动物、每一棵大树都了如指掌。而这或许都遗传于他的父亲。二丫的父亲是一名松露猎人,多年来一直靠采集松露卖钱为生,但也仅维持个温饱水平。为了增加收入,二丫父亲到小煤窑上班,成了一名矿工。可没过多久,一场瓦斯事故夺去了他的生命。一家人虽然拿了赔偿款,却再无法在城市立足。二丫的母亲便带着二丫回到了龙隐山的山林里。还好这片山林有很强的治愈作用,二丫很快又变得无忧无虑。而且令人惊异的是,二丫对于松露,对于山林里的一切都有种天赋的感知。她很快也成了一名技艺非凡的松露猎人。

这片山林的常住居民不超过十人,二丫没事就到陆平乡的林间小屋里玩,她会向陆平乡讲发生在山林里的那些好玩的事情,陆平乡有空也会教她学校的知识。更为重要的是,二丫的家在林子边上,若想进到这片山林,必然会经过她的家。所以从某种意义来说,二丫也是陆平乡的瞭望哨。

两人谈笑了会儿。陆平乡问二丫:"有没有人来林子里找我?"

二丫摇摇头。

"那如果有人问我住哪里,你要怎么回答呢?"

二丫想了想说:"如果有人问我,我就说你住在锯木场边上的小木屋;再有人问,我就说你住在那座废弃塘口的石头房里;如果第三个人问我,我就说你住在山顶上,信号塔的旁边。"

陆平乡笑说:"二丫真聪明。"

二丫问:"叔叔,你是要和别人捉迷藏吗?"

陆平乡沉默了,他不忍心去欺骗这个纯真烂漫的小女孩。但狡兔三窟,是他求得生存的必要。

日头快到中天,二丫挥挥胳膊,别过陆平乡,回去吃饭了。陆平乡将二丫留下的松露烤了,一点点撕着放进嘴里嚼着。松露号称世界三大美食之一,但陆平乡却没心思去品味它的鲜美,他的脑海里一遍遍地回放着那夜被伏击的过程。

毫无疑问,如果对方知道自己的身份,他们一定早就动手了。也正因此,毛弟才是一个放出来的诱饵,连那个玩刀的和玩枪的杀手也是追踪毛弟的轨迹才将他找到。虽然陆平乡滚落了山崖,但对方却没那么容易被骗,仅从警方事故的通报来看,那些杀手就知道自己已经逃生了。

但为什么他们会要来追杀自己?

这个问题比如何逃跑,甚至是如何反击要重要得多。

是鬼头、王姐、阿贵甚至是小D等人的同伙派来的?又或许,他们和一个更大的阴谋有联系,比如郝义军的死?陆平乡明白他的猜测仅靠现有的线索是无法得到证实的。于是,他开始细细回想伏击的细节。

　　一切都发生在电光石火间，陆平乡反复回想，努力从那些画面中提取有意义的信息。最后他将注意力聚焦到射出子弹的那把枪的枪柄上。他闭上眼睛，开始冥想，意识中的灰暗与朦胧慢慢消除不见，他看到了枪柄上镌刻着的一个六角星的图案。

　　陆平乡睁开眼，暗想：普通的枪支不会有这么个图案，而能为枪支这种违禁品刻图的人一定也游离在法律之外的灰色地带。而陆平乡碰巧就认识这么一个铁匠。

十五、杀手的身份

陆平乡来到位于平远古城东南角的单身宿舍楼下。这是一栋20世纪60年代的建筑,当时是为进矿里的单身青年准备的,两个人一间,八平方米,在那个时代大家也不会有什么挑剔。但随着时间推移,那些单身青年大多成家,在城里另购了房子,搬了出来。而新来的年轻人觉得这里条件差,不方便,也都愿意自己租房子。慢慢地,这片单身公寓成了无家可归者、作奸犯科者以及老鼠蟑螂的天地。铁匠老包就住在这里。

陆平乡在垃圾成堆的走廊七拐八拐,来到了一扇虚掩的门前。门里传出的是丁零当啷的敲打声,陆平乡知道老包就在里面。陆平乡喊了声:"嗨!"

一个戴花镜的老头转过头,眼睛眯缝着,半晌,才从嗓子里发出如劈柴掰碎的声音:"陆警官,你来了。"

这一称呼让陆平乡一怔——很久没有人这么称呼自己了。陆平乡点点头,拉过板凳坐下,环顾四周,还算干净。陆平乡问老包:"生活得还可以?"

老包笑:"托您福,有低保,饿不死。"

陆平乡也笑,老包的低保还是当年他帮着申请的。陆平乡又问:"没有重操旧业?"

老包摆摆手,指着身后的铁塑:"我就这一个寄托了。"

陆平乡站起身,凑到铁塑前。这是一少年的全身铸像,挺拔的身形已经被老包给雕刻出来,唯一模糊的是少年的面孔,眉毛、嘴角的线条走向还不明晰。

陆平乡问:"这是你的儿子?"

老包点点头说:"年龄大了,我怎么也记不得他的长相了。"

老包曾经有个破烂回收厂,各种各样的金属废料他都收,而为了能够低价进,他对那些偷来的铜铁更是睁一只眼闭一只眼。为此,陆平乡没少抓过他。后来破烂回收厂发生一起事故,堆积的金属废料垮塌,把老包正在下面玩耍的儿子给埋了,扒出来后,孩子已经没了呼吸。老包自此像是丢了魂,他也不做废品回收的生意了,每天只是捯饬那些铁块,把它们做成变形金刚一类的小玩具,每次给儿子上坟的时候都要带些去。看老包可怜,陆平乡就给他联系了低保,也让他搬到了这片单身宿舍里。而老包的铁艺技术也在经年的雕刻中得以精进,慢慢地,就有人来找老包去做一些特色的铁艺雕刻。

陆平乡从口袋里拿出一张纸,递给老包,纸上画着六角星。

老包接过瞄了一眼,便说:"这是我雕的,在一个枪柄上。"

陆平乡问:"他是谁?"

老包说:"我等着有人来问我,但等了三年都没人来提这茬,但这个人我记得,一直记得。"老包端起茶杯灌了一口,说道:"三年前,有个年轻人带了一把外国手枪给我,要我在枪柄上雕刻这个图案。这个年轻人有些神经质,他还告诉了我他的名字，要我把他的名字刻在枪管上。我就知道这个人不是个善茬。两天后，他来取枪，我把枪给他，他冲着我胸口就来了一枪。我没死，因为我提前在身上穿了铁布衫。但他以为我死了，拿着枪大摇大摆地走了。"

"他叫什么名字？"陆平乡问。

老包蹲下身子，在工具箱里一阵翻，找到一张纸片，递给陆平乡，上面也画着一颗六角星，下面有一个写得歪歪斜斜的名字。两个字，很简单：米克。

米克，这是一个不那么普遍的名字，在陆平乡所居住的城市，不应该会出现第二个叫米克的年轻男性。有了这点判断，陆平乡便在网上贴吧里，找到一个兜售公民个人信息的贩子。尽管这些年买卖公民个人信息已经入刑，公安部门的打击也越来越严，但哪里有需要哪里就有市场，否则那些房地产公司、装修公司或是汽车4S店的销售电话也不会精准地打到老百姓的手机上。

扯远了，回到陆平乡联系的这个信息贩子。钱打过去后，没过一个小时，陆平乡便收到了关于米克的个人信息：1992年出生，户籍住址在市郊，父亲被判无期，母亲下落不明，小学四年级便辍学，后到当地一所武校就读，一年后再次辍学，之后便信息全无，再没有关于住宿、网吧、银行开户、铁路购票等各种信息。这个人像出锅的水蒸气一样，飘一会儿就消失得无影无踪。

陆平乡决定从他信息中断处开始查起。他从网上搜索了那座武校的相关信息，发现有一段时间媒体经常报道这所学校办学资格不全，还有涉嫌组织未成年人地下比武的情况。看到这些报道后，陆平乡便从自己的物资中找出一副金丝边眼镜和一套西装给自己装扮上，又找来一个公文包，包的一侧有一个挖开的小孔。陆平乡夹着公文包就去了那所武校。

武校的教导处主任接待了陆平乡。陆平乡把公文包放在桌面上，正对着教导主任，说自己是来找一个故友的孩子。这个胖胖的教导主任眼睛滴溜溜地转，瞅着陆平乡公文包上的小孔笑得有些尴尬。

胖主任说："这样不太好吧。"

陆平乡拎起公文包，笑得有些无奈，承认了自己的记者身份。

胖主任并没有生气，他只是要陆平乡等一等，便到了隔壁的会计室，十分钟后又回来，一手拿着一个账目本，一手拿着一沓钱，目测有三千元。

陆平乡知道这三千元是封口费，他没有去接，只是以一种近乎诚恳的语气对胖主任说："我这一来为公，毕竟你们学校在市长热线上也是被反复举报；二来为私，的确有观众希望我来查你们学校一个辍学学生的下落。他现在是好是坏，我对人家总得有个回复，否则今天我不来，明天还会有其他媒体过来。"

胖主任听了，挠了挠光光的脑袋，语气迟疑："这样有点儿难办啊。"

陆平乡伸手，将胖主任手里的账目本接了过来，在领取人一栏写下吴慈仁这个名字，然后又握住胖主任那只拿钱的手，将那三千元塞回到主任的口袋里。陆平乡说："我这吴慈仁（无此人）的名字也签了，钱也领了，你该放心了吧。"

胖主任不自觉地把手伸进口袋,大概是感受了下那三千元的厚度,又点了点头说:"你要查的学生叫什么名字?"

"米克。"陆平乡答。

"我知道这个孩子。"胖主任说,"一个令人印象深刻的孩子。"

"那就劳烦你给介绍介绍。"陆平乡的语气诚恳。

"这个孩子是自己来武校上学的,没人送,也没人来看过他。在校期间,他不仅很能打,而且还不服管束。一年不到就造成了两起重伤害,若干起轻伤害。学校早就有了开除他的想法,恰好此时来了一个中年人,说要为企业招保镖,但他提出了两个要求:第一条便是孤儿;第二条就是由他亲自和推荐的孩子打一场。我们挑来挑去,把米克和另一个叫作王青的少年推荐给了这个中年人。"

胖主任顿了顿,眼神有些虚空。陆平乡问道:"然后呢?"

胖主任接着说道:"那个中年人在训练馆单独对米克和王青进行了面试,没有其他人在场。之后,中年人给了学校几万块钱,带着米克和王青走了,之后就再也没回来过。"

陆平乡提出要看一看米克和王青的档案。

胖主任摇了摇头:"档案也被那个中年男人带走了,包括他们班的集体合照,都被他要走了。"

陆平乡暗自思忖:当然,杀手是不会留下任何可追查的痕迹的。

胖主任的手又插进了兜里,像是在摩挲口袋里的钱,眼睛却斜向陆平乡。陆平乡明白胖主任眼里的深意,他从钱包里掏出两千元钞票,又塞进了胖主任的口袋。主任拉开抽屉,边取出一个相册,边说:"为了提高学生的实战能力,我们会组织一些比武切磋，当时就有一场米克和王青的拳击比赛，很精彩，我还给他们拍了照。"说着，胖主任把照片递给了陆平乡，接着说道："中年人索要米克和王青照片时，我留了个心眼，把这张照片保存了下来。你看，这张照片是不是物有所值啊？"

陆平乡接过照片，意识到所谓的比武切磋，实际上更像是一场下了赌注的比赛。胖主任已经在两个少年旁边注明了米克和王青的名字。米克高举着双臂，像是在对王青示威。

陆平乡做出了判断：是的，就是这个米克，几天前，在盘山公路伏击了自己。

陆平乡从武校出来，又联系到了那个信息贩子，提供了王青的名字。没过多久，王青的所有记录：医保的、购票的、开房的，甚至是在网吧办理会员卡的信息都发了过来。陆平乡打开王青的医保卡信息，看到上面的头像却是米克，一个更加健硕、更加邪性的米克。

那么王青在哪里呢？

陆平乡一哆嗦，脑海里出现一幅画面：那个中年人将两个少年带走后，组织了一场没有第四个人知道的比赛。米克和王青为了仅有的一个幸存机会，而在拳台上努力将对方杀死，然后冒用死者的身份，生活在这个世界上。米克，抑或是王青，这已经无所谓了，陆平乡能确信的是，那个少年在经历最初的血的洗礼后，已经对生命失去了应有的敬重。

陆平乡到王青（实为米克）经常登记上网的网吧外蹲守，只用了一天，便发现了米克的身影，又跟了一天，发现了当晚一同伏击他的那名玩刀中年人的身影。想必这个中年人就是当年带米克离开武校的那个人。陆平乡对两名杀手跟得并不紧，一方面怕被对方发现，掀起另一场血雨腥风；另一方面陆平乡也希望通过对两名杀手的跟踪，找到指使他们的背后老板。

又过了一日，两名杀手开车来到龙隐书院。陆平乡守在山门外的林子不久，就听到了一声枪响。踌躇间，看到一个胖子和那个玩刀的杀手先后从山门奔出，又一头钻进了野猪山的林子里。

陆平乡在山林里急速潜行，赶超到了两个人的前头。接下来发生的事情就相当虚幻了。两头野猪闯入了追捕的画面中，它们放过了被追杀的胖子，直接扑向了持刀的杀手。那名刀客没有逃避，一番搏斗，两头野猪毙命，而他所追杀的那个胖子，则已经被陆平乡救下，一起向山里的小屋逃奔。

十六、土拨鼠的秘密

或许是真被吓破了胆,当陆平乡出现在土拨鼠的身边时,他真以为是来了救星。陆平乡领着土拨鼠在山里绕了好大一圈,才来到陆平乡的一处林中小屋。

进屋后,土拨鼠还在喘着粗气,似乎还没意识到自己为何会出现在这里。陆平乡端了一杯水给了他,然后坐在对面上下打量。曾经刑警的直觉告诉陆平乡:这个胖子肯定不简单。

土拨鼠喝到第三口时,才敢战战兢兢地抬头看陆平乡。

陆平乡说:"你一定想知道我是谁。"

土拨鼠点点头。

"我也很想知道你是谁。"

土拨鼠迟疑着。

"你知道我的出现并不是毫无依据的。"陆平乡双手抱在胸前,虚张声势地使用审讯时常用的伎俩。

土拨鼠点点头,但还是迟疑着不说话。

陆平乡叹口气,站起身,突然听到土拨鼠喊了一声。陆平乡回头,土拨鼠伸出手,指着窗台上的一张照片。那是陆平乡和郝义军年轻时的合照。

"你认识他?"陆平乡问。

土拨鼠点点头,低声说:"他是因为我才牺牲的。"

陆平乡一怔,努力克制自己的声音:"你可以从这一段开始说起。"

土拨鼠将杯子里的茶水一饮而尽,然后开始述说:"我叫汤宝,在网上他们喊我土拨鼠,职业是一名电脑黑客,很厉害的那种。原来我只是一味追求技术,直到前些年,有个公司找到我,希望我能帮助他们从明网到暗网之间过渡一些资金,报酬很丰厚,我没抵挡住诱惑,就跟着这个公司做了一阵,但慢慢地,我发现那些进账的资金大多来源于各类违法所得,有的还牵扯到用来贪污受贿的款项。我很害怕,但我也知道,这时候再抽身出来已经不可能了。"

土拨鼠又喝了一口水,接着说:"不仅如此,那家公司还让我开发一些黑客程序,攻击了不少数据库,获取了许多个人的资料,特别是一些位高权重之人的黑材料。我猜想这些黑材料一定会被公司用来做敲诈勒索。说敲诈勒索肯定是轻的,我想他们一定在策划更大的阴谋。"

土拨鼠的身体又开始颤抖了,"虽然我没有亲眼看过,但从一些资金流水上,我能猜到,有的款项是用来杀人灭口的,而我又知道那么多,我想他们没准哪天就会把我给杀了。"说到此,土拨鼠看着陆平乡,眼神中又现出了恐惧。

陆平乡循循善诱道:"所以,你打算逃跑?"

土拨鼠点点头:"我在暗网上启用了一个新的虚拟账号,并用这个新账号对公司的账号实施了一次打劫,不多,一百万人民币。我以为做得天衣无缝。可没想到公司已经对我动了杀心。我在他们动手前，匆忙买了一张到西北的火车票，并在逃跑路上，通过电话，将这个公司在一起工程开发过程中的敲诈勒索和行贿受贿的线索告诉了重案组的郝义军。我没说多，但足够引起他的重视。我希望他能把我作为一名关键证人给保护起来。郝义军果然立刻来到西北和我见面，我又透露了更多的线索给郝义军，同时约定回到平远城后再把最为核心的电子证据给他。"

"但是郝义军却在保护你的过程中牺牲了。"陆平乡说。

土拨鼠点点头："是的，公司派出的两名杀手也赶到了西北。那天正赶上沙尘暴，郝义军把我放了，让我赶紧跑，自己则留下来拖住杀手，最后牺牲在了戈壁滩上，而我则在漫天的黄沙里侥幸活了下来。我想那些杀手大概以为我死在了戈壁滩上，便大着胆子回到了这儿，我想把我的奶奶安置好，然后带着那一百万元再次逃跑。可没想那两个杀手竟然也追杀到了龙隐书院。之后的事情你也就知道了。"

土拨鼠讲完了，陆平乡站在那儿，细细品量土拨鼠的每一句话。屋外天色渐暗，新点的蜡烛摇曳着火光。陆平乡说："我要问你几个问题。"

土拨鼠点点头。

"第一个问题，下一步你想怎么办？"陆平乡指着身后的门，"我是说你从这里走出去以后。"

土拨鼠摇摇头："我也不知道该怎么办。至少现在我是安全的，是吧？"

陆平乡点点头，"第二个问题，你准备交给郝义军的电子证据是什么,他保存到了哪里?"

"全部在暗网里,除非登录我的账号进行下载,其他人不可能获取到那些电子证据。"

"第三个问题,你当时为哪家公司在明网与暗网间转移资金?"陆平乡接着问。

"是一个小公司,但我顺着这个小公司的关联方反查,发现这个小公司和华亿公司有着大量的资金往来。"

陆平乡嘴边喃喃着"华亿"两个字,心里好像明白了什么,然后接着问第四个问题:

"来追杀你的人中是不是有这么一个?"陆平乡拿出米克当年在拳击台的照片。

土拨鼠点了点头:"是的,就是他带着枪埋伏在书院的宿舍里面。"

陆平乡把照片放回口袋。"最后一个问题,我需要你把那些名字,那些敲诈勒索和被敲诈勒索的,那些坑蒙拐骗和被坑蒙拐骗的,那些利益输送和被利益输送的人的名字都写下来。"陆平乡说着给土拨鼠递来一张纸和一支笔。

土拨鼠一愣。

"你先写,我给你准备点儿吃的。"陆平乡转身去忙活了,他眼角的余光可以瞟见土拨鼠已经在白纸上写下了些什么。

陆冰心搀扶着肖扬到了医院的急诊室,医生检查了伤口,说要缝针,接着便去取医疗器具,陆冰心则去缴费。交完钱回来,他发现肖扬正在端着手机给脚腕上的刀痕拍照。

陆冰心双手插兜,不知道该和自己的这位组长说些什么。

肖扬头也没抬地问:"你做过最疯狂的事情是什么?"

陆冰心耸耸肩,不准备回答她的问题。

肖扬摇摇头:"也是,干刑警这行,再疯狂的事情,看得多了,也会麻木。"

肖扬抬头看了陆冰心一眼,接着说:"我做的第一件疯狂的事情,还是我在做实习警察的时候,配合禁毒部门抓一个贩毒团伙。下线抓得差不多了,只剩下大毒枭开个车像没头苍蝇一样逃窜。我和几个缉毒警在毒枭必经的一个乡村道路上设卡堵截。

"毒枭是夜里开车出现的,他冲了两道卡,车胎早都碎成了橡胶条。再往前逃就要到市区了,危险很大,指挥部下达了开枪指令,但我们发现副驾上竟然还有个孩子。没人敢开枪,眼见着毒枭就要冲最后一道卡,我头一热,就跳到了车的引擎盖上。

"毒枭顶着我又开出了一公里,副驾上的那个小男孩一边在哭喊着"爸爸",一边拉毒贩的胳膊。身后追赶的警车也不敢轻举妄动,只能跟着追。我斜眼看到了一个池塘,便稳住身子,伸出手拉一把方向盘,车子就一头冲进了水塘里。后面的故事就很老套了,毒贩被抓,小孩得救,我立了大功,就这么简单。"

陆冰心靠在墙上,没有什么表示。

肖扬嘿嘿笑道:"至于摆出一副高冷脸吗?"

护士进来了,她要给肖扬打一针破伤风。肖扬挽起袖子,沿着白皙的手腕向上,出现一条蜈蚣般的伤疤,蜿蜿蜒蜒,消失在袖子遮住的地方。

陆冰心感到心隐隐揪了一下,但当他听到肖扬假装可怜的哀求"下手一定要轻一点儿啊,怕疼!"时,他又皱了皱眉头,暗想这个组长看似没有套路,实际上满满的都是套路。

处理完伤口,两人来到停车场。陆冰心正要走向他的那辆车,肖扬却说:"我开不了车,你送我回组里吧。"说着,把她的那把 Smart 车钥匙扔给了陆冰心。肖扬的语气带有无法拒绝的威严,陆冰心摇了摇头,为肖扬打开了副驾驶的车门。

车子行驶在城市道路上,肖扬自顾自地说:"刑事勘验部门对龙隐书院提取的弹壳初步进行了分析,上面的痕迹和前天那两个强闯重案组的杀手留下的弹壳痕迹相吻合,同时,也与毛弟车辆坠崖那起案件中遗留的弹壳痕迹相吻合。

"龚建对龙隐书院人员进行了走访,了解到其中那名持枪的杀手事先潜伏在一名义工的宿舍里,这名义工叫阿信,但这个阿信并不是杀手追杀的目标,案发时,他和书院的院长放下在一起;聂风远对龙隐书院监控视频进行了调取,发现由于 IP 地址出现混淆,当日监控处于停用的状态。聂风远扩大了视频监控范围,并没有发现任何可疑的车辆出现在龙隐书院周边道路,所以两名杀手极有可能是徒步来到书院的。还有,在最后搏斗的现场,勘验人员还从野猪的獠牙上提取到了人类的血样,但没有比对出任何数据内的前科人员。那个玩刀的杀手很干净。"

"为什么要告诉我这些?"陆冰心目视前方,淡淡地问。

"不知道,一时兴起吧。"肖扬答道。

陆冰心的眼斜向肖扬:"就这些?"

肖扬笑了:"你觉得我还有隐瞒?"

"如果没有什么视频追踪的结果，聂风远是不会向你汇报的。"

"这便是你们重案组同志之间的默契吧。"肖扬像是在自言自语，"他的确有所发现，根据林业部门安放的监控视频反映，那名杀手在解决两头野猪后，回书院救他的同伙去了，而被追杀的对象，跟随另一个人，逃进了龙隐深山里。"肖扬沉一口气，"不用我说，你能猜出那个背影是谁。"

"有几处林业监控拍摄到了他？"陆冰心问。

"只有一处。看样子，你父亲对林业的探头很熟悉，知道怎么避开它们。"

"一个背影……"陆冰心兀自感叹，车子驶上一座跨湖大桥，然后缓缓停了下来。陆冰心下车，望着湖面那头黑森森的密林。肖扬从副驾驶探出脑袋："你不会把我从桥上扔下去吧？"

陆冰心回过头："我倒是可以试一试。"

肖扬把车门打开，陆冰心扶着她下了车，她靠在石栏上，夜风吹起了她半边的刘海。陆冰心笑道："你说你在高层待得好好的，为什么非要下来蹚平远这池浑水？"

"你说的，水浅王八多，我就是来抓王八的。"

"你是闭着眼，瞎抓一气。"陆冰心说。

"至少能把水给搅浑，让那些王八都把脑袋给冒出来。"

陆冰心眨了眨眼，像是认可肖扬的说法，他又问道："刚才为什么要告诉我那些调查结果？"

"你是说，我怎么又开始相信你了？"

陆冰心点点头。

"我对你的过去做过调查,你对你父亲陆平乡的了解可能并不比我多多少,而你和郝义军才更像是父子感情。所以,如果你是站在郝义军这一头,我也有理由相信你和我是一头的。"

"我对你的过去也做过调查。"陆冰心微微一笑,"若干年前,郝义军曾赴公安大侦查系统开过一次讲座,而你正是听众之一。讲座结束后,你们集体合了影,你站在第一排左侧边上。"

"你倒是能认得出来。"

"我可以说你是那一百来号人中颜值最高的吗?"

肖扬咯咯笑了出来。

陆冰心却突然变了脸:"所以,郝义军的死,不是意外?"

"当然不是。"

即便是早有心理预期,但听到肖扬的证实,陆冰心还是沉默了。

肖扬眺望着密林,说:"郝义军牺牲在了戈壁的沙尘中,但杀害他的那两名凶手,以及郝义军极有可能要保护的那名污点证人,今天都出现在了龙隐书院。他们为什么会出现在这里?他们的真实身份是谁?他们又在追逐一个什么样的秘密?而你的父亲,又将那名关键的污点证人带去哪里?这些问题都要回答。"

肖扬转向陆冰心,说:"仅靠我一个人,是无法回答这些问题的。所以,我必须信任你们,相信你们也想抓住杀害郝义军的凶手,相信你们也想继承郝义军的遗志,把他生前最后一个案子查个水落石出。"

"但是,我的父亲……"

"是啊,毕竟你的父亲也在这一团旋涡之中。不管出于怎样的考虑,你都应该回避。所以不如这样,你的父亲陆平乡由我来查,那两名杀手由你来查。我们既分工,也合作。"

陆冰心在思考肖扬的提议。

"不管查到了什么,在抓捕行动或采取强制措施之前,我们都要告诉对方。破案不是一个人的事,是一个团队的事情。"肖扬顿了顿,"如果你把自己当一名重案组的组员。"

陆冰心点了点头,伸出了手。

肖扬笑了笑,说:"不要这么拘泥于形式嘛,今天你在龙隐书院奋勇作战的时候,我已经把你当成我的战友了。"随即,她又收回了笑容,"当然,如果你在接下来的调查中,存在任何徇私舞弊或是滥用职权的行为,也别怪我不客气。"

说完,肖扬一猫腰,钻回了车内。陆冰心隔着玻璃,看肖扬侧脸的轮廓,暗想这个丫头的确不容易对付。

十七、催眠疗法（上）

陆冰心和肖扬驾车回到重案组。门外，车灯照亮了一个高大的身影。两人对视一眼，齐声说："放下？"

肖扬请放下到自己的办公室落座，陆冰心靠在门框上准备旁观。

放下从怀里掏出一个药包，交给肖扬说："可以将这个加热后敷到伤口外，对伤口痊愈有帮助。"

肖扬道了声谢，便单刀直入发问："来龙隐书院的那两个杀手是谁？"

放下摇摇头。

肖扬又问："为什么龙隐书院的监控视频会断线？"

放下又摇摇头。

"那你来重案组做什么？"肖扬语气咄咄逼人。

陆冰心盯着放下，放下面露苦色，额头的青筋微微颤抖，他停了会儿，慢慢说："我是来寻求帮助的。"

肖扬和陆冰心面面相觑，他们都觉得今晚有料。

"我生活在三个世界中，第一个世界是信仰的世界，这个世界是我所追求的,有着我的最高理想。第二个是现实的世界,这个世界有我,也有你们,有快乐也有痛苦,是真真切切存在并被感知的。我努力通过第二个世界来实现我第一个世界的理想,人非蝼蚁,虽然'食色,性也',但也有诗和远方。"

放下顿顿,看两位刑警。陆冰心点点头。放下继续说:"第三个世界,是梦境,是由过去的那些破碎的记忆拼凑起来的,看不清原貌,但是我同样可以感知到它的危险,像毒蛇的芯子,滑入我每夜的梦境中。"

放下再次凝视陆冰心和肖扬:"我希望你们把我当普通人来看待,一个也会感到恐惧的普通人。"

肖扬表面点头,心中却暗想:在讲述现实丑陋前,几乎每个人都会在情感上来一段自我美化的铺垫。

"我本可以有效管控我的梦境,甚至不去想它,忘掉它,但是我选择不这样做。你们知道我早年失忆,过去发生的一切已经成了一片空白。为了找回记忆,我凭着无法改变的乡音,回到了这座可能成长并生存过的城市,希望能有某些线索可以接续起我断掉的记忆。因此我会到城市的许多街巷,希望能与某些景象重逢,也希望有人能够认出我来。零碎的拼图越来越多,但不安的感觉却也在不断加深。我隐约觉得,我所处的现实与我失去的记忆之间存在某种无法解释的关系。而危险则伴随着真相越来越近。直到今天上午,当两名杀手来到龙隐书院内,我才确确实实感受到那梦境般的碎片是真实的。"

"两名杀手不是冲着你去的。"陆冰心说。

"但龙隐书院,还有我,一定是看不清的链条上的一环。"

"你说得有些玄乎,说一些你确定的事情。"陆冰心说。

放下想了想，说："我虽然没有见过那两名杀手，但我知道他们是冲着一个名叫汤宝的小伙子去的。当天早些时候，阿信将汤宝的奶奶送到书院他的房间休息，然后，其中一名杀手就潜伏到了阿信的房间内，等待随后现身的汤宝。"

陆冰心问："汤宝的奶奶在哪儿？"

"还在书院，被我妥善安顿好了，有几名义工在守护着。"

"阿信为什么要把汤宝的奶奶送到书院？"陆冰心接着问。

"他说是受到汤宝所托，具体原因没说，你们可以去问他。"

"两名杀手来时，你正在做什么？"肖扬突然换了个话题。

"我正在和华亿公司老总顾衍忠派来的说客会面，谈关于龙隐书院加入龙隐山旅游开发项目的事情。"

"谈的结果是？"肖扬问。

"我拒绝了。"

"会面时还有谁在？"

"阿信也在。"

"他怎么会在？"肖扬继续问。

"他是那名说客的养子。"

"养子？"肖扬和陆冰心都看着放下，满脸狐疑。

"是的，养子。那名说客的名字叫作谢天慈，他是华亿公司老总顾衍忠的司机，也是书院义工阿信的养父。"

陆冰心在笔记本上记下了谢天慈、汤宝、阿信等人的名字后，对话陷入了沉默，需要调查的事情实在不少。这时，肖扬又换了一个话题："你说你是来求助的，是关于失忆的事情？"

放下点点头："我知道你们公安掌握着人口信息，或许能帮助我找回过去丢失的身份。"

"你又能记得多少？"肖扬问。

放下的眼神有些虚空，他长长嘘了一口气，缓缓说道："一切都要从十二年前的那个雨夜说起。在距离本地向南三百公里的南陂山下，我被龙隐书院分院的义工救下，彼时我已经失去了意识，昏倒在一片竹林里。义工将我交给南陂书院的老院长，他熟稔中医，给我止血、包扎。我昏睡了两日，醒来时看到栅栏窗，看到斗拱和飞檐，却不知身处何处，也不知为何来到这里。我努力回忆过去，但一切都被洗白，我彻底失忆了，过去留给我的，只有后脑勺上的一记伤疤。

放下顿一顿，接着说：

"就这样，我在书院里住了下来。起初，我还尝试着治疗，也尝试弄清楚到底发生了什么。慢慢地，我死了心，在书院里做一名长期的义工，也因此读了许多经史典籍。

"或许是因为没有过去那些记忆的牵绊，我对于国学经典理解要更透彻，也得到了师父的肯定，他就让我帮他讲学。今年初，平远古城龙隐书院院长去世。由于南陂书院和龙隐书院一直有较深的联系，老院长便推荐我来这里接任新的龙隐书院院长。

"老院长告诉我：'你是平远口音，想必也来自平远古城，若想真正放下，就应该找回过去，并与之和解。'我听从了师父的安排，便来到了这里。"

"听到乡音是一种什么样的感觉？"肖扬问。

"不安。我希望有更多的人看到我，能够认出我。但我也害怕那些眼睛，害怕他们会欺骗我，会揭发我。"

"揭发你？"

"从失忆后，我就会偶尔做噩梦，梦到一些很抽象的画面，比如尖刀、深渊，总之是令人煎熬的东西。而回到这里，那些抽象的事情变得具体起来，比如我杀了人，或是别人杀了我。这些梦境每晚都折磨着我，也令我越发觉得接近了真相。"

"没有指向过去的具体线索？比如某栋建筑？或是某个名字？"肖扬问。

放下沉默了一会儿，摇摇头："除了一个叫作四眼井的地方让我觉得有些耳熟，其他就再没有了。"

"我们可以针对十二年前发生在四眼井周边的案件查一查，走访一下住在那里的老住户。"陆冰心说。

"谢谢。"

"也许会查到不利于你现在地位和名声的事情。"陆冰心又说。

"甚至是违法犯罪的事情。我愿意接受。"放下的语气平静，然后转向肖扬，"你是心理学专业的博士？"

"是的。"肖扬点点头。

"我刚刚说了，虽然我不知道那些杀手来到龙隐书院的真正目的，但我觉得我也是这个链条中的一环，特别是我的过去，可能会为现在发生的事情提出解答，所以我有一个请求。"

"什么请求？"肖扬环抱着胳膊。

"我希望你能帮我催眠，挖掘我大脑深处那些断了线的记忆。"

肖扬和陆冰心都愣在了那里，他俩没想到放下会提出这样的请求。两人做了短暂的眼神交流后，陆冰心冲肖扬点了点头。肖扬对放下说:"没问题,今晚就可以。"

放下站起身,向肖扬鞠躬感谢。

随后,陆冰心离开房间,去查汤宝等人的资料,而肖扬则开始做催眠前的各种准备工作。

肖扬请放下在她平时午休时的一张躺椅上躺下,将一台单反架设在正对躺椅的三脚架上,然后打开班得瑞的一首 New Age 音乐。音符很快在小屋子里环绕,肖扬的声调随着音符柔软下来:"喜欢这音乐吗?"

"挺好。"放下说。

肖扬将一个磁力陀螺托在手心,置于放下的眼前。陀螺飞速地旋转,没有任何要倾倒的样子。慢慢地,放下的眼皮重了。

"闭上你的眼睛,让陀螺的影子在你的脑海转动。"

放下闭上了眼,但他的眼皮在翕动,仿佛依然在观看着什么。

音乐开始发出一阵低沉的轰鸣,然后呼的一声,仿佛遁入了寂静的黑洞,慢慢地,一些细碎的音符开始生长,如风一般划过低矮的灌木。

"这音乐让你想起了什么?"

"我想到了森林,想到了小鹿。"

"调整你的气息,呼吸……呼吸……呼吸,你能感受到清新的空气进入到你的肺部吗?"

"是的。"

"你会穿越这片森林,向林间的小鹿告别,向林间的草蘑告别,你会一路向北。你在跟着我的脚步吗?"

"是的。"

"阔叶林慢慢变成针叶林，大型动物越来越少，只有那些覆着厚厚皮毛的野兔，在一个个洞穴中穿行，你看到了雪，你在雪上留下了脚印，好冷，是不是？"

"嗯。"放下张开嘴，呼出一口气。

"你继续向前，跨越林际线，雪越来越厚，漫过了你的靴子，漫过了你的膝盖，你很疲惫，但你必须向前。前方有你要的答案。你会继续向前是吧？"

"是的，我必须向前。"

"于是，你艰难地跋涉，雪漫过了你的腰间，你还是继续向前。突然，你的脚失去了大地的依托，你开始坠落，四周白茫茫的一片，一片空白，除了空白还是空白。"肖扬的语调拉长。放下开始颤抖，他伸出双手，在空中抓握空气。肖扬任由他无力地挣扎。

几秒钟后，肖扬说："你现在坠落进了一个冰窟，一个冰蓝色的世界，一个只有你自己的世界。"肖扬顿了顿，接着说，"在你的前方，是一条通往不知何处的幽暗雪道，这条雪道里藏着什么，我看不到。我要你张开眼睛，好好去看一看，然后告诉我你都看到了什么。"

放下从躺椅上欠起身，睁大了眼睛，黑色的瞳孔充满了虚无。"我看见，"放下说，"我看见了一个背影，他走在前面，我或许认得他。"放下伸出了手。"你等一等我，你不要抛下我。"放下的手悬停在空气中，"哦，你是谁？你的脸为什么在流血？啊，救命！救命！"放下将手遮在自己的脸上，眼睛死死闭住，身体开始摇晃。

肖扬握住放下的手腕，嘴里发出"嘘"的声音，努力控制放下的情绪。放下的呼吸慢慢平复，身体如渐冻人一般，慢慢失去了知觉，就连腕部的皮肤也失去了弹性。肖扬有些迟疑，正准备放手，放下突然大喝，双臂灌足力量向外推，肖扬连退数步，撞在墙上。

再看放下，他已经站起身，面目狰狞，抡起胳膊，像是持着某个凶器，一遍遍砸向地面，一些最恶毒的话也从他的口中迸出。肖扬呆如木鸡地看着放下的表演，慢慢明白过来，那是另外一个人格接管了放下的身体。肖扬退到一个相对安全的区域，心中默记放下的行为。

放下终于累了，他摇摇晃晃，盯着地面，眼神中流露出怯弱，但也只是一瞬，他朝地上唾了一口。转身回到躺椅上躺下，泪水开始从他的眼眶中涌出。

肖扬俯下身子，在放下的耳边低声说："这只是个梦，这只是一个噩梦。你要醒来！"

放下泪眼婆娑地看着肖扬："这真的是一个梦吗？"

肖扬说："是的，我现在倒数，数到零时，陀螺会停止旋转，而你也会醒来。"

放下点点头。

"五、四、三、二、一、零。"肖扬击了一下掌。一股宁静回到了放下的瞳孔。他扶着躺椅扶手，坐起身子，手不自觉地摸在脸上，触碰到了泪水。放下低下头，沉寂了一秒钟，然后看着肖扬问道："你们发现了什么？"

肖扬转头，发现陆冰心又出现在了门外。肖扬暗想，或许是刚才放下制造的动静把陆冰心给吸引了过来。肖扬告诉放下:"只是一些很抽象的行为,还需要多几次的催眠才能把你的这些抽象行为赋予现实的意义,但今天是一个很不错的开始,我找到了那条进入你内心深海的渠道。"

"你可以继续对我催眠。"放下急迫地说。

肖扬摇摇头:"今天不行,你需要休息,需要沉淀。"

放下指着三脚架上的单反,说:"我想看看刚才我都有哪些行为。"

"会给你看的。"肖扬说,"但你现在需要的是好好休息,你刚才的行为并不重要,重要的是它会在你潜意识里激起多少浪花。"

放下沉默半晌,像是在审视自己的内心,然后他挣扎起身,说:"不管我的回忆能不能对你们的办案有帮助,我都对你们表示感谢。"

说完,放下扶着栏杆,一步步下了楼,他的背影像是一下老了二十岁。

十八、温柔的陷阱

放下走后,肖扬转向陆冰心:"你都查到了什么?"

陆冰心拎着一包外卖盒:"难道不应该先吃点儿东西?"

"都有什么好吃的?"

"炸鸡。就只有炸鸡。"

"炸鸡是最好的选择!"

两人吃炸鸡的工夫,陆冰心说了刚才查询的情况:"的确有四眼井这么个地方,原来就是一个巷子,现在已经扩成了社区。我查了十二年前的接报警记录,没发现四眼井当年发生过刑事案件,也没有四眼井的居民有报失踪。这个地方和放下之间的关系还需要深挖。"

肖扬点点头,吮着手指,点了点头。

陆冰心接着说:"的确有汤宝这个人,二十二岁,大学辍学。据说是因为黑入了学校的服务器造成了网络系统瘫痪,得了个处分,之后愤而退学,说是要当比尔·盖茨什么的。汤宝只有他奶奶这一个亲人。但据属地派出所反映,汤宝平时很少回家,只是委托社区工作人员定期为她奶奶领取汇回的生活费。我已经请求指挥中心全城布控,一旦发现他的踪迹,就将情况反馈给我们。"

肖扬扔掉手里的骨头,抓起可乐往嘴里灌。陆冰心也不说话了,看着肖扬牛饮。咕咚咕咚喝掉半瓶,肖扬把可乐放到桌上,喘了几口大气,吐着舌头说:"辣得很过瘾。"

陆冰心心中暗暗笑,他在外卖备注栏里,留下三个字:变态辣。他倒想试一试这个女领导吃辣的能力。

"明天早上要是脸上长痘痘,我可饶不了你。"肖扬作势道。

"大小姐脾气。"陆冰心嘟囔一句。

肖扬拿起一个鸡翅塞进嘴里,边嚼边问:"你怎么看这个龙隐书院的放下失忆的事情?"

陆冰心摇摇头:"有可能和我们查的案件没关系,但也有可能有关,谁知道呢!"

"说说你的预感。"

陆冰心沉思一会儿,说:"龙隐书院在龙隐山的腹地,华亿公司要开发龙隐山就一定绕不开龙隐书院。而商业开发一定会牵扯到各个方面,汤宝、杀手、我父亲也都在书院现身了,再加上一个说不清历史的放下,所以盯着龙隐书院,没准会有什么意外的发现。"

肖扬把鸡骨头在陆冰心眼前晃了晃,说:"你知道我有什么想法吗?"

"什么想法?"陆冰心问。

"我的想法就是,你脑袋的确很灵光呦。"

就在两位年轻的刑警讨论案情时,放下也回到了龙隐书院内。催眠时流出的热汗现在让他觉得冷彻入骨。他回到厢房,打了热水，脱去上衣，开始擦拭前胸，然后是后背。汩汩细流滑过脊背，一只隐秘且硕大的蝙蝠慢慢显现。

而就在此时，那头死了配偶和孩子的公野猪开始发出一声声充满着复仇意味的咆哮！

入夜，兰香会所的大屏幕上绽放出一朵朵水墨流影的花朵，谢天慈在大屏幕下站立，代替华亿公司老总顾衍忠迎接用保时捷专门接来的两位科长。

握过手后，谢天慈将两位科长领进前厅，径直向前，转过屏风，进入到后面不对外开放的庭院，那里才是谢天慈专门接待客人的区域。

谢天慈推开庭院一角的一扇木门，请两位科长进到一间四下全黑的房间里，黑到来客不知其有多大，也不知其中有哪些人。

"老谢，这是要干吗？"其中一位科长说。

"别说话，听。"谢天慈低声说。

有咻咻的气息声从脚下升起，飘入鼻腔，而低吟的音乐也悄然奏起，将三人包围。房间正中央的顶灯开了，投下一束幽幽的光，透过纱幔，隐约可见一个婀娜的身影，一把琵琶似乎长在舞者的肩膀上。

琴弦突然拨动，正如"银瓶乍破水浆迸，铁骑突出刀枪鸣"。为首的那名科长开始击掌。

谢天慈说："知道二位好古，便从西安里请来了专业胡舞舞者，安排了这么一场演出。"房间的灯光更亮了，透过纱幔，竟可以看到那位反弹琵琶的舞者全身赤裸。而另一位一丝不挂的舞者也在此时加入了舞台中央。两位科长愣在那里。

"那就请二位慢慢欣赏了。演出结束后,你们可以带她们到楼上私下交流一下古乐,我这个司机就不打扰了。"说完,谢天慈便从屋里退了出去。

谢天慈回到前厅,站在角落里。DJ正在播放一首兔子舞曲,年轻的男女汇聚到舞池中央,噘着嘴也撅着屁股,扭动着身体,仿佛他们才是一只只愚蠢的兔子。

有人凑到了谢天慈的耳边:"那两个人已经带舞女到楼上包间了。"

谢天慈点头,问:"顾总安排的东西准备好了没有?"

"准备好了,那个科长家的狗已经宰了,尸体就塞在包间的浴缸里。"

谢天慈点点头。因为土拨鼠汤宝的反水,这两个科长在龙隐山旅游开发上想打退堂鼓,需要敲打敲打。

离开会所前,谢天慈进到厕所小解。刚站到小便池前,一个女孩就跟跟跄跄推门进来,脸上挂着迷醉的笑。谢天慈斜眼瞅了一眼,便认出了她是谁。女孩还没有任何警觉,她站在谢天慈身边的小便池前,一边嘿嘿笑着,一边模仿谢天慈。

谢天慈冷冷地问:"嗑药了?"

女孩点点头。

谢天慈继续问:"还有没有货了?"

"大叔也要来点儿?"女孩痴痴笑着,从口袋里掏出了几片麻古。

谢天慈的声音突然冷峻了起来:"欢欢。"

"干吗?"女孩应道。

谢天慈将欢欢手里的药片打落，再一把将她的脑袋砸在小便池上方的瓷砖墙面上。欢欢瘫软下来。谢天慈扛起欢欢，出了会所，扔到他车子的后排座位上。

阿信也来过养父谢天慈的公司，但每一次来都会被保安拦住。保安器宇轩昂，精通中英文。面对他的盘诘，阿信应答时时总是舌头不利索。过了保安这一关，阿信进入电梯间，礼仪小姐问他上几层。阿信边说顶层，边趁礼仪小姐还没反应过来，便自己按下了楼层键。

电梯飞速上升，阿信可以从金属门板看到自己和礼仪小姐的影子，还有礼仪小姐有些不屑的眼神。出电梯，一个端坐在写字桌后的女秘书指了指一扇侧门，说："老谢在里面。"

阿信看了看巨大古朴、挂着董事长名牌的正门，又看了看没有挂任何名牌的侧门，暗想：是不是每一家大公司的司机办公室都在老板的隔壁？

正想着，侧门开了，谢天慈招呼他进屋。阿信进去，环视一圈，房间不大，只有一盏小台灯，照亮不大的一片。当阿信慢慢适应房间内的光线后，他看到角落躺椅上的欢欢。

阿信瞪大了眼睛，看向自己的养父。

谢天慈冷冷地说："晚上在兰香会所，她向我兜售毒品。"

"不、不……"欢欢的声音低不可闻，她的脸隐在黑暗里。

阿信还愣在那里。谢天慈走到欢欢面前，从口袋里掏出了几片白色的药片。欢欢突然像是找到了救星，一把握住谢天慈的手，试图从他的手中抢过那几粒药片。谢天慈松开手，欢欢将药片一口吞到嘴里。而阿信也在此刻倒退几步，脊背靠在了墙上。

谢天慈问阿信:"怎么办?"

阿信摇摇头,面色痛楚。

"要么送她到戒毒所关两年,要么不管她,放任自流。"谢天慈顿了顿,"像你的亲生父亲一样。"

阿信想到那个无可救药,已经断掉全部情感纽带的父亲。但欢欢还年轻。阿信不敢再去想象。

谢天慈看出了阿信内心的挣扎,他叹口气:"交给我吧。我会找个房间,再请几个护工天天看着她戒毒,一个月能戒掉就一个月,三个月能戒掉就三个月,你看行不行?"

阿信惶然点头,没去想这要花掉养父多少钱。

欢欢却在此时发出一声冷笑,那几粒药片让欢欢恢复了常态,甚至展现出超常的锐利:"你们是谁?你们凭什么决定我的命运?"欢欢站起身,走到办公室的中央。而谢天慈似乎也来了兴趣,他抱着胳膊,看欢欢的表现。

欢欢走到阿信面前,对阿信说:"这是我选择的生活。"

阿信摇着头,喃喃地说:"不,这是错的。"

"是错的,但我选择了。"欢欢伸出手,想摸一摸阿信的脸颊,但手停在半空,又放下了。

欢欢转身看谢天慈:"我要离开这里。"

谢天慈做了个请的手势。

欢欢大踏步,和阿信错身而过,走到门前。

阿信猛然转身:"你不要走。"

欢欢停了一下,还是伸出手去拉门把手。

"你是爱我的。"阿信几乎要哭出来。

欢欢背对着阿信冷冷地说："那只是你这么认为。"说完，便拉开门，离开了房间。

室内就剩下谢天慈和阿信两个人。

谢天慈望着窗外，轻声感慨："你知道，我也是爱你的。"

阿信没吱声，他还沉浸在欢欢的决绝所带来的痛苦中。

"人生要做出很多选择，是负重前行，还是轻装上阵，都取决于你做出的选择。"谢天慈接着说，"你选择不忘掉过去，那就将一直生活在历史的阴霾中，所有的悲情故事将一而再、再而三地上演。"

谢天慈叹口气："我知道你为什么一直没有从童年的阴影中走出来，你想要个答案，想知道你的爷爷当年是怎么死的，但是十二年已经过去了，答案却越来越远，你难道还要再耗上个十二年吗？"谢天慈来到阿信身前，让自己身体的投影将阿信笼罩。

阿信抬起了头，看着自己的养父。

"你可以过上正常的生活，找一份体面的工作，找一个靠谱的女友，周末开车旅旅游、泡泡吧。你不缺能力，你也不缺爱你的人，这你是知道的。"谢天慈继续说。

"可是我要靠自己的努力。"阿信说。

"你一直都在靠你自己啊！"谢天慈几乎喊道。

阿信不说话了，两人之间出现片刻的沉默。

"或许你可以以另一种视角看待过去，"谢天慈换了个话题，"想一想曾经发生的那些值得回忆的事情，比如我们之间第一次见面。"

阿信想起了那个早餐店，他只有十二岁，站在热气腾腾的包子笼外,肚子咕咕作响。

谢天慈接着说:"我看出了你的饥饿,以及对包子的渴望,但我也看出了你坚决不肯伸手乞讨或是偷窃,哪怕是一个小笼包。就连我提出请你吃碗面,都是求你许久,你才肯接受我的好意。"

谢天慈将手放在了阿信的肩膀上:"是不是觉得我有些啰唆,跟唐僧似的?我只是希望你过得好,过得幸福。"

阿信点了点头。

两人又没话说了,阿信又迟疑了几秒钟,转身要离开。就在他即将从门后消失那会儿,谢天慈说:"那天我作为顾董事长的说客,和放下院长谈关于龙隐书院山旅游开发的事情,这只是公事,和个人喜恶并没有关系。"

阿信点点头,离开了房间。

十九、我在看着你

陆平乡坠崖那晚，那头被削掉了半块耳朵的驴子被刀客和枪侠找到，饥一顿饱一顿地喂了几天。如今，刀客和枪侠赶着这头驴，进到距离事故现场最近的一个村子，松开牵绳，由着驴子一步步向前，刀客和枪侠则跟在后面。

驴子目不斜视地前行，从村头到村尾，又从村民的聚居区钻进了林间。然后又是一座村庄，老驴还是慢悠悠地往前走，如此一路穿过了五个村庄，房子越来越少，人也越来越少，树林却越来越密。枪侠看了刀客一眼。刀客的面孔和驴子一般平静。

在第六个村口，驴子停了下来，它熟门熟路地找到一栋平房后的水槽，喝了几大口，然后四下瞅瞅。一个女孩突然喊道："大笨驴。"

驴子打了个响鼻，脑袋左右晃了晃。

刀客看到一个十来岁的女孩跑过来，将手搭在了驴子的牵绳上。刀客笑容可掬："这是你的驴啊？"

小女孩反问一句："大笨驴怎么在你这儿？"

"这头驴踩了我们的庄稼,我们把它抓了,它自个儿领着我们跑回来的。"

"哦。"

"你叫什么名字?"刀客又问。

"我叫二丫。"

"那这是你的驴咯?"

"不是我的驴,是我一个叔叔的。"

"哪个叔叔?我们去还给它。"

二丫正要回答,可话到嘴边,二丫突然想到陆平乡的交代,便改了口:"我领你们去找他,你当面还给他吧。"

"也行。"刀客说。

二丫牵着驴,领着刀客和枪侠往村外的密林走,一直走到守林人的小木屋外,转过身,刀客依然笑容可掬,而那个年轻男人笑得则有些神经质。二丫指着小木屋说:"他就住在这儿,你们把驴拴到树上就行。"

刀客歪头看了看木屋窗户,里面没人。二丫说:"那我先走了。"

刀客点点头。

二丫转身,最后一瞥发现那个年轻的男人已经绕到了小木屋后面。二丫加快脚步,回到了村里。

刀客和枪侠围着木屋转了两圈,然后退回到林间,在灌木丛里蹲下身子,静静等待。在枪侠的眼中,林子里的一切都变得清晰,那是狙击手应有的敏锐;刀客却闭上了眼,任由一切声响在耳中被放大。枪侠看到刀客那副出神的样子,用手比作枪对准刀客的侧脸。刀客压低声音说:"专心点儿。"

日头从正午渐渐偏西,到了傍晚,林子里暗了下来。刀客像是改变了主意,站起身,径直走到木屋前,一脚踹开了木门,进到了屋子里,枪侠也跟在后面。

桌子、床、厨具等一应俱全。

枪侠开始四下翻动。

刀客制止了他:"别翻了,他不在这里住。"

"为什么?"枪侠问。

"他在看着我们。"刀客指着房顶一角的一个亮着红点的摄像头。

"佩服。"枪侠感慨道。

刀客说:"他叫陆平乡,曾经是一名警察。"刀客顿了顿,冲着摄像头说,"我很多年前就见过你。"

说完,两人离开小屋,背影渐渐消失在暗黑的林间。

手机屏幕现出两名杀手的背影。陆平乡放下手机,想着刀客的话:他是如何得知我的身份?他又曾经在哪里见过了我?

想了会儿,没有答案。他便回到木桌前,对面是将脑袋埋在臂弯里的土拨鼠汤宝。

陆平乡问:"下一步你打算怎么办?"

"我还想去看一看我的奶奶。"汤宝抬起头。

"那是自投罗网。"

汤宝不说话了。

"你奶奶现在在龙隐书院被照顾得很好,那些杀手不会为难一个老人的。"陆平乡说。

"他们都是魔鬼。"汤宝大声喊道。

"他们是为了完成任务,这是他们的原则,而非为了取悦。"

汤宝的心稍稍宽慰。

"那么你要为自己的出路考虑了,你不可能永远待在这里。"陆平乡说。

"你要去做什么?"汤宝问。

陆平乡将手放在汤宝写下了几十个名字的白纸上,平静地说:"我要掀起一场战争。"

汤宝一哆嗦,他想还是走为上计,便站起了身。陆平乡也随即起身。

汤宝心中忐忑:"我可以走吗?"

"我没想一直把你拴在这里。"陆平乡回答。

汤宝转身在床铺上默默收拾行装。陆平乡在身后问:"钱够吗?"

汤宝背着身说:"够,我给你自己留了一笔随时可以兑现的虚拟货币。"

"你需要找一台电脑。"陆平乡说。

"我还有一套现实和虚拟身份,我会到网吧找台电脑,把钱收了,走得远远的。"汤宝收拾好,转身面向陆平乡。

"不要回来。"陆平乡说。

汤宝点点头,伸出手,陆平乡握了握。汤宝出了门,离开了这栋林间小屋。

陆平乡坐在木桌前,看着钟又向前走了十分钟,然后起身,也出了屋子,沿着汤宝没有选择的另一条小路飞奔,并终于在两条路的交会处,看到了汤宝的背影。陆平乡一路尾随汤宝到了集镇。等汤宝进入一家网吧后,陆平乡找了一部公共电话，拨通了110，对接警员说："公安局正在找的汤宝现在在一家网吧里，请把这条信息转告重案组的陆冰心。"

从养父谢天慈所在的华亿公司离开后，阿信站在了这座城市CBD的主要路口，红绿灯亮了又灭，行人停了又走，阿信却站在那里一动没动。

他或许要回家，但那间逼仄的出租屋并不能算是他的家。身后巨幅电子大屏正在播放华亿公司的广告。养父谢天慈给予他的关爱是他需要的吗？好像也不是。

阿信在人行横道的起点处蹲了下来，任由穿行而过的路人将鄙夷的余光瞥向他。"又一个失败者吧。"他们或许会想。阿信自己也这么认为，他的人生从来就没有成功过，他自己就是一个彻彻底底的loser！

泪水湿了衣袖，浸透了，又从手背滴下。阿信就这样痛哭了许久，直到腿麻了，心也稳了，才站起身，扫了辆共享单车，开始漫无目的地骑行。直到他将车子停在四眼井的巷口，他才发现，自己竟然回到了这个儿时长大的地方。

已近午夜，巷内没有任何人。阿信凭着残存的记忆，摸黑向前走，一直走到四眼井所在的位置，才有一盏路灯发出冷冷的白光，将井边垂手站立的一个身影照亮。阿信脚步稍一迟疑，又觉得这个人背影有些面熟。阿信"哎"了一声，男人转过身，定睛，唤了声："阿信，是你。"

阿信一怔，轻声回道："师父，是您。"

两人默然而立，仿佛在整理自己的过去，又像是在揣测对方的心思。良久，放下说："我来这里寻找我的过去。"

阿信说:"我曾经住在这儿。"

放下定睛看着这个少年,他重复道:"你曾经住在这儿?"

阿信点点头。

放下沉一口气,说道:"我自以为曾经也在这里生活过,那么,你可曾见过我呢?"

阿信想了想,摇摇头。

放下心中刚燃起的一团火焰被扑灭了:"我在这里丢掉了我的过去。"他脸色稍稍一沉又慢慢缓和,问道,"你呢?你为什么这么晚来这里?"

阿信喏喏道:"我在这里失掉了我的未来。"

"哦?"

"小时候,我和我的爷爷在这里居住,后来我的爷爷不知因为什么原因,突然去世了,我也就成了一个孤儿。"阿信说。

放下轻声叹息:"来,我的孩子。"放下伸出臂膀,少年站在放下宽大的衣袖里,享受着一种庇护般的宁静。

放下说:"石碑介绍说这四眼井自从清朝雍正年间就已经开凿,时至今日,已经三百多年了。这井哺育了周边的百姓三百多年,也看到、听到这三百多年发生的世事。众生喧哗,它却始终沉默。众生消散,它却独留至今。有些秘密表面上被深埋了,但它却始终存在,以某种方式改变着我们的生活和命运。"

阿信抬头看放下,却看到放下望着黑暗的巷子,像是在回忆什么。

放下接着说:"我一次次劝自己,将过去都丢掉,忘却,但脑海中偏偏有某个沉钩,总是想去打捞点儿什么。而今天当我站在这个井边,看着里面黑黢黢的一潭,我又迟疑了。也许我真是年龄大了,没有你们年轻人的那股子冲劲了。"放下拍了拍阿信的肩膀,微笑,"但不管怎样,我总归是站到了井边,将我的困惑告诉了它。我现在将这四眼井交给你。"

放下走下井台,退到了黑漆漆的路边,留下阿信一个人站在路灯照射下的井边。

阿信凝视着这口四眼深井,看了会儿,他的眼有点儿花,四眼变成了三眼,三眼变成了两眼,然后又幻化出五眼,甚至是六眼。阿信闭上了眼,轻声说:"我的女朋友,欢欢。我爱她,她也爱我,她爱我的笨拙,我爱她的洒脱。但欢欢染上了毒品,她要离开我。我应该怎么办?我应该离开她?我做不到……做不到……"

对着井口说完这一切,阿信垂下双臂,像是感到某种轻松灌入自己体内。放下在边上唤道:"走吧,孩子,和我回龙隐书院,有些事我还要在路上问你。"

放下开的是一辆五菱宏光面包车。阿信知道这车是书院里义工下山采购用的。车厢内还混杂着皂角、大蒜等各种味道。阿信深吸了一口气,肚子也随之咕噜一下。他一整晚都没有吃东西了,的确有些饿。放下递给他一个苹果。阿信用袖子擦了擦,啃了一口。有些凉,但也很甜。

放下微笑。路灯透过车前风挡玻璃打在放下的额头上,泛着彤红的颜色。阿信靠在座背上,发了会儿呆,发现了放下后脑勺的那道疤。

放下突然问阿信:"你知道龙隐书院的由来吗?"

"知道,曾经有个皇子因为战乱在外流荡,后来老皇帝死了，都城也被别人占了。这个皇子便兴兵讨逆，最后成功平叛反贼，收复失地，登基即位。而他在决定起兵前夜宿的书院后来便更名为龙隐书院。"

"想象一下，如果你是那位皇子，在起兵前夜，睡在破旧的书院内，你的心情会是怎样的呢？"

"我会想未来会是什么样子。"

"他能想象出成功或是失败吗？"

阿信摇摇头。

"他能不能放弃讨逆，只老老实实做一个顺民？"

阿信想到了李煜，还有刘阿斗。阿信又摇了摇头。

"身份赋予了那位皇子特殊的使命，将他推向了前台。那是一个变革的时代，如今也是，经济与科技的发展，我们迎来了千古未有之变局。人们欢迎改变，我也欢迎，但改变这一主题，又是恒久不变的，变与不变，本来就是辩证统一的。除了改变这一主题，我们还有许多需要坚持，比如对环境的保护，比如对生命的尊重。书院不应该被大潮裹挟着迷失了自我。这也是我为什么反对龙隐书院及周边搞旅游商业开发的原因。我们不仅要给平远古城的人们一个心灵的家园，我们也要给龙隐山里的飞禽走兽一个生存的家园。"

阿信点头，笃信地望着前方。

"就像我刚才说的，身份赋予了我们特殊的使命，你养父所在公司的使命是经济开发，而我的使命则是精神教化，立场不同，行为也会不同。我能做的很少，关于龙隐山旅游开发的整体方案已经上报给了政府，各职能局都表示要大开绿灯，而作为旅游核心景区的龙隐书院因为我的态度不愿意参与其中，就有点儿钉子户的意味。当钉子户的压力很大，但因为不求任何利益，他们就没有能拿捏住我的地方，所以，我相信我能坚持得住。"

阿信又点了点头，眼睛却始终盯着放下后脑勺的那道疤。

放下像是后脑勺开了眼睛，他说："这道疤是一道分水岭，割断了过去和现在的联系，我也想把这道疤的来由弄清，进而把过去遗留的问题给解决掉，这样我才能更好地面对现在。"

"嗯。"阿信回应道。

"前天在书院里发生的案子你大概也听说了，那两个人是冲着你朋友的奶奶去的，或者是循着他奶奶来找你的朋友的。老人家已经被保护了起来，但你为何要把老人家带到你的宿舍？还有你朋友到底是什么情况？重案组会来书院向你询问，我希望你能和他们知无不言。"

"好的。"阿信答道。

"回去吃点儿东西，再好好睡一觉。"放下最后说。

阿信将身子蜷缩在座位上，车子已经驶出城区，进入龙隐山中。放下加快了速度，车灯照亮了蜿蜒的山路，阿信觉得并不孤独。

二十、催眠疗法（中）

阿信睡醒时，已经嗅到食堂传来的饭菜香。他恍惚以为还是清晨，但看窗外已经天光大亮，才意识到已经快到午饭时间了。

洗漱完毕，阿信下到位于负一楼的食堂。虽然书院只提供素斋，但做饭的师傅是大酒店退下来的主厨，食材也都取自书院及山里农户的种植，做出的菜不仅色香味俱全，还很健康。而且这素斋吃得久了，人会觉得身心都少了许多负担。因此每天不仅书院的人们，就连附近村庄的居民也来此打饭。

看到陆冰心在一张桌子上埋头吃饭，对面的座位空着，阿信便打了一份自助餐，坐到了陆冰心对面。

"刚起床？"陆冰心问。

"是啊，不觉就睡过了。"

"我也想睡懒觉，但是公务缠身。"陆冰心故意模仿着港台片里的语气说道。

阿信笑："谢谢你成全了我的懒觉。"

"我也没闲着，趁你还没起床，我找汤宝的奶奶谈了两个小时。"

"有什么收获？"

"啥都没有。老太太连我是警察都不相信。"

"可以理解，她也是受到了惊吓，也是想保护她的孙子汤宝。"

"能有个亲人牵挂也好，这一点我俩的感觉应该差不多吧。"陆冰心埋头吃饭，全然不顾阿信的筷子停在半空。

阿信有些不确定地说："我不明白，我没怎么和警察打过交道……"

陆冰心将一块香菇送进嘴里，嚼了几口，直视阿信的眼睛说："我们有着相似的家庭背景，一个不正干的父亲，一个没有影的母亲，一条布满了坑的成长道路，而且直到目前……"他微微一笑，"直到目前，我们似乎混得还不错，至少没有变成社会垃圾。"

阿信先是点头，然后摇头："我的生活依然一团糟。"

"我也是。"陆冰心紧接着说。

阿信的目光充满着狐疑。

"你不相信，好吧，有机会我和你慢慢说，在我调整好心情的时候。"说这话时，陆冰心的语气半真半假，但眼神中却闪过零点一秒的无奈，他拍了拍阿信的肩膀，"人总是越经磨难才越坚强吧。"

阿信没有接话，埋头扒了两口饭。

"坚强，"陆冰心哼笑了一下，"我们除了坚强也就只剩下坚强。"说完，陆冰心便自顾自地埋头吃饭，他的咀嚼如一场战斗，喳喳作响。相比下来，阿信的进食则安静许多。

两人吃完饭，走到了书院外。

陆冰心开门见山地问道："你和汤宝是什么关系？"

"我们是网友，你知道的，不是那种普通的微信或 QQ 好友，而是在黑客的圈子里认识的。我们都是技术控，在网络安全攻防上有过技术性的交锋，后来我们俩便分道扬镳，他开始专注于通过技术为自己牟利，我则还在单纯地研究技术。"

"你们在现实世界中见过面吗？"

"除了前几天他突然找到我的住处，让我帮他把奶奶安置到龙隐书院外，我们之前和之后都没见过面。做黑客的，不到实在不得已，是不会在现实生活中有接触的。"

"你好像帮他做了不止安置奶奶这一件事。"

阿信点点头："我还帮他把赃款返还到各个被害人的账户中。你是怎么知道这件事的？"

"猜的！"陆冰心耸耸肩，"我们刑警经常凭直觉去猜测一些事情。对了，你知道你这么做，在法律上怎么定义？"

阿信摇摇头。

陆冰心哈哈大笑："去他娘的法律，我觉得你做了一件好事。"

阿信有些尴尬，不知道该不该附和地笑一笑。

陆冰心回到正题："汤宝在暗网上怎么称呼？"

"土拨鼠。"

"土拨鼠？"

"是的。"

"很形象。你呢？"

"我就叫作我。"

"阿信？"

"不对，'我'这个字就是我在暗网上的名称。"

"很直接，'我'这个字看似很好理解，却又最难参透。"陆冰心故作高深道。

阿信的脸上又现出尴尬的神情。

"土拨鼠为什么找到你把他的奶奶藏到龙隐书院？"陆冰心问。

"我想他是因为处境危险，怕暴露自己；此外，他还怕有人会拿他奶奶来胁迫他，所以才找到我，毕竟我和他只是在网上相识，现实生活没有交集，做事更隐蔽一些。"

"土拨鼠在暗网上都做些什么？"

"他本来是一个颇有名气的网络黑客，开发一些黑客程序搞些小恶作剧刷一刷存在感，但是两年前他不再只是一个技术控，他变得更沉默、更低调，断绝了和其他大部分黑客的联系，只做他自己的事情。我听说他做的事情和资金流转有关，但他从来不说，这也是出于自我保护的原因吧。他被追杀很可能就是因为这个。"

"为什么那些杀手能追到龙隐书院来，你不是说安顿他奶奶这件事做得很隐蔽吗？"

阿信摇摇头："我也不知道，这个问题只有那些杀手才能回答你。"

陆冰心换了个话题："为什么土拨鼠选择了你，不是暗网上的其他人？"

阿信也不说话了，他开始喃喃道："是啊，为什么是我？"

陆冰心突然又问："你在暗网上都做些什么？"

阿信一愣，沉默半晌，才说："我只是一名技术控。"

"但是你却向我们举报了一起枪械交易案。"陆冰心顿了一顿，"我想这个情报，你也是从暗网中得到的吧？"

阿信点点头，他早已预感陆冰心会抛出这个问题。

"你利用这条情报，换取我们允许你到档案库内查询那些不会记录在网上的老档案。"陆冰心冷冷地笑道，"到底是什么样的档案呢？为什么你查这些档案时，档案室又会突然断电？"

阿信没想到陆冰心会查得这么深，他哑在那里。但陆冰心的追问还没有结束："还有，公安情报信息数据库遭到一次恶意攻击，虽然攻击的IP不断跳转，但最初的IP物理地址就在你所居住的那片棚户区，而在那片充斥了包租婆、建筑工、按摩小姐的棚户区，你是唯一一名资深黑客，非常资深……"陆冰心故意拉长音调。

陆冰心话音落了许久，阿信才轻声笑出来："你果然很厉害。"

"你居然还能笑出来。"陆冰心倒是有些惊异。

"当我遇到实力相当的对手时，我都很高兴。"

陆冰心把脸逼近阿信的脸："记住，我不是你的对手，我是来帮助你的。"

阿信往后退一步："你想要什么？"

"我记得你说过和汤宝有过技术的交锋，而且你也帮助汤宝把赃款返还给了那些被害人，所以你一定掌握了汤宝在暗网上的账户信息。我要的就是这个账户信息。"

阿信摇摇头，他低声说："这违背我们这一行的职业准则。"

"什么准则?"

阿信看着陆冰心,说:"既不和犯罪同流合污,也不和警方合作,我们要保持中立。"

陆冰心哼笑一声:"当你触碰公安情报数据库的防火墙时,你已经失去了中立。"

阿信沉默了,他慢慢握紧了拳头,仿佛是生活已经将他逼到角落。他猛然抬头,声音中仍掺杂着许多不确定性:"我需要你帮我一件事,一件小事,事情完成后,我会帮你挖掘土拨鼠汤宝暗网中的那些秘密。"

"什么小事?"

"我的女朋友欢欢染上了毒品,我希望你能救救她,把她送进戒毒所里戒毒。"

"我可以把这个情报通报给缉毒组。"

"不行,我要你去做这件事,我要你抓住欢欢后告诉她我爱她,告诉她我会等着她戒毒成功。立刻,就今晚!"阿信大声说道。

"好,就今晚。"陆冰心说,"明天早上,你带我去探索汤宝的暗网世界。"

"一言为定。"

"一言为定!"

陆冰心在龙隐寺询问阿信时,肖扬也应约来到了龙隐书院。是放下主动约的肖扬,希望她能再给自己催眠一次,帮助他打捞起断掉的记忆线索。

催眠是在放下的书房进行的。肖扬进门时,放下正在临

帖。肖扬站到书案一侧,看到放下正在用小楷临丰子恺的《不宠无惊过一生》,肖扬默念:

不乱于心,不困于情。不畏将来,不念过往。如此,安好!

深谋若谷,深交若水。深明大义,深悉小节。已然,静舒!

放下写完,将毛笔置于笔架,请肖扬坐下。放下给肖扬端上一杯菊花茶,肖扬接过茶,说:"朋友圈里很多人都会分享第一句话,但是知道第二句话的人却很少。"

放下笑:"第一句话说起来容易,但做起来,还要过得了第二句话的关。"

肖扬说:"理想和现实还是有差距的。"

放下点头,搓了搓手,说:"我们开始吧。"

肖扬点点头,支起单反三脚架,打开手机里的音乐,然后旋转起磁力陀螺,置于放下的面前。陀螺旋转了两分钟后,放下沉重的眼皮合上了。

肖扬缓缓说道:"你现在感觉很舒服,很轻松,因为森林吐出的空气被你吸入了肺中。你徜徉在那片森林中,没有方向地前行。"

肖扬停下片刻,观察放下。此刻,放下已经进入了深呼吸的状态。肖扬便继续引导:"不知不觉,你走到了森林的边际,湿泥沾在你的靴子上,你有些步履蹒跚,你向前看,看到白雪皑皑。你知道自己又来到了那片冰原。"

放下的呼吸出现了片刻的停滞,仿佛在思考前方是安全还是危险。

肖扬说:"你必须前行。你记得吗?为了一个真相,某处厚厚的白雪掩埋着的真相。"

放下点点头。

肖扬说:"那我们继续前行好不好?"

放下又点点头。

肖扬说:"你向前走,小心谨慎,因为你知道前方有一道裂谷,那里隐藏着你一个小秘密。你一步步往前,来到那道裂谷。"肖扬停下了音乐。

放下的身体微微摇晃,像是某种不安开始侵入。

肖扬说:"你准备进入这道裂谷,你小心翼翼,确保自己不会受到伤害。"

放下紧闭起眼睛,肖扬停了十秒钟才继续说:"现在你已经到了谷底,这个冰窟,你还有印象吗?"

放下点点头。

"你记得这里还有一个雪道,通往幽深的某处。上一次雪道被一个男人堵住了,你只看到背影,而这次这个雪道则是开着的,你可以进去看个究竟。"

放下屏住了呼吸片刻,然后将头稍稍垂下,像是为了雪道而不得不弯腰。

肖扬轻声说:"我在你身后。"

放下点点头。

两人静默了两分钟。肖扬突然在放下的肩上推了一把,然后尖着嗓子说:"雪道突然出现陡坡,你滑了下去,继续下坠,下坠,然后你又跌入了一道更深的裂缝中,两侧的雪崖挤压着你，你无法后退，只能向前。"

放下的手脚一阵轻微痉挛，像是僵住一般，然后，他开始平息着自己的呼吸，慢慢地，放下的胸膛不再激烈起伏。肖扬问："在裂缝中，你看到了谁？"

放下抬起头，右手的食指向上竖起："我看到，一个老人，站在悬崖的边上，他在向下看，看着我。哦，他在哭，他的眼泪滴到我的身上。呀！那是泥浆！黑色的泥浆！"放下又在激烈地抖动着身体，像是要把身体上的泥浆给甩掉。

"悬崖边上的人是谁？"肖扬问。

"他已经融化了，融化成了泥浆！哦！悬崖也融化了，它在坍塌。我要离开这里！我要离开这里！"放下的双手又挥舞起来，像是要从雪崩中将自己扒出来。

肖扬大声说："古老的火山就要崩塌了，雪都化成了水，你可以自由奔逃了。快点儿！快点儿！"

放下的两腿也开始乱蹬。

肖扬说："我数五秒，你便能摆脱裂缝，开始醒来。五、四、三、二、一。"肖扬在放下的耳边拍了一下掌。

放下的眼睛睁开，定定地盯着仍然旋转着的磁力陀螺。

肖扬轻声说："你还好吗？"

放下抹了把头上的汗，说："是不是又发生了不好的事情？"

肖扬点头："只是在潜意识里。"

"也许真实发生过。"

"那要把一切都串起来才知道。"

放下指着正对自己的单反："你会告诉我催眠时都发生了什么吧？"

肖扬点头。

放下扶着躺椅把手,艰难起身,回到书案前,把那幅已经晾干墨迹的宣纸折好,说:"如果不介意,就请收下这幅字。"

肖扬接过画,点点头:"那今天先到此为止吧。"

放下送肖扬到了书房门口,对肖扬说:"我会全力配合你们把发生在龙隐书院的事情查清楚的。"

肖扬点了点头,便出了门。

二十一、拯救线人

陆冰心从龙隐书院回城,第一站就去了缉毒组,找到了组长梁川。陆冰心把欢欢的情况告诉了梁川,梁川扫了一眼,打趣说:"你们都是办大案子的,怎么会对这几个不起眼的吸毒人员感兴趣?"

陆冰心耸耸肩:"没办法,这关系到我办的案件的当事人。"

梁队从系统里把欢欢的照片调了出来,拍了一张照片,通过微信传给了一个联系人,然后起身给陆冰心泡了杯茶说:"等一等,消息应该很快就有。"

陆冰心猜测梁川是把照片发给了一个不具名的线人。

茶还没凉,信息便回来了。梁川看了眼,站起身问:"真的很急?"

陆冰心点点头。

梁川没再啰唆,披上风衣,领着陆冰心开车去了城北头的不夜城。

半小时后,车子停在不夜城外的一处垃圾堆边。梁川下了车,大概是去找他的线人去了,而陆冰心则在车里等着。前方鳞次栉比的广告牌和各种闪烁的霓虹就像是过度丰腴的女人的脂肪，层层堆叠在一起，令人晕眩泛呕。

说是不夜城，实则是一片灰色产业聚居区：没有门脸的按摩房，几台游戏机凑成的赌博厅，半老徐娘扮作公主的KTV，还有私刻印章的，代开发票的，培训传销的，等等。这些灰色产业比野草的生命力还要顽强，割了一茬又长一茬。究其原因，还是违法成本太低，关上十天半个月对这些人来说根本算不了什么。上面也曾想把这片区域整体拆迁，无奈包租婆们房顶上面再加房顶，一副吃定政府的样子。决心再大的领导也斗不过张口上千万的补偿款，时间久了，拆迁方案便搁置了下来。陆冰心心中感慨：在漫长的历史中，古城既延续了优良品质，又继承了沉疴糟粕。

梁川从巷子回来了，他打了个手势，陆冰心便下车，到了梁川身边。

梁川说："欢欢和其他几个姑娘这些天经常活跃在这片按摩房和KTV里，向客人提供陪侍服务，老板用毒品代替金钱和她们结算。你想怎么办，是直接找你要的那个欢欢，还是等我调人过来把吸毒的和容留吸毒的一锅端？"

"还是等我先把我要的人带走，你们再行动吧。"

"好，我们就智取，打枪的不要，一切都悄悄的。"

梁川将夹克的拉链拉得半开，搂着陆冰心往巷子里走。梁川大笑着，嘴里还冒着脏话，陆冰心附和着，用手拍着梁川的肚子，两人看起来一副来寻欢的样子。他们来到一个叫作"秋水伊人"的按摩房，掀开布帘，一个胖女人笑迎起身，招呼两人往后屋走。

梁川并不答话，搂着陆冰心进了一个灯光昏暗的房间，一屁股坐在了床上，指着陆冰心对胖女人说："我小弟，给他找个漂亮的，开开荤。"

胖女人瞅着陆冰心笑着连连点头，陆冰心被瞅得有点儿窘。

胖女人离开片刻，一会儿又领着两个丰乳肥臀的小姐回来。陆冰心没看两个小姐露出的"事业线"，只是定睛看她们的脸片刻，在心里就做出了判断。陆冰心露出失望的表情，胖女人便知何意。梁川掏出一千块钱放在茶几上，对胖女人说："我听说你们有个9号很不错。把她叫过来让我们瞅一瞅，如果满意，你把钱带走，我们把人带走。"

胖女人堆着笑说："还是老板识货，可是9号只给人按摩，不出台的。"

梁川没说话，只是从钱包里又数出一千元放在茶几上。胖女人连连说"等一下"，便出门了。

等待的空歇，陆冰心调侃："梁老板出手够阔绰的啊！"

梁川笑笑，一副"你懂的"的表情。

几分钟后，9号进屋了，陆冰心第一时间就把欢欢认了出来。

胖女人屁颠儿地出去了。再看欢欢，她的眼半睁着，身子微微摇摆，一只手不得不扶着墙，正在痴痴地笑。陆冰心和梁川对视。梁川低声道："刚嗑过药。"

两人起身，扶着欢欢往外走。掀开前屋的布帘时，胖女人说："只一晚上啊。"

梁川骂道："啰唆！"

折过一条巷子,欢欢的眼稍稍睁开,她问:"你们是谁?你们要带我去哪儿?"

"废话,过夜!"梁川回答。

"过夜?过夜?"欢欢像是自言自语,然后突然甩着胳膊,"不去,我不去!你们放开我!"

梁川掐住欢欢的胳膊,把她逼到墙边,顺手从口袋里掏出一副手铐,一眨眼工夫就给欢欢铐上了。梁川低声说:"缉毒组的,你放老实点儿。"

欢欢睁大眼睛,仿佛突然看清了事情的真相,随后便很顺从地放弃了挣扎。梁川脱去夹克,盖在欢欢戴着手铐的手腕上。陆冰心隔着夹克,握住了手铐柄,牵着欢欢往前走。

一些呲呲声开始在耳畔若隐若现,随着三人往前,这声音开始变得尖锐,像是强烈的耳鸣让人心神不宁。梁川和陆冰心四下看,并没有什么异常,而停在黑暗处的车子已经在视线范围内。他们加快了步子,路过一家小澡堂。

突然,一声巨响,澡堂的一堵墙突然垮了,一些黑色的管道从墙内飞出,落在了地上,陆冰心和梁川也下意识地压低了身子,明白是锅炉发生了爆炸。许多人开始从澡堂里跑出来,有的甚至连衣服都没穿,呼啦啦一群撞向刚站起身的陆冰心和梁川。这群人散去,陆冰心突然意识到两手空空,欢欢也随着那群四散的人没了踪影。

陆冰心四顾,电话却在此刻响起,是肖扬。话筒里,她的声音急迫:"赶紧到古城医院急诊室!立刻!马上!"

陆平乡举报汤宝的电话接入了市局指挥中心,接警员边听电话,边在电脑里输入了汤宝的姓名和身份证号。两条预警信息同时跳了出来,一条是网安部门发布的,显示汤宝涉嫌黑客犯罪;另一条则是重案组发布的,显示汤宝是一起在办案件的证人。

接警员没有理会陆平乡关于将此条信息转告陆冰心的要求。事实上,平远公安有警察数千人,接警员可不清楚陆冰心是谁。他只是比较了两条预警信息的性质,一条是犯罪嫌疑人,显示为红色;一条是当事证人,显示为橙色。接警员便自作主张,将这条报警信息反馈给了网安部门的值班警员。网安部门也不含糊,接到指挥中心指令后,第一时间集结了五名网安民警,直奔汤宝所在的网吧。

但今天重案组轮值的是聂风远,他有个习惯,每天都要查看指挥中心警情通报。关于汤宝的这条警情进入聂风远视线时,时间已经过去了一个小时。聂风远心里一咯噔,抓起电话便打给了肖扬。

肖扬接到电话后,立即回平远古城。车子在城外行驶还算顺畅,但到了城里就成了一只铁皮蜗牛。古城四周都被城墙圈着,面积就这么大,马路就这么宽,此时正是下班的高峰时间,交通乱成了一锅粥,这让肖扬越发心烦意乱:她太清楚网安的战斗力了:毕竟是常坐机关警察,实战经验不像刑警这么多,在办公室搞搞情报还行,真正抓人就差多了,更何况汤宝身后还跟着如影随形的杀手。

肖扬打电话给网安值班室,没人接,又用对讲机呼叫网安负责人,对方回答:"肖组长,没时间和你细说了,我们已经赶到汤宝所在的网吧,要行动了。"说完,便中断了通话。肖扬又呼叫了几遍,还是没有人答应。看样子是动手了,肖扬只得赶往古城医院,因为所有嫌疑人抓获后都要送古城医院体检。

通往古城医院的西大街同样很堵。肖扬一脚油门,驶入了对向还算通畅的出城车道,在迎面驶来的车流中穿行闪躲,好不容易往前走了一公里,又被交警拦了下来。

交警敬了个礼,冷冰冰地说:"行驶证、驾驶证!"

肖扬把警官证亮给交警,几乎是吼着说:"十万火急!"

交警还是面不改色地说:"你是警察,不能知法犯法。"说着就将肖扬的驾驶证和行驶证收进口袋:"请靠边停车,接受检查!"

肖扬几乎要骂脏话了,但当她看到交警那张冷若冰霜的脸,就知道愤怒不管用,索性拔了车钥匙,下了车,把车钥匙撂给交警,并乘对方接钥匙的空儿,一个跨栏,又回到本来的车道,抢在公交车关门前,挤了上去。

汤宝找了家城乡接合部的网吧,这里实名制管理得松,上网不需要身份证。他在偏僻的角落坐下,四下观望,没有异常,便悄悄接入暗网,登录比特币的账号,开始出售那些正飞速涨价的虚拟货币。

出售当然需要时间,在交易的时候,网安的五名警察已经赶到了网吧外。他们有自己的侦查手段,即便没有见到人,也已经得知哪一台电脑登录了暗网,又进行了什么操作。他们一拥而入,汤宝只需一瞥,就知道要发生什么。他将电脑电源线强制拔下,直奔网吧的后门,但早有一名网安警守在那里,汤宝被捉个正着。

铐上手铐时,汤宝问了句:"你们是重案组的吗?"带队的领导说:"少废话,我们是网安的。"汤宝心中一凉,恐惧从脚指头开始往上蔓延。带队领导通过对讲机向指挥中心报告:"汤宝已抓获,目前正带往古城医院进行例行体检。"

对讲机里的这条信息被指挥中心接收。两名静默的杀手关上电台,立即动身去往古城医院。

汤宝被押解到古城医院后,按照规定测血压、心率,做胸透,检查是否有传染病等,所有的检查都是在古城医院一楼的急诊区进行的。汤宝铐着手铐在一间间检查室辗转,来急诊的病患和家属斜眼瞅着汤宝,汤宝也偷眼看他们,心中甄别这些人真是平头老百姓,还是伪装高明的杀手。

全部检查结束后,汤宝被带进一间屋子等候结果,一名警察看守,一名警察取体检报告,另外三名警察则在走廊外抽烟。就在此时,门开了,一个留着络腮胡的医生夹着文件夹进到屋内。他翻着文件,对看守警察说:"报告显示汤宝心率异常,是不是有过冠心病?"医生看向汤宝,汤宝也瞅着医生。汤宝确信这个人没有见过,于是答道:"平时心脏好好的啊。"医生转向看守警察:"也许是心情有大的波动,报告上说他的心跳都过120了,最好打一针平静一下。"

看守警察有些犹豫,医生不容分说,转身去了操作台,开始调剂针剂。再回来时,手上已经多了一个注射器。

汤宝有了某种死亡的预感,他开始挣扎反抗。而这反抗,反倒是坚定了看守民警同意注射的念头。他们拧过汤宝的胳膊,撸起了汤宝的袖子,针头刺入了汤宝的静脉,眼见着一管针剂注入了汤宝的体内。

医生转身出去了,而汤宝则面如死灰,他在等待体内出现的变化。

二十二、崩溃边缘

肖扬是和取检查报告的民警一同进入等候室的。汤宝伸出一只手指,嘴上已说不出话,脑袋慢慢歪向一边。那个看守民警像是明白了什么,急忙说:"刚来个医生,给他打了一针。"

肖扬吼道:"那个医生去哪儿了?"

"刚走没一分钟。"

肖扬对网安带队领导说:"立即封堵医院的出口,找医生给他抢救!"

带队领导也慌了,他召集在外面抽烟的三名民警守住医院的前后门。而肖扬已经飞身出了房间,回到了走廊。依然是人来人往,熙熙攘攘,肖扬有些无措。

陆冰心从攒动的人头中出现,肖扬只说了"汤宝"两个字,面色就已经告诉陆冰心发生了什么。陆冰心还算冷静,他问:"人刚走?"肖扬也迅速恢复冷静:"杀手刚离开,我前门,你后门,我们按照这个方向搜索。"肖扬说着,从贴身的枪套中掏出枪,缩在袖口中。陆冰心也掏出了枪,两人沿着走廊向两端搜索开去。

肖扬向前门搜索时撞见了龚建和聂风远,她将前门搜索任务交给了他们,自己则奔向医院安保中心,那里有全院的监控视频。屏幕显示网安民警已经分两拨守在了医院的前后门,对每一个出入医院的人员和车辆进行检查。而陆冰心、龚建和聂风远则在医院内呈120度扇形搜索,如果杀手还没有离开医院,那么极有可能被他们其中的一人撞见。再看急诊室,对汤宝的抢救正在紧锣密鼓地进行,肖扬希望他不要死。

陆冰心从急诊大楼的后门出来,绕过医院影像中心,在角落的一个垃圾桶里发现了一件扔掉的白大褂,上面写着"急诊"两个字。杀手的确是往后门方向逃跑的,陆冰心望向后门,网安民警已经守在那里。

如果凶手还没离开大门,那么他会去哪里呢?他又会以什么样的身份出现呢?

陆冰心通过对讲机联系肖扬,要她调取两分钟内影像中心的视频监控。肖扬很快答道:"发现嫌疑人,是那个使刀的凶手,他往地下停车场方向去了。"陆冰心立即下楼梯,往地下停车场搜索过去。

已是晚间,停车场里的人不多。肖扬通过对讲机不断汇报刀客的轨迹,陆冰心则持枪步步逼近。刀客在停车场里拐了几个弯,似乎在寻找着什么,这给了陆冰心不断靠近的机会。陆冰心切直线,路过自己刚停在停车场B区的车子。肖扬又说:"他进了停车场B区的楼梯,他想回到地面。"陆冰心加快步子,他希望在停车场这个封闭的区域解决战斗。

陆冰心冲入楼梯间,握住扶手的一瞬,喉咙也感到一丝冰凉。陆冰心突然意识到发生了什么,他停住了所有的动作,一口热气哈在了他的耳背。陆冰心向下瞄,是冰蓝的刀刃。

对讲机里传出肖扬的呼叫:"陆冰心,你在哪儿?!"这是由两道不同音轨合成的,陆冰心意识到其中的一道音轨来自身后的刀客。刀客伸出手,将陆冰心的枪卸下,退出弹夹扔到一边,再将陆冰心的对讲机关了,也扔到一边。一切动作有条不紊,训练有素。

陆冰心先是僵在那儿,当他意识到自己已经没有任何的反抗余地时,先前的那种紧绷反倒消失了,全部人生记忆漫过堤坝,将每一个神经回路堵得满满当当。他想起了父亲陆平乡,想起了他的恩师郝义军,还有那些给他带来过欢乐或是痛苦的人。他百感交集,想哭,却哭不出声;想喊,但喉咙处分明能感受到刀刃的锋利。陆冰心闭上了眼睛,也许这就是人生的谢幕吧,不管你有没有准备好……

身后刀客的呼吸又近了,他从侧面注视着陆冰心的脸,整整三秒钟,没有任何言语和更多的动作,如同死神在凝视。

最漫长的三秒钟,然后,刀客做出决定,他翻转刀柄,在陆冰心的太阳穴处用力一击,陆冰心两眼一黑,便昏倒在地上。

刀客翻出陆冰心的车钥匙,进入车内,将警报器挂在车顶,然后呼啸着冲出地下停车场,在两名网安警察的目视下,离开了医院。

肖扬赶到地下停车场时,陆冰心刚恢复意识。他想从地上站起身,但挣扎了几次,双腿还是没有力气。

肖扬看到陆冰心太阳穴一侧流下细细的血流。她问道:"你没事吧?"肖扬的后半句被吞进了肚子里,她看到陆冰心的眼中竟噙着泪。

肖扬意识到刚才发生了什么。她轻拍陆冰心的背,像在安慰一个受了委屈的孩子。慢慢地,陆冰心将脑袋靠在肖扬的肩膀上,痛痛快快地大哭了一场。

泪水濡湿了肖扬的衣袖,她不禁低头看向依偎着自己的陆冰心:长长的睫毛上坠着泪珠,还真挺好看。一种柔软从她的心中生长。这是一种什么样的柔软呢?肖扬不敢去自问。

心情略微平复后,陆冰心将在停车场发生的一切简单讲述了一下,之后便如丢盔卸甲般地摆摆手,说:"我想回队里睡一觉。"

正赶过来的龚建问肖扬发生了什么。

肖扬想了想,说:"突发性应激障碍综合征。"

陆冰心钻进宿舍,一觉睡到大亮。直到门被擂得轰轰响,陆冰心才起身。肖扬站在门口,一身运动装。陆冰心有些蒙,肖扬将一双运动鞋塞到他的怀里,捏着鼻子说:"这么臭的鞋子不要晾在走廊,老鼠都被熏死了。"

陆冰心有些尴尬。

"还愣着干吗,陪我跑一圈。"

陆冰心被肖扬拽着,登上古城城墙,奔跑在北宋年间就垒筑成的城垛上。跑了一阵,陆冰心掉下队来,昨日那场追捕与号哭过多透支了他的体力,让他还没缓过劲来。肖扬跑回陆冰心身边,挑衅地问:"不行了?"

陆冰心喘口气,笑笑:"男人哪能说不行呢?"

肖扬飞起一脚,踹在陆冰心的小腿骨上:"敢和你的领导说荤段子!"陆冰心叫一声痛,正要回击,肖扬立即转身跑开:

"你行你来追啊。"

陆冰心望着肖扬的背影,修长、紧致,马尾辫有节奏地舞动着,初升的朝阳将她整个包围。一瞬间,陆冰心竟然看得出了神,他连忙摇摇脑袋,咬着牙跟了上去。

两人绕了古城一圈,回到了正门的城楼上。天气很好,既可以远眺龙隐书院的斗拱飞檐,也可以俯瞰另一边废弃的煤场、井架。回身,则是一片喧嚣的古城。已入深冬,古城醒来得也比平时晚了许多。肖扬看着这一切,心中却不禁想起了北疆的草原。

陆冰心打断了肖扬徜徉的思绪,他说:"请你吃早饭吧。"

肖扬点点头,两人一起下了古城。

包子豆浆,寻常的早饭,吃起来却很有味道。肖扬向陆冰心通报了土拨鼠汤宝死因的调查结果:"刀客自带了针管和足以致死的巴比妥酸盐、肌肉松弛剂和氯化钾溶液,很准确地找到了汤宝的静脉进行注射,手法干净利落,很专业。"

"此外,几个月前,有民警报失了一部对讲机,想必是落到了他的手中,所以他能听到我们的行动命令。还有,你的车子被刀客丢弃在医院不远处的一个巷子里,附近没有监控探头,无法确定刀客随后去了哪儿。车子也经过了细致的勘查,没有发现任何可疑的指纹。"

"网安的民警是如何得知汤宝在网吧的?"陆冰心问。

"有人给指挥中心打了电话,指挥中心根据情报等级,将这条线索率先通报给了网安部门。但是,根据指挥中心的电话录音,举报人特别交代过,要把这条线索通报给你本人。"

"通报给我？"陆冰心喃喃道，"难道是他？"

"记得龙隐书院那场争斗后，汤宝是跟着你父亲陆平乡逃离的。"

肖扬说完，两人陷入了短暂的沉默。每个人都在脑海中推演那些已经发生的，却看不见的事情。

半响，肖扬像是在自言自语："为什么你的父亲会让汤宝自由行动？"

"只有一种解释。那就是陆平乡已经从汤宝处得到他想要的东西，但他既不能亲手把汤宝交到警方手上，又不能任由汤宝逃跑，他便只能通过电话举报这种方式，让我接手汤宝的那些秘密。"

"只是，指挥中心的接警员没能意识到汤宝对于重案组的重要性。"

陆冰心叹口气："接警员只是按照规定执行。"

"那么，你父亲究竟从汤宝那里知道了什么？"

陆冰心摇摇头："他已经变成了汤宝，那个唯一知道全部秘密却又被所有人追逐的人。"

肖扬伸出手，握在陆冰心的手腕上："陆平乡原来也是警察，他一定能保护好自己。而我们能做的，就是尽快把你父亲找到，让他再次和警方合作。"

陆冰心缓缓地摇头："我感觉他不会再现身和警方合作了。"

"为什么？"

"为了我的安全。"陆冰心低语道，"他知道，一旦我获取到那最核心的秘密，杀手便会找到我的头上。"

肖扬点了点头，突然问道："你觉得你已经准备好面对那些危险,甚至是死亡了吗?"

陆冰心仰起头,望着天边的一片云,说:"昨天,当刀客的匕首卡在我的脖子上时,我一瞬间想到了死。所有过往的悲惨记忆都涌了出来,巨大的无力感让我有了放弃的念头,'就这样吧',我对自己说,不挣扎了,也不反抗了。只是没想到,刀客却选择让我继续活下去。在昏迷的那一阵,我一度以为自己死了,以为自己正在上天堂或下地狱的路上。我突然感到很害怕,'难道就这样结束了?'我问自己。'一辈子以失败开始,又以失败告终?是不是太完蛋了?!'我咒骂自己,然后挣扎,想醒来,然后我就醒来了。"

"所以,你哭是因为你一瞬间的软弱?"肖扬问。

陆冰心沉默片刻,换上了一副嬉笑的表情:"咱能不提这一段吗?"

吃过早饭,陆冰心回到办公室,屁股还没坐到椅子上,电话就响了,是阿信。陆冰心脑子一愣,这才想起昨日傍晚发生在不夜城的事情。

"陆冰心。"阿信在电话里直呼他的名字。

"是的,我是。"陆冰心答。

"欢欢在哪儿?"

"很抱歉。"

"你们没有找到她?"

"我们找到了她,但是……"

"你们又把她丢了?"

"发生了一起锅炉爆炸事件,我们被人群冲散了。"

"她被人带走了,从不夜城的西边出口。"阿信说。

"你……怎么知道的?"陆冰心很讶异。

话筒里静默了一会儿,然后又传来阿信的声音:"我黑入了不夜城的视频监控系统。"

陆冰心一瞬间想到不夜城分属不同单位的视频监控:私人的、城管的、安防公司的,还有,公安监控……陆冰心说:"你知道这样做是……"

"你想说我这样做是违法的,是吧?可那是我的女友,我希望你能理解。"

陆冰心不知该说些什么。

"还记得我们的约定吗?"阿信问。

"记得,我帮你找到欢欢,你帮我查土拨鼠汤宝的暗网数据。"

"欢欢被两个黑衣人带走,从不夜城的西口出去,坐上一辆黑色桑塔纳,没有车牌,再从北门出城,开到城郊一家叫作春华的废旧汽车修理厂里,至今没有出来。"

陆冰心用铅笔迅速在笔记本上记录这些信息。

"我再给你一天时间。"阿信说。

"好。"

"救救她!"阿信一声吼后,挂上了电话。

陆冰心坐到椅子上,集中神智,将那些线索全部收紧:陆平乡和汤宝直接接触过,可能掌握一些关键的信息,但是父亲的身影飘忽不定,无法控制。汤宝的电子证据都锁在暗网的账号里,打开这把锁的钥匙如今却在阿信那里。而打开阿信心结的钥匙却又在欢欢那里。

想到此，陆冰心明白自己接下来要干什么了。

陆冰心冲进肖扬的办公室，将昨天解救欢欢的情况，以及阿信对于汤宝暗网账号掌握的情况做了汇报。肖扬也意识到这有可能为破案提供另一条捷径。考虑到带走欢欢的人可能是枪侠及其帮手，肖扬立即打电话向局里做了请示，调拨了狼牙特警队，以及春华废旧汽车场所在地的北大坝派出所配合重案组进行突击检查。

二十三、突击！突击！

午后，特警组、重案组都汇聚到北大坝派出所会议室里，没一会儿，梁川带着缉毒组的五名同志也进来了。三十来人将不大的会议室挤得满满当当。

派出所所长姓肖，他让大家称呼他为老肖，一脸和善样，一看就是多年做群众工作的。特警组长叫施军，全组十个人，只有他一个是"60后"，其他都是"80后""90后"，高强度的训练对年龄有很高的要求，而每年末位淘汰也确保了留下来的特警都是精英。缉毒组的人表面看起来有些阴森，他们埋头摆弄着手机或是联系着线人，但只要一抬头，便可以看到他们冷若冰霜的目光。再看重案组这边，肖扬作为在场的唯一女性显得有些鹤立鸡群，龚建和聂风远两人在那儿说着段子打着趣，陆冰心则闭上眼睛，貌似在养神，但实际上却在对那天傍晚发生在不夜城的爆炸事件进行复盘。

人到齐后，肖扬先来到会议室正中央，将欢欢的头像和资料投影到幕布上，然后介绍线索的来源和解救的目标。关于欢欢牵扯到的案子，肖扬并没有说多少，她只是把欢欢比作一起重大系列案件的钥匙。

肖扬介绍完毕后,梁川站起身来,说明他们缉毒组的来意:"我们对这个废旧汽车修理厂已经盯了一段时间,根据修理厂周边河流下游取水化验,我们怀疑其内部可能存在制造冰毒的犯罪情况。在盯梢过程中,我们发现出入人员都很面生,应该不是本地涉毒人员,不排除这些人来自境外,且配备了枪支。"

听了梁川的介绍,派出所所长老肖搓了搓手,说道:"这家废旧汽车修理厂起先位于集镇外的公路上,后来集镇整体搬迁,修理厂没有了生意,将有用的设备转卖,剩下破铜烂铁便扔到河边的一个大院子里。院子背靠河道,前面是一大片荒滩。别说是人,就是一只兔子在上面跑,都能被发现。"老肖说完,刚要坐下,突然又想起了什么,他弯着腰,带着歉意:"修理厂原来只有一个老头子带一条狗看管,老头子很老实,所以我们就疏忽了日常检查,没想到如今成了绑架窝点和制毒工厂,实在是工作疏忽啊。"

老肖说完,特警组的施军站起身,他身后的那一群年轻的特警们也都齐刷刷地站了起来。施军敬了个礼,只说了一句:"服从命令,指哪儿打哪儿!"说完,施军便又和那一群小伙子一同坐了下来。

尽管施军说是要服从命令,但抓捕方案还是由他来制定,毕竟在突击行动上,特警组的实战经验要更丰富些。

按照施军的分析,由于废旧汽车修理厂外围是一片荒滩,没有可以隐藏的地方,等大家冲到修理厂时,乐观的情况是,厂里的不法之徒沿水路早已逃窜,将所有毒品原材料、制成品抛撒到河里;不乐观的情况是,他们据守修理厂,利用各种掩体遮蔽向外射击,别说人质欢欢的性命安全了,到时候大家都得成为活靶子。

因此,施军如此布置抓捕:临近傍晚,无人机先靠近侦察,摸清院内人员数量和武器配备;缉毒组五人、特警组五人以及重案组四人分乘两艘快艇埋伏在附近的河汊,负责突击抓捕;特警组另外五人和派出所民警则潜伏在修理厂外围的堤坝下方,负责对陆路逃窜人员进行控制。一切以无人机抛射掷爆震弹为行动开始信号。

完成部署后,大家便分头行动,各自准备武器装备。重案组装配步枪是85式微声冲锋枪,这是国产设计和制造的一种七点六二毫米口径轻型冲锋枪,主要以单发和点射火力杀伤二百米以内敌有生目标,具有结构简单、体积小、重量轻、精度好、近距离火力强、携带使用方便的特点,特别适合山地、丛林、短兵相接、城市巷战及解救人质的战斗。重案组装备的短枪是92式半自动手枪,九毫米口径,威力大,装弹量也大,比传统的64和77手枪更加适合实战处突使用。完成枪支调试后,陆冰心出了院子,开始试飞无人机。肖扬坐在花坛边上,边擦拭手枪,边仰头看陆冰心的无人机。

枪的各个部件擦拭组装完毕,肖扬端起枪,对着无人机进行空枪练习。肖扬的嘴里发出轻轻的一声"啪",无人机却像是突然中弹,急急坠落。肖扬不禁站起身,即将坠毁的无人机却突然拉升,然后直直飞向肖扬,陆冰心一脸鬼笑。肖扬并不躲闪,无人机即将撞向肖扬前,突然悬停,慢慢降落在地上。

肖扬捡起无人机,赞叹道:"飞得不错。"

"现在国产无人机在性能上已经甩国外同价位的好几条

街了。"

肖扬将无人机翻过来,看到电机下面有两个用水笔写的字:风筝。

肖扬问:"你叫它风筝?"

陆冰心点头。

"很形象。"

陆冰心接回无人机,拆下叶片和电池,并将电池连接上充电器。陆冰心说:"它已经在天上飞了快两年了,这还是郝义军给我买的生日礼物,他知道我喜欢捣鼓点儿这些东西。"

提到郝义军,两人都有点儿沉默。陆冰心漫无目的地望着天空,肖扬则将枪套的卡扣开了又关,关了又开。

"你每次行动前害怕吗?"陆冰心突然问。

"有时候会。"

"什么时候呢?"

肖扬想了想,然后说:"在机关的时候,行动并不是很多,主要都是些无聊文书的流转,敲敲键盘,写写报告一类。你知道,对于一个马背上长大、胸怀草原的女孩,这得有多无聊。"肖扬呵呵笑出声,然后接着说:"于是,我就不断向领导申请下调基层刑警队,参与大案要案的侦破。当我对案件比较清楚时,行动时就踏实许多。但有的案件未知情况太多,而且并肩作战的都是刚见面的同行,自然会有些紧张。"肖扬说完,问陆冰心:"你呢?"

"我啊,"陆冰心也做沉思状,仰望天空,肖扬又看到了陆冰心修长的睫毛,"你知道的,我在街头长大,啥本事没学会,就是跑得快。"

"拉倒吧！"肖扬捶了陆冰心一拳，两人哈哈笑了起来。

行动在傍晚时分开始。已进深冬，黄昏仅仅是短暂的一瞬，河汊里的陆冰心放飞了无人机，迎着夕阳，飞临到废旧汽车厂上。操作面板上显示：两条狗，一个人在院内逡巡，两间屋内有亮光，拐角一间屋子的烟囱冒着烟。除此之外，就是院内外许多废旧汽车残破的躯壳，冷冷地堆在一起。

施军抬腕看了看表，就要到晚饭的时间。无人机悬停在院子上方两百米处，静待夜色慢慢将其染成黑色。又有一个人从屋内出来，他从走廊搬来一张方桌，又摆上几把椅子。几盘菜端了上来，一共六个人围在桌前，喝酒吃菜。

梁川低声问一句："现在抛爆震弹？"

施军摇头："再观察一下，确定目标人欢欢的方位。"

又过了会儿，其中一个人放下筷子，拣了两个馒头，进到西边拐角处的屋内，把另一个人换出来吃饭。肖扬指着屏幕说："至少七名犯罪嫌疑人，西头拐角的屋内关押着欢欢。"

施军点头，下达命令："各组准备，三二一，行动！"

两枚爆震弹从无人机下方释放，落入院子，接连发出两声巨响，同时激起炫目的光。冲锋舟迎着光驶入修理厂后方的临时小码头。施军组长带着特警们冲在前面，重案组和缉毒组守卫两翼。陆冰心走在重案组的最前面，身后是肖扬，她将一只手搭在陆冰心的肩膀上。

特警用破门锤撞开院子的后门，其他队员鱼贯而入，然后是重案组，然后是缉毒组，一行人进入院内迅速散开，奔赴各自的目标。而此时，院内亮光刚刚散去，但爆震弹的烟雾还在。

一个人摇摇晃晃就向冲在最前面的施军枪口上撞去。施军一秒钟将其摔倒,身后的特警则在下一秒将其背铐在地面。

此时,院子前门出现响动,有人突然高喊一声:"警察!"紧接着便是一声枪响。所有人一惊,压低脑袋。然后又是两声枪响,轰隆隆,是猎枪的霰弹。烟雾已散,白炽灯下,一人端着猎枪。还没等第四声枪响,施军连发三枪,全部打在对方的脑袋上。另有一名歹徒挥舞砍刀从侧翼向重案组冲来,眼见大刀就要落在肖扬的脑袋上,她右手持冲锋枪挡过刀锋,左手抽出手枪,抵住对歹徒胸膛,又是连续三发子弹,打爆了对方的心脏。见两名歹徒被击毙,有人抱着头蹲在了地上,还有人向院外冲去,被从正面压过来的特警和派出所民警控制。

院内情况稳定后,缉毒组和特警组配合清理每一个房间,重案组则直奔可能关押欢欢的那一间屋子。陆冰心冲在前面,肖扬次之,龚建和聂风远再次之。陆冰心撞开了房门,外间空无一人,里间则遮着门帘。肖扬一个箭步,冲到门帘前,肖扬却听到开保险的一声金属咔嗒声。陆冰心猛地将肖扬撞开,二人一同摔倒在地面。几乎同时,一声枪响,射穿了门帘。已经匍匐在地上的龚建和聂风远举枪,从门帘下方仰角射击,将最后一名歹徒击毙。

肖扬将压在身上的陆冰心顶开,尖叫道:"你没事吧?!"龚建和聂风远也围了过来。六只手在陆冰心身上翻来覆去地检查他有没有中枪。陆冰心将那些手推开,边喊"没事"边指向里屋。大家进入房间,除了看到那个胸口被血浸湿的歹徒,还在角落里看到了欢欢,她的尸体像一件废品一样堆在那里,脖子上还勒了一圈铁丝。

行动结束了,参战方各有喜忧。缉毒组击毙三名、抓获四名参与制毒的犯罪嫌疑人,缴获成品冰毒二百公斤,冰毒半成品近一点五吨。特警组通过此次实战,锻炼了队伍。北大坝派出所清除了这一辖区窝点,减少了治安隐患。

唯有重案组,虽然找到了欢欢,却已被杀害。在讯问被抓获的马仔时,他们只是说有个持枪的年轻人把这个女孩交给了制毒工场的老大,让他代为看管。再问那个老大在哪里时,马仔指了指地上的尸体,说:"人已经死了。"

二十四、催眠疗法（下）

重案组一行回到单位时，阿信已经在门前等了许久。他一身黑衣，天空开始飘雨，他没有躲在屋檐下，而是任由细雨打湿他的头发。陆冰心下车，来到阿信身前，他已经感受到从阿信身上散发出的那股子哀伤。

阿信说："带我去见见她。"

陆冰心点点头，开车载着阿信去了殡仪馆。

两人一路无话。

将车停好，两人步行前往地下三层的殡仪馆停尸间。电梯停运，他们便下楼梯，一层，两层，快下到最后一层时，陆冰心注意到阿信已经用双手扶着楼梯的扶手。

市局法医正在那里进行尸检，死者是一名中年男性，身体的一侧血肉模糊，严重变形，大概是遭遇了严重的车祸。这类场景陆冰心从警这些年来已经见了不少，但阿信想必还是第一次见，他只看了一眼就别过了脑袋。

陆冰心向法医说明了来意，法医放下手术刀，便往里走，陆冰心和阿信跟在后面。法医核对了登记簿，然后来到一个柜子前,抽出里面的床,是一具覆盖着白色床单的尸体。

陆冰心转头看阿信,他浑身颤抖,几乎无法站立。陆冰心想上去扶他,阿信却往后急退,反倒是撞在了那张正在进行解剖的手术台上,鲜血染了他一身。阿信哭号着从停尸房内冲出,陆冰心也追了出去。法医摇摇头,又将覆盖着白色床单的欢欢尸体推了回去。

两人回到殡仪馆一楼,陆冰心长嘘了一口气,像是从十八层地狱返回人间一般。阿信坐在大厅的台阶上,身前是一摊呕吐物。陆冰心走到阿信的身边。

阿信哭着自言自语:"没想到是这样的告别。我竟没勇气见她最后一面。"

陆冰心将手放在阿信的肩膀上:"我理解你。"

阿信却将他的手甩开,以近乎咆哮的语气喊道:"你不懂!你不懂!你不懂!"阿信瞪着血红的眼睛看着陆冰心,"你对我承诺的,你没有做到。"

说着,阿信伸出了双腕:"我是不会告诉你汤宝暗网里的那些事情了,你把我抓了吧,不管以什么名义!"

陆冰心僵在那儿,他不知道该说些什么。

看到陆冰心毫无作为,阿信转过身去,向前奔跑,身影很快消失在夜色中,只留下陆冰心站在绵绵的细雨中。半晌,陆冰心望向夜空,想着:"这雨下完,冬天就要到了。"

阿信回到出租房内,将土拨鼠汤宝在暗网上的账号和密码默念于心,然后匆忙出门。他在邻近巷子里找了家黑网吧,在电脑内植入翻墙软件,经过一系列的服务器跳转,进入到暗网的世界。阿信找到土拨鼠最常登录的一个暗网社区，输入账号和密码，在按下回车键的同时，也按下了手机计时器。阿信明白，一定有许多人在通过各种方式盯着土拨鼠的这个暗网账号，阿信至多只有十分钟的安全时间。

阿信调取到账号内保持的海量资金流水，在第一个十分钟进行有效信息的筛选和标注，在倒计时还有一分钟时，阿信及时断网，背起书包，步行到了一公里外的第二家网吧。

每一次登录都只有十分钟，每一次登录也都是从零开始，好在有了前次阅览记录，阿信搜索研判的范围也变小了许多。阿信在第二家网吧又记录了几笔金额高达数千万的资金流出记录，然后倒查资金来源。

他要弄清楚那些金主到底是谁。手机在振动，提示只剩下一分钟，阿信咬咬牙，断了网，背起书包，奔向第三处目的地。阿信刚从网吧后门离开，两名民警就进入了第二家网吧。阿信转过巷口，靠在墙上，深呼了一口气，然后扫了一辆共享单车，赶到第三家网吧。

一路上，阿信的大脑在飞速梳理获取的信息：流入的资金在土拨鼠的操纵下，转变成为虚拟货币，再通过暗网平台，流通到境外一个叫作雀仔的虚拟货币账户。资金就这样绕开监管，从国内转到了国外。钱在逃，人是不是也在逃呢？

第三家网吧，再一次登录，略过前面的步骤，阿信快速锁定了虚拟货币汇入的暗网账户。阿信打开对话界面，手指在键盘上方悬停了一分钟。不对话，便没有机会窥视对方的交易明细；对话，则有可能暴露自己，毕竟对方或许知道土拨鼠已经被抛弃和暗杀了。

"暴露自己又有何妨？"阿信自问道。若不去冒险，这条线便会断，真相也将被永远锁住。

　　阿信将土拨鼠账户里等价一百万元的虚拟货币转到自己的账户，然后添加了汤宝经常转账的雀仔的账号。向他发送了六个字：土拨鼠，一百万。

　　对方很快回道：你是他的小弟？

　　阿信回道：不是，我只是接管了他的工作。

　　对方发了一个无所谓的表情，然后写道：还是变现到先前的账户？

　　阿信发道：OK。

　　阿信将U盘插入电脑，将里面一个木马病毒修改伪装成汇款信息，发给了雀仔。

　　阿信在等待，等待对方接收这个文件，等待雀仔这个账号下线。

　　十秒钟后，雀仔打开汇款信息，随即中招，账号自动下线。计时器再次倒数，阿信迅速黑入雀仔账号，找到那几笔由土拨鼠汇去的千万级别的虚拟货币境外提现记录。阿信将这些境外提现记录拷贝到U盘内。剩下的工作，便是去查明那些提现银行账户的开户人，就能清楚汤宝在境内到底服务于谁了。

　　雀仔的账户重新上线，他夺回了对自己账户的控制权。雀仔没有说话，他一定是在检查闯入者带来的破坏以及留下的痕迹。阿信从暗网断开，电脑恢复到正常界面。阿信知道，他已经破坏了暗网的规则，自此以后，他便成了暗网上被永恒追杀的对象。

　　阿信从椅子上站起身，竟有一丝腿软，而他的后背早已汗湿。阿信将U盘塞进口袋,正要出门,被陆冰心堵在了门口。

陆冰心的眼神清楚地告诉阿信,他已经知道发生了什么。

阿信咬着牙说:"我有我复仇的方式。"

陆冰心说:"当你在凝视深渊的时候,深渊也在凝视着你。"

"如果没有光明,我愿意进入深渊,搅他个天翻地覆。"阿信说完,便错身离开,将陆冰心甩在了身后。

清早,放下站在"东震三千"的石牌坊下,向远处眺望,与此同时也竖起耳朵,谛听山林里的万籁动静。放下有时候能听得到那头公野猪的嚎叫,低沉中透着仇意。有时候却一无所获,放下猜测那头野猪一定在等待为那头母野猪和小野猪报仇的机会。

一辆轿车由远及近,停在了龙隐书院九十九级台阶前。车上下来一个人,放下定睛一看,认出了华亿公司董事长顾衍忠的司机谢天慈。放下背过身子,回到书房内,等来客跟来。

两人对席坐下,放下请谢天慈喝书院的古树茶,谢天慈抿茶的工夫,抬眼看放下,发现对方正在端详自己。谢天慈放下茶盏,收起笑容,和放下对视。

许久,放下才说:"我知道你会来找我。"

谢天慈问:"你认出了我?"

放下摇摇头。

"那你再看看我。"

"不用了,即便我没有失忆,时间也已经将人的面孔重新雕刻了。"

"是的,你没了头发,你的后脑勺也多了一道疤。"

放下正在洗茶盏的手停了下来，他再次盯着对面这个和自己年龄相仿的男人。放下说："第一次见你，我就从你的眼中捕捉到了某种熟识的痕迹。"

"察言观色，你有这种天分，老兄——"谢天慈将最后这个称呼拖得很长，然后又自顾自喝茶。

放下叹口气："你知道，我回到本地，是想打捞起失掉的记忆，找回我的过去。"放下沉一沉语气，然后说，"如果你和我在过去有过交集，知道我是谁，请你告诉我。"

"条件是你答应华亿公司对龙隐书院进行旅游开发。"谢天慈紧接着说。

放下沉默了。

"你还在坚持你的信仰，那些你认为是对的东西。"谢天慈幽幽地说。

"信仰是一个人的立身之本。"

"但如果你的信仰，你所坚持对的东西都是建立在欺骗和罪恶的基础上呢？"

这是一句再明显不过的暗示。放下抬眼看谢天慈一眼，轻轻叹一口气："信仰本身并不存在正确和错误，信仰也不溯及过去或指向未来，信仰就是信仰。如果过去的所作所为和现有的信仰存在冲突，那么我要先去找到过去，正视它，解决它。"

"不惜任何代价？"

"不惜任何代价。"

"我有点儿相信你了，老兄。"谢天慈的语气沉稳下来，"就像我曾经那么信任你一样。"

放下没有理会那些暗示，而是定定地看着谢天慈，认真地问:"你真不打算告诉我,我到底是谁?"

谢天慈轻轻一笑:"你已经很接近答案的真相了。"

放下想起了自己在催眠中呈现出的不安。

谢天慈接着说:"你好好考虑一下龙隐书院开发的事情,只需要你在信仰上做出一点点的妥协……"他顿了一顿,"时间不多了,给自己一个机会吧,对你我都好。"谢天慈说完,站起身。

放下斜视谢天慈:"信仰没有讨价还价的余地。"

谢天慈呵呵一笑:"那么你就失去了主动。"

"如何?"

"想象一下,坚守仁义礼智信的书院院长,突然有一天,各种媒体都在头条上曝光他过去的不堪,那将会是一种什么样的盛景!"谢天慈顿了顿,接着说,"到那时候,崩塌的不仅仅是你的人设,而是人们对于龙隐书院所代表的集体信仰。这可比那一丁点儿的商业开发带来的损害要大很多。"

谢天慈走到门前,转过身,从口袋里掏出一张纸片,放在窗台上:"给你个小小的提示,证明我所言不虚,我们的确是老相识。"说完,便离开了书房。

谢天慈的那段话像是一个黑洞,将放下的思绪都搅了进去。半晌,他踉跄起身,走到窗台前,拿起纸片,整个人瞬间石化。

那张图片上拓印着一只张开翅膀、龇着尖牙的蝙蝠。放下不自觉伸出手,摸向自己后背的那个图案。

谢天慈离开后,放下几乎是立即给肖扬打了电话,要她帮助自己再做一次催眠,他想看到隐藏在意识最深处的自己。肖扬提出来书院,放下却约她到四眼井。肖扬思考了两秒钟,便同意了放下的提议。她明白放下的用意:亲自到这个反复出现在潜意识的地方,比到书院更能勾起某些断掉的记忆。

肖扬赶到四眼井巷口,往里走不远,看到身着便服的放下正站在临路的一间理发铺内,很老旧的那种。放下招呼肖扬进屋,告诉她自己花钱将这间理发铺租了一整天。肖扬四下打量,理发的老头将脑袋缩回布帘后,回后屋去了。

"那我们开始吧。"放下坐在理发椅上,急切地说。

肖扬点头,开始布置催眠的场景和设备。

"但从哪里开始呢?"放下又突然问。

肖扬停下手边的活计,看出了放下的焦虑。她走到放下身前,将椅子靠背摇下,放下慢慢斜躺下来。肖扬说:"我们沿着时间继续向前推,这次要进入儿时的回忆了。"

肖扬播放起音乐,说着每一次的开场白,放下也闭上眼睛,呼吸慢慢平稳。肖扬带着放下又一次穿越过森林,又一次滑落冰缝,又一次进入雪道,然后攀上悬崖,站在火山口的边缘。大地开始震颤,天地即将倾覆,放下也开始颤抖起来。

肖扬说:"逃吧,逃离这危险的地方。"

放下攥紧了拳头,牙也龇了起来,双脚交替踏在理发椅的脚蹬上。

"你往后看,你看那冒着岩浆的火山,你能看到什么?"肖扬问。

"我能,我能看到……"放下突然不再反抗,而是讥笑了起来,"我能看到岩浆将那些小屁孩们都烧成灰,叫你们跟我斗,都他妈的烧成灰!哈哈哈!"

"你是谁?他们要和谁斗?"

"我是谁?!"放下突然凝视着肖扬,面孔扭曲,"我怎么会告诉警察我是谁?"

肖扬一惊,随即抛出了个另一个问题:"但你还是个孩子,你还有老师,你还有父母,你还有爱你的人。"

放下的眼神突然涣散了一会儿。

肖扬接着说:"你的父母叫什么名字,或许我可以找他们讨论一下。"

"不要!不要!"放下突然发出小男孩一般尖厉的号叫,"叫他滚,叫他滚!"

"让谁滚?"肖扬继续逼问。

"让她滚。让那个婊子滚!"小男孩的号叫中夹杂着哭声。

"你的父亲呢?"肖扬最后问道。

"他已经死了,他已经埋进了深深的矿井。"放下泪如雨下,身体瘫在了椅子上,呼吸慢慢平复,他竟然睡着了,一次无梦的酣睡。

放下醒来时,天色傍晚。他有些不好意思,但又显出急切想知道答案的表情。而在放下沉睡的这段时间,肖扬已经将放下催眠中所有潜意识做了梳理。按照约定,肖扬边把三次催眠的视频放给放下看,放映结束后,肖扬说出了自己的分析:

"三次催眠,不同人物轮番登场,从那个举起凶器的黑衣人,再到悬崖边上即将融化的老人,再到被熔浆驱赶着,毁灭着的孩子,从壮年到青年再到童年,这些潜意识里的人物或许真实存在,以另一副面孔影响着你的人生轨迹。"肖扬顿了顿,沉下语气接着说,"当然你也影响了他们的个人命运。"

放下点头,面色纠结。

"最后一次的催眠反映了你的少年时代,你提到了自己的父亲母亲,你说你的父亲葬身矿井,你让你的母亲滚,你还提到不能被警察抓到,这些都是很具有现实意义的线索。"

"那该怎么查这些线索呢?"

肖扬沉默了一会儿,说道:"或许我们可以到四眼巷,查一查有犯罪前科的孩子,而这个孩子的父亲因为矿难去世,母亲也将其抛弃。"肖扬顿了顿,说,"符合条件的人不会很多。"

二十五、按图索骥

土拨鼠汤宝的死、欢欢的死，陆平乡都默然于心，他感到当前的形势正像一头加速失控的火车，轰隆隆地冲撞过来：要么火车脱轨，要么是那些绑在轨道上的弱小生灵遭到碾轧。

陆平乡知道自己也是绑在轨道上的一个，虽然能做的很少，但他仍希望通过自己的奋力挣扎使火车倾覆，当然，自己也会粉身碎骨。但这样总比让其他人，包括自己的儿子陆冰心陷于危险中好。打定这个主意后，陆平乡便不准备把汤宝供述的名单交给警方，他要亲自将那些罪恶终结。

翻开土拨鼠给他提供的那两串长名单，左边的是那些社会资源的分配者，却赚着最为普通的工资；右边是那些灰色产业从事者，惯用各种坑蒙拐骗、毒化社会的伎俩。两串名单的中间是一片空白，陆平乡知道这空白处是将他们联结在一起的不法利益，亦可以说是犯罪证据。

陆平乡决定先从左边查起，对于那些拿着公文包，带着金丝边眼镜的人们，他有的是手段。陆平乡圈定了一个名单，名单中的第一号，便是当地林业部门负责审批的局长。

林业部门不是那种富得流油的单位，经手的账务也比较简单，陆平乡相信这个负责人一定能够回忆起来点儿什么。陆平乡这么想着，来到了林业局外，远远瞅着，一张大白纸贴在柱子上。陆平乡凑近去看，发现是一张讣告。正文第一行便是这个局长因心脏病突发于某年某日因病逝世。陆平乡心中一惴：这也太巧合了吧。

　　第二个目标是一家银行行长，以他的职权，可能涉及不合规的贷款发放，并从中牟利。陆平乡以储户的身份先来到银行，找到银行领导的公示牌，目标人物在最上面绽放着谦和的微笑。陆平乡稍稍心安，离开银行，挨到晚上，潜入这个行长所住的小区。目标住在一楼，陆平乡得以通过望远镜观察这一家的情况：女主人、孩子、小保姆，除此之外，再无他人。

　　或许是男主人在外应酬，还未归家。陆平乡把自己隐匿起来，每晚耐心等待，一天、两天，男主人始终不见踪影。第三天是周末，陆平乡发现女主人早早出门，手里拎着一个保温桶。女主人没有开车，反倒是选择了公交出行，陆平乡跟着她上了公交，坐在后排座位。辗转两班车后，一路竟来到了城外的疗养院。

　　陆平乡从急诊室随手牵来一件白大褂披在身上，进入到疗养院病区，跟随女主人的步伐寻到了男主人，也就是那家银行的行长。四十多岁的男人此刻像一个孩子一般，憨笑着，由着妻子将汤一口一口喂到嘴里。汤喂了一半，男人不愿意再喝，汤汁顺着嘴角流了出来。

　　又废了一个人。陆平乡虽这么想着，却不愿意放弃。女人收好保温桶，拿去要洗。走廊寂静，陆平乡在洗手间外等待。

女人拎着保温桶出来了,看到了靠在墙边的陆平乡。眼神对视,一切了然。

女人脸色一变,抓住陆平乡的袖子,低声哭喊道:"放过他吧,放过他吧,他已经是个傻子了!"陆平乡不为所动,他想再听听女人怎么说。女人看走廊没人,扑通跪下,几乎在哀号说:"要不你杀了他,要他去死,只要放过我们,放过我和孩子。"女人的眼球都迸出了血丝。陆平乡从她的表现得出两个结论:一是这个女人一定遭到了巨大的恐吓;二是她丈夫干的那些事她一定毫不知情,否则她也将成为她丈夫的样子。陆平乡丢下惊惶失魄的女人,独自回城,不得已追查他第三个目标。

陆平乡深知职权部门的运行规则:公司要做一个项目,先说服银行同意放贷,再摆平诸如林业等主管部门,让他们在职权范围内不做阻挠,最后再由更高一级的领导在规划会上强力站台,那么这个项目便一路绿灯。陆平乡本想自下而上来查,林业和银行的线索断了,便只能直接去找规划设计院的人员。

但在接触规划部门人员时,陆平乡在心里盘算起项目的性质:银行、林业、企业,这三家凑在一起会干些什么事情呢?陆平乡想到了近期关于华亿公司和龙隐书院的报道,他心里有了些眉目。他所要做的,就是找到这个规划部门,将心中的猜测确定下来。

陆平乡装扮成一名电工,进入到了设计院的大楼内,沿着楼梯步行到领导所在办公室外。门虚掩着,陆平乡偷眼瞅里面,一个保洁大妈正在打扫卫生,而另一个女孩正在整理办公桌上的文件。陆平乡看了看手表,正是上午十点。保洁不应该在此时工作。陆平乡便推门进入，女孩先是一愣，再看陆平乡身上的装束，便明白了他的身份。

陆平乡也没搭话，蹲下身子在弱电箱那里忙活，却偷眼看女孩将桌上的姓名公示牌撤下，换成了另一个人。陆平乡站起身，指着女孩手里撤下的姓名牌："上次他让我到他家里干了半天活，这个费用怎么结啊？"

女孩轻哼一声："找他？你到澳大利亚去找吧，他一家都移民到那里晒太阳去了。"

女孩儿说着，把姓名牌撕碎，丢进了垃圾桶。陆平乡也在线索的名单中，将他的名字给划去。

如果说针对有关部门的线索核查，陆平乡是按照自下而上的原则一个个去找，那么针对汤宝提供的那些涉足灰色产业的大佬，陆平乡便准备擒贼先擒王了。

川七绝对是这灰色食物链的顶端。古城内一半娱乐产业都和他有关，古城外的小煤矿他也多有涉足。曾有传言说川七弟兄七人，他是老幺。一同捞了第一桶金后，兄弟阋墙，从大哥到六哥先后消失，只剩下川七一个人。这段传言和大家称呼他为传奇一样，真假待考证。但能这么多年屹立不倒，川七的确是有些手段。

先前出现王姐、鬼头等那一系列非正常死亡案件后，川七增强了安保力量。陆平乡跟踪川七一周，保镖环伺，始终没有下手机会，贸然行动，无异于火中取栗。陆平乡只得耐着性子，在等待中将川七的生活习惯摸清，进而有了一些意外的发现。

川七虽然长期浸淫于娱乐行业，但自己却不太沾染酒色，生活也极规律。但每日高压的生活也让川七需要一个释放的空间，而这个空间便是鼓楼饭店二楼的一个包间。川七会不定时到鼓楼饭店密会一个女孩，喝个半醉，然后回家。陆平乡观察过这个女孩，从年龄上看应是大学生，每次都是安安静静来，安安静静走。陆平乡猜测这个女孩甚至不知道楼下正有六个保镖守卫着川七的安全，更不用说在饭店外隐蔽处那由三辆奔驰组成的车队。

"大人物总有点儿奇怪的癖好。"陆平乡心想。而这个癖好也便成了陆平乡的机会。

又等了两日，陆平乡决定下手了。川七到鼓楼饭店赴约，如旧在二楼包间内喝酒，保镖们在一楼守卫，司机则等候在外面。头车和尾车的司机是两个小伙子，他们正在一棵大树下抽烟。中间那辆车的司机是个大汉，一声不吭地坐在车里。陆平乡走到中间那辆车前，手刚搭上引擎盖，身子就躺了下来。那个大汉迟疑了两秒钟，下了车。就在他弯腰查看时，陆平乡拽住他的手腕，猛地一拉，另一拳打在他的太阳穴边。大汉软绵绵地躺在了地上。陆平乡搀扶着大汉，像是搀扶着一个醉酒者，将他放到巷子深处的黑暗中，搜出其车钥匙，然后坐到驾驶位上。而前后车的两个司机在此时又点起一支烟抽了起来。

陆平乡耐心等待了四十分钟，女孩一个人背着包从饭店出来，打了个车走了。随后，保镖簇拥着川七下楼，陆平乡随着前车，将车开到饭店门外。一众保镖上了前后两辆车，只有川七一个人上了陆平乡驾驶的中间这辆车。三辆车快速出城，向川七城外的别墅驶去。

车内，川七没有说话，只是看着窗外，大概在回味着刚刚的幽会。陆平乡从后视镜里看到川七端着水杯，手指在杯体上打着节拍，却始终没有抿上一口陆平乡为他准备的、下了迷药的热茶。陆平乡沉住气，跟着前车继续在城外环路上疾驰。

临近环线出口，后排的川七突然说："靠边停一下，我要撒个尿。"

陆平乡点了下头，后视镜里的川七依然处于酒后盹困的状态。陆平乡心里犹豫，又往前开了五十米，才给前车打了双闪，轻踩刹车，三辆车慢慢靠边停下。再看后面，川七已经换上一副冷酷的面孔，驾驶座的靠枕也突出一块，抵在陆平乡的后脑勺上。川七冷冷地说："熄火，双手离开方向盘。"

果然是一个厉害的对手！陆平乡关掉轿车启动键，双手举起，慢慢抱在脑后。在做这一切时，前车的保镖已经下车，向中间的车子靠了过来。

陆平乡问："你是怎么发现我的？"

川七冷笑一声："我……"

也就在川七刚发出这声"我"时，陆平乡抱向后脑的手突然拽住川七的手腕，猛地一拉，一声枪响，就在陆平乡的耳边，穿透前风挡玻璃，正前方的保镖一脸惊愕，然后捂着肚子慢慢蹲下身子。

枪掉落在驾驶座下，川七俯身去捡，陆平乡翻身，以手为锤，狠狠砸了下去。川七闷哼了一声，便倒在了后座上。陆平乡迅速按下启动键，挂上倒挡，急速后退，直退到外环出口，才沿着事先选定的乡道向前疾驰。

夜很黑，陆平乡只能凭着感觉向前方那片开阔的水域驶去。就在陆平乡可以看见月亮在水面上的倒影时，他停下车，将川七从后座拉出，放在一艘渔船上，在他身上覆上渔网。眼见着后面的车灯越来越近，陆平乡驾车继续沿着湖向前开，又往前行驶了两公里，折过一个弯，突然驶下公路，连人带车一同冲进了平静的湖水里。

岸边，两辆保镖车已经停下，保镖们脱掉衣服，跳入冰冷的湖水中，与此同时，几道光束也在湖面上搜寻。陆平乡在草丛里看了会儿，然后悄悄摸索回到先前渔船停放的地方。

川七醒来，看到了刀痕遍布的木门，摇晃的白炽灯，还有灯光投射出的一个人影，站在自己的身后。川七挣扎，发现自己被束缚在椅子上。川七明白发生了什么，说："是你。"

陆平乡从身后转到川七身前，手里还掂量着川七那把手枪，陆平乡停下手上的动作，对川七说："是我。"

川七说："你应该知道我是谁。"

陆平乡点头。

川七鼻子哼笑："你当然知道我是谁。你没找错人。"

陆平乡拉了张板凳坐在川七身前："生意做到这么大，平远城里没几个人不认识你。"

"你在提醒我必须和你做交易吗？"

"生命比一切都宝贵。"

川七沉默，然后突然说："但你是个警察，我原来在报纸上看过你破案的报道。"

"曾经是。"陆平乡说，"现在不是。"

川七凝视陆平乡的双眸，意识到他是认真的，叹口气："好吧，你把交易说一说吧。"

陆平乡将枪放在木柜上,枪口却还对着川七:"很简单,你告诉我,是谁让你向土拨鼠汤宝的账号上汇钱的?"

川七几乎是不假思索地摇头:"我不能说。"

"你不能说?"

川七点点头。

"你要放弃这个交易?"

"有比生命更宝贵的东西。"川七顿一下,又说,"或者说有比死亡更可怕的事情。"

陆平乡从椅子上站起来,又将枪提在掌心,枪管抵在川七的太阳穴。川七闭上眼,上下牙开始打架。陆平乡给了川七几秒钟,然后扣动扳机。咔嗒一声,枪里没有子弹。川七吐了一口气,陆平乡笑着说:"我给你十二个小时考虑。"说完,便离开了林间小屋。

二十六、密林杀戮

陆平乡并没有离开这片树林,他只是来到了林子边缘,在那家废弃的锯木厂里打开手机,耐心等待。川七的确没让陆平乡失望,他将自己摔在地上,一点点挪到木柜旁,用身子将木柜撞翻,那把空枪连同川七身上的刀子一齐掉落在地面上。接下来两个小时,川七用那把小刀割开捆在身上的绳索,带着那把枪逃离了这片丛林。就在川七从锯木厂门外跑过后五分钟,陆平乡也从厂里出来,回到刚刚拘禁川七的林间小屋,把他的这个洞窟好好布置起来。

忙完一切,陆平乡钻回灌木丛,披上一件雨披,静心等待。这一等,便过去了一夜。这一夜,露水开始汇聚,悬挂在叶片边缘,又滴落土壤中,被那些古老的根系吸走。剩下叶片上那薄薄的一层水膜,随着气温缓降,终在黎明来临前,凝结成白霜,挂在枝杈,也坠在陆平乡的睫毛上。

陆平乡像一只冬眠的动物,关闭了包括眼睛在内的几乎所有感官通道。他感觉不到冷,也感觉不到饿,甚至感觉不到自己的心跳。陆平乡只竖着一双耳朵,用来判断声响的远近。就在此时，他耳朵动了动——有人闯入了这片森林。陆平乡悄悄睁开了眼……

闯入者的脚步迂回着，但总体上还是向囚禁川七的小屋靠近。是枪侠！陆平乡脑海里浮现出枪侠那柄镌刻着六角星的手枪。

川七从陆平乡的林间小屋内逃出时，直接来到枪侠经常光顾的那家网吧，将陆平乡的照片递给他。枪侠正在玩网游《绝地求生》，没有理会这个大佬。川七走了，枪侠将照片翻过来，里面是林间小屋的位置及坐标。枪侠将照片揣进口袋，出门开着牧马人，再次开往那片林场。

这一切都在陆平乡的计划当中。

枪侠是一个人去的，他没有通知刀客，他急于证明自己。刀客曾对枪侠说："在不久的将来，我将会变成另一个人，一个形同陌路的人。"枪侠没有问刀客不久是多久，但从近来不断接到的任务来判断，这一天不会太久。而未来会是怎样呢？枪侠有些孤独，但更多的是期待。

枪侠将车子停得很远，然后绕着村外围进入到林场。脚下道路的材质从水泥逐渐变成泥土，然后是那些由落叶和动物粪便揉烂成的腐殖质。这些柔软的腐殖质吸走了枪侠的脚步声，却将他的呼吸突显得清清楚楚。枪侠戴上黑色口罩，披上黑色斗篷，渐渐和树干融为一色。

枪侠凭着记忆，绕到了第一次到达的那间小屋。离着很远静静观察着。屋外的土地覆着浅浅的一层白露，几只小鸟飞下，寻了一会儿食，然后失望而归。没有脚印，也没有人的气息。枪侠悄悄退去，又朝着川七给他的坐标搜索过去。

川七被陆平乡抓走当晚，刀客就得知了消息。刀客本想立即采取行动，却被告知，再等等、再等一等。刀客换了思维，以一种商人的视角去思考，便懂得这等一等中的妙意。没想到一晚过去，川七自己又回来了，不仅如此，他竟直接找到了自己的徒弟枪侠。

刀客本想阻止枪侠独自行动，但一转念，又采取了放任的态度，他想看看枪侠的能力是否能够应对这一切。枪侠潜入林子后，刀客也像一个影子一样，跟在枪侠身后，像一名场内裁判，对枪侠的一举一动打分。刀客跟随着枪侠先来到曾经到达的那间小屋，等枪侠做出正确判断后，又跟在他后面，来到了囚禁川七的木屋外围。两人各自等待着，不觉间，时间又过去了两个小时。远处乡村，因早起而喧哗了一阵，又因上学的、上班的、务农的各自就位，重又沉寂下来。

经过两个小时的等待，枪侠暗下决心，他将手枪收到腰间，从背后取出一把步枪，安上狙击镜，移到一棵大树下，慢慢爬了上去，然后隐匿在一个枝杈间。这里是云上的世界，既可远眺到邻近的村落，也可俯视下面的树林。枪侠端起枪，继续他的搜寻。

刀客望向枝杈上那影影绰绰的躯体，暗想枪侠这样做真是愚蠢至极。刀客收回意识，开始自问：难道这真不是陆平乡布下的一个局？

陆平乡也已经发现了枪侠爬上了枝杈，但他没有贸然行动，他要确信另一位杀手刀客的位置，他认为这样的行动绝对不会缺少刀客的存在。但无论他怎么放大自己的感觉器官，都捕捉不到刀客的味道。

在三人漫长的僵持中，远处村子又一次热闹起来。这是放学的孩童在叽叽喳喳，欢笑着各回各家。同时，一组熟悉的脚步声从林子边缘传来。陆平乡知道机会来了。

三人的目光都被这雪中的精灵吸引了过去，她跳跃着，歌唱着，如同林间一头刚挣脱母亲怀抱的小鹿，第一次在这漫天的大雪中玩耍。玩累了，二丫便坐在木桩上，用小刀削一小截木头，削了一阵，又从口袋里摸出干蘑往嘴里塞。这是陆平乡在林子里采摘又烤熟烘干后送给她的。二丫边吃边张望，像是在等待着谁。等了一刻钟，二丫站起身，没有回家，却径直向林子深处走去，背影消失在了浓浓的迷雾中。

枪侠的狙击镜追随着二丫留下的两行淡淡的雪迹，直到视线盲区，回转枪身，一个白色的身影闯入狙击镜里。枪侠的手指移到护圈内的扳机上，聚焦，放大，枪侠看清那是自己的师父刀客。他心中暗暗叹息，又将手指从护圈内抽出。

陆平乡也看到刀客追着二丫而去。刀客这么鲁莽，皆缘于他想以二丫的性命安危来逼自己现身，陆平乡这样想着，耳朵却捕捉到另一组沉重的、熟悉的脚步声。他明白：又一位老朋友来了。

刀客跟随二丫的步子，一路向前。林子越来越深，行走也越来越艰难，二丫却依然像精灵一样在那些断枝落叶上跳跃，刀客只得拉开和二丫的距离。又往前走了一阵，到了一条小河边，二丫突然停下了脚步，往后张望，像是听到了什么异常响动，然后她蹲下身子，拨开腐叶殖土，搬过一块木板，借着这块木板便过了河。刀客耐心等待，不过几分钟，二丫又从河那边回来了,脸上透着失望的表情,看样子是没有见到她要找的人。

二丫走后,刀客也过了小河,在密密匝匝生长的植物中向前走了十几米,便一派豁然开朗:又一座小屋平地而起。刀客明白,这里是陆平乡另一处藏身之所。刀客绕房一周,确定没有任何机关,便推门进屋,四下环顾,看到一些生活用品和一些武器装备。靠窗桌子上还有台机器覆盖着绒布,绒布后透着荧荧的光亮。刀客走上前,掀开绒布,看到了被分隔出九个小格的电脑屏幕。最中央的那个格子正显示着自己的面孔,而最下面的那个格子则显示着一个端着十字弩的雪人。刀客放大屏幕,看到那个雪人正是他一直等待着的——陆平乡。

刀客立即从屋内冲出,回到河边,而陆平乡的老朋友,一头巨大的公野猪也乍开了背上鬃毛,等待在河的另一边。野猪的鼻子翕动着,血丝开始冲进它的眼球。刀客突然想起龙隐山上那一头母野猪和小野猪,他猜想这头公野猪肯定是认出了自己。刀客的手伸向了腰刀的刀柄,而公野猪也低下了头,准备好了冲锋。两个生物对峙了起来,原先横在小河上的木板已经不在了,湍急的河流让公野猪有所畏惧。而一公里外,枪侠所蹲守的木屋处已经冒出浓烟,在林子的上空凝结成黑黑一团,久久不能散去。

就在野猪与刀客对峙的时候,陆平乡已经搭上了弩箭。他抬起瞄准的一刹那,树上的枪侠也发现了对手的存在。枪侠急忙一闪,可弩箭还是射入了他的右肩胛。陆平乡猛地一拉,带着绳索的弩箭将枪侠拉到树下,狙击枪也跌落一边。枪侠想起身,却发现左腿已经拧了九十度,陆平乡也在此时扑了过来。枪侠握住弩箭，忍痛拔出，向后一滚，手枪已握在手里。又一发弩箭射来，将枪侠握着枪柄的中指和无名指直接击断，手枪也被打到雪里。陆平乡踢飞了手枪，弩箭也顶住了枪侠的太阳穴。

枪侠停下了反抗，有些嘲讽地说："抓到我了。"

陆平乡低声说："跟我走，米克。"

枪侠扭过脑袋，看着陆平乡，露出了有些神秘色彩的微笑："你再喊一声我的名字。"

"米克，别做无谓的挣扎。"

枪侠一声哼笑，然后用力挣脱陆平乡的双手，向前扑到雪中，而又一支弩箭也随之射入枪侠的大腿。枪侠没有尖叫，只是咬着牙往手枪的位置爬。陆平乡提高声调："别挣扎了！你还能活！"

枪侠翻过身，给陆平乡竖了个中指，然后继续往前爬。他的左手指尖距离手枪只有半米距离。又是一发弩箭将枪侠的左手背射穿，手被钉在了地上。枪侠龇起了牙，大概想喊，却只是狠狠地骂了句"卧槽！"，又换了少了两个手指的右手握住枪柄。陆平乡抢前几步，将枪侠的手和手枪都踩在脚下，十字弩对准了枪侠的脑门。枪侠抬头看陆平乡，嘴里冒着血泡咕哝了一句："等我师父来……"

陆平乡望向刀客消失的那条小径，手指放在了扳机上。他对枪侠说："我给你三秒钟。"枪侠只用了一秒："去你妈的。"陆平乡犹豫了十秒钟才扣动扳机，结束了这个叫作米克的杀手的性命。

当弩箭射穿米克脑袋的那一瞬间，陆平乡也突然腿软，跟踉跄跄扶住了身后的大树，他靠在树干上，抬头望着顶上的苍穹。陆平乡有些哽咽，他抓了把雪，糊在自己的脸上，然后走到木屋前，取出事先准备好的柴油绕着木屋浇了一圈，点燃火柴，小小的火苗很快变成腾起的火球。抛下林子深处的刀客，还有倒毙在地上的枪侠，陆平乡大踏步向森林边缘走去。

二十七、机密档案（上）

谢天慈代替阿信，从警方法医那里收回欢欢的尸体，并全权操持起她的葬礼，不眠不休忙了两日。整个过程简单却不失庄重，方方面面都透着对逝者的尊重和缅怀。在一个清冷的上午，那个敢爱敢恨的女孩化成一捧青灰。而躲藏多日的阿信也终于出现在镶着欢欢照片的墓前，为她做最后的送别。

阿信抱着墓碑，像是抱着自己的爱人，沉默了一阵，然后下山，来到了养父谢天慈的身边。谢天慈正抽着烟，远眺密林上方的一团黑烟出神。

阿信轻声说了声："谢谢！"

谢天慈拍了拍阿信的肩膀，算是回答。他转身向车子方向走去，却发现阿信没有跟上来。谢天慈又返回到阿信身边，看着这个年轻人，知道他有话要说。可阿信还是低着头，仿佛真相的重担将他压得喘不过气。谢天慈心中有些难过，他搂过阿信的肩膀，继续望着那一团不散的黑烟。

谢天慈问："这两天你都做什么去了？"

"我窝起来查汤宝在暗网里保持的数据去了。"阿信答道。

谢天慈一惊，随即用不经意的语气问道："你都查到了什么？"

"我只查到了一个接收洗钱的境外账号，但账号所属人还不知道。"

"这个需要境外所在国的配合。"谢天慈道。

阿信点点头。

谢天慈沉默了一会儿，突然问道："你觉得不管你查到了什么，会对你的生活有任何影响吗？"

阿信想了想，摇了摇头。

"那你下一步又有什么打算呢？"

阿信又摇了摇头。

"继续这种生活？"谢天慈追问。

阿信痛苦地摇头："我不知道！"

谢天慈缓和下语气："我希望你能从这一切中走出来，叫真相也好，叫诅咒也罢，将这一切都抛下，开始一种新的生活。"

阿信边想谢天慈的话，目光边追随着那片黑烟，那烟一直延伸到山脊的后面。

"我准备离开了，去厄瓜多尔，南半球，距离加拉什么斯群岛近，永久移民。"谢天慈的声音透出了轻松和欢喜。

阿信有些惊讶，他顺着谢天慈引出的新话题说："加拉帕戈斯群岛，达尔文去过那里，写了《进化论》。"

"对，进化论，物竞天择，适者生存。"

"你为什么要去那里？"阿信问。

"不，是我们，离开这座古城，离开这个水浅王八多的地方。"

阿信沉默了。

谢天慈加强了语气："离开这里吧，到一个陌生的地方，重新开始生活。"

阿信突然问："移民要花不少钱，你怎么会有这么多钱呢？"

谢天慈先是一愣，然后回答了阿信的疑问："我跟在华亿公司老总顾衍忠身边毕竟许多年了，收入还算可以，开销也基本上算公司的，积蓄有不少。前段时间我说要走，他给了我两百万作为分手费。说分手费也不合适，算是封口费吧。我想想没什么大不了，便收下了钱。"

"这笔钱不干净？"阿信反问道。

谢天慈没加思索："顾衍忠的生意本来就是从灰色产业起家，这些年我虽没资格参与他的经营，但多多少少清楚他的有些手段可能触碰了法律的底线。这也是我要离开他的原因。当然，毕竟我对于那些秘密不知详情，他因此也才愿意放我离开。"

阿信也是第一次听养父主动说起这些，这其中有多少真假，阿信不想去揣测，他愿意凭着感情相信这个照顾了他十几年的男人。另一方面，阿信真的太累了，他想将所有来自过去的牵绊都放下，如养父所说，重新开始新的生活。

"两百万元不算多，也不算少，饿不死，也撑不死。我们得继续努力，我想我们可以开一家父子游船店，载着那些来旅游的国人出海到什么群岛上看海龟去。"谢天慈说到兴奋处，又搂了搂阿信的肩膀。

那片黑烟慢慢消散，最后和黑夜融成了一体。感受着谢天慈臂膀的温暖，阿信轻轻点了点头。

陆平乡从森林逃出，驾车闯入城里，没头脑地开了一圈，然后又转回了林子边缘，将车子停在村里一栋无人居住的农房后，摸黑步行回到那家锯木厂。他进入车间，钻到巨大的机器下方，掀开盖板，下到自己最后的避难所——一间不超过八平方米的地窖中。

地窖里只有一盏灯，一张床，还有一些食物。陆平乡扑在床上，一动不动，像死了一样。但林子里发生的那场狩猎却一直在他的脑海里一遍遍闪现：搏杀，血肉四溅……陆平乡心中烦躁，他想朝着摇曳的白炽灯挥舞拳头，但他实在是太累了，他不想反抗了。

不知过了多久，他竟睡着了。而那头公野猪，却踏着沉重的步子闯了进来，将桌上的那些瓶瓶罐罐全部打碎在地上。陆平乡睁开眼，用柔和的眼神安抚这位熟识的老友。但公野猪鼻子里发出一声哼哧，仍是向前走，獠牙几乎要抵住陆平乡柔软的小腹。陆平乡觉出了不同以往的异常，他将视线移开，试图无视公野猪的眼神。公野猪抬起巨大的脑袋，獠牙也上扬，抵在了陆平乡的下颚。陆平乡不得不直视公野猪两个鸡蛋大小的眼球。他在这个眼球中看到了自己的倒影，这倒影只停留了一瞬，就消融在无边的黑暗中。公野猪呼噜噜地说："当你凝视深渊时，深渊也在凝视着你。"

陆平乡一惊，醒了过来。他瑟瑟发抖，额头发烫。他扯过被子，将自己紧紧裹了起来，重又抬头看那盏摇曳的白炽灯。

当你凝视深渊时，深渊也在凝视着你。

陆平乡不想被深渊吞噬，但回顾这些年，他却一直在泥沼中挣扎，随着他将越来越多的罪恶投入深渊，他自己也陷得越来越深。当他将弩箭射入米克的脑袋那一瞬间，他突然感到窒息，他知道自己已经彻彻底底被深渊所吞噬了。

陆平乡突然甩开被子，从床上跳下，跪在地上，张开双臂，对着白炽灯，心中呐喊：给我光吧！给我光吧！陆平乡匍匐在地，哽咽到全身抽搐。灵魂的灯火摇摆不定，几乎熄灭，而他的手机却在此刻亮起。一条邮件推送上面标注了如下一行字：郝义军，魁星阁邮局，118号邮箱。

陆平乡像是被闪电击中一般，直挺挺地跪在那里，那些被这个118号邮箱锁住的往事全部翻涌上来。

陆平乡打开电子邮箱，发现了短短一段字：

陆警官：

你好，当你打开这个定时发送的邮件时，或许我已经逃出了杀手的魔爪，或许我已经命丧了他方。总归是，我已经逃离了真相与犯罪的旋涡，所以，我才可以告诉你，郝义军付出生命保护了我，也保护了他最初调查取证的那些资料。而这些资料，则是他在和我最后临别前，嘱托我交给你的。

很抱歉，出于个人安危的考虑，我没有做到第一时间交给你。但经过两日的相处，我确信：你也是和郝义军一样正义无畏的人。我相信你有能力打开这个118号邮箱。

祝你好运！

土拨鼠汤宝

这封邮件像一盏小太阳，照亮了陆平乡的灵魂。他当然能够打开那个邮箱，这还是他与郝义军共事，私下交换线索时使用的邮箱。他和郝义军都是邮箱的开户人。

陆平乡将自己乔装好，徒步出山，等来到魁星阁邮局时，天色已经大亮，一个中年妇女正在前台修剪指甲。

陆平乡清了清嗓子，用一种克制的嗓音说："我来取一份邮件。"

女人没看陆平乡，只是说："名字。"

"陆平乡，118号邮箱。"说起自己的名字，陆平乡觉得很陌生。

女人起身，转到邮局后面，过了一会儿，拎着一个铁盒子出来，冷冷地说："证件。"

陆平乡将身份证递给女人。女人接了过来，撇撇嘴："怎么还是一代证？"

"二代证搞丢了，先用一代证对付着。"陆平乡现出抱歉的语气。

女人低头在柜台里找钥匙，翻了一圈，才找到正确的那一把，插入锁眼，一拧，铁盒开了，两个档案袋躺在里面。

陆平乡将两个档案袋揣进包里，离开了邮局，在街上游荡了一会儿，才进到一家快餐店，在角落里坐定。他打开了最上面标注着华亿公司的档案袋，抽出里面的一沓文件，开始一份份读起来。

档案 1

时间：2018年1月9日　地点：古城医院档案室龙隐书院院长信然病历

信然院长于2017年11月出现身体不适，低烧、久咳，送至古城医院就医，同日转入呼吸科住院治疗。

12月中旬，信然院长病情加重，出现器官衰竭征兆，转入ICU病房，专家会诊未发现致病原因。

1月6日，信然院长病危，经三日抢救无果，于1月9日上午病逝，享年68岁。

尸体由龙隐书院领回，次日火化。

病人自述：

平日体格强健，每年体检各项指标正常。

书院内素斋全部自种自食，保证安全。

死因：不明。

档案 2

时间：2018年1月26日报纸剪纸

2018年1月25日上午，华亿公司正式中标龙隐山旅游开发项目。

档案 3

时间：2018年1月27日匿名来信摘录

华亿公司关于龙隐山开发工程并不包括龙隐书院对外开放旅游项目。

华亿公司多次和信然院长沟通，请求其同意龙隐书院整体参与龙隐山开发项目，均未果。

信然院长爱好书法，书案就在其卧室内。2017年9月末，曾有人送信然院长一盒墨汁，有淡香，信然院长遂使用该墨汁直至住院。书院义工寻找该墨汁，未果。

送信然院长墨汁的来客身份不清。

档案4

时间：2018年1月27日　地点：林业局局长办公室林业局局长询问笔录

无果。并不惊讶，似有所期待。

档案5

时间：2018年1月28日　地点：林业局局长办公室林业局局长第二次询问笔录

无果。畏惧，吞吞吐吐，心理防线似乎松动，可以再询问一次。

时间：2018年1月29日　地点：林业局局长办公室林业局局长第三次询问笔录

林业局局长表示受到威胁后，同意龙隐山周边旅游开发。受到何种威胁，谁给予威胁，局长不肯透露。

档案6

时间：2018年2月2日　地点：城市信贷银行中心分行行长询问笔录

未果。态度和善,但顾左右而言他。

档案 7

时间:2018 年 2 月 3 日　地点:城市信贷银行中心支行分行行长第二次询问笔录

未果。态度恶劣,似遭到威胁。

档案 8

时间:2018 年 2 月 4 日　地点:办公室匿名来信摘录

每月川七从银行账户向一个开户名为汤宝的账户汇入现金近百万元。

汤宝账户每月收到二十余笔汇款,少则数十万,多则百万。

华亿公司每月收到一笔多达千万元的汇款,大抵等于汤宝收到的汇款总额。

汤宝身份证号:××××××××××××××××××

档案 9

时间:2018 年 2 月 5 日　地点:汤宝出租屋调查记录

汤宝,男,1993 年出生,无业,经济条件一般,家中多台电脑。

蹲守两小时后见到汤宝,没有交谈,汤宝借故离开。

档案 10

时间:2018 年 2 月 6 日　地点:汤宝出租屋调查记录

人走房空。

档案 11

时间：2018年2月7日　地点：重案组办公室

U盘：涉及林业局局长、银行行长、主管龙隐山旅游开发领导收受贿赂记录

来信：2月10日西北××影视城见我

档案 12

时间：2018年2月8日　地点：林业局局长住所楼下咖啡厅、城市信贷银行行长家询问笔录摘抄

林业局局长供述摘要：起先不同意龙隐山开发项目，后被一名中年和一名青年绑架到某处拘禁两日，要求其同意旅游开发项目，收受二十万元贿赂后，被释放。

向林业局局长展示一张照片让其辨认，局长称绑匪蒙面，无法辨认。

银行行长妻子供述：其丈夫已消失三天。

档案 13

时间：2018年2月9日　地点：重案组办公室工作记录

向公安部上报华亿公司涉黑犯罪线索。

准备赶赴西北会面污点证人汤宝。

涉及职务犯罪证据待返回平远古城后梳理汇总。

陆平乡合上第十三份档案，将所有调查文件又一一放回了

档案袋,封好。他将目光投向窗外,一对年轻夫妇正牵着自己的小孩在结冰的路面上滑冰。陆平乡将目光收回,看向第二个文件袋。文件袋的牛皮纸上写着三个字:陆平乡。

二十八、机密档案（下）

文件袋打开，一张照片滑了出来，陆平乡捡起。这是一张泛黄的老照片，两个男人互相搂着肩膀，仿佛在欢快地交谈着什么。隔了两秒钟，陆平乡才认出来其中那个高大帅气的男人是郝义军，而那个瘦削的，眼中泛着犹疑的男人是自己。岁月荏苒，陆平乡心中暗暗感慨。

然后，陆平乡开始查看文件袋里的材料。最上面的那一张是市局将自己从公安队伍中开除的文件副本。而下面的文件，则全部是他在职期间的工作表现、立功及处分情况。陆平乡简单翻了翻，都是些陈年旧账。翻到最后一页时，陆平乡看到郝义军在文件拐角处用铅笔写下几个字：之后发生了什么？

是啊，之后发生的事情，陆平乡虽然了然于心，却找不到任何文字记载。

自从离开公安队伍后，陆平乡便开始混迹街头。那些曾被自己送进监狱、戒毒所的小混混们开始不断找茬。每一次，陆平乡都是靠拳头说话，哪怕头破血流、送医抢救，也没有服过软。

此外，他依然保持着求公平、重义气的习性，经常为别人打抱不平。慢慢地，他在街头有了些名气。当时的犯罪团伙头目劳万户对其进行考验后，将其收入麾下。因为能力突出，帮着劳万户在黑道和白道上摆平过不少事，陆平乡进入到劳万户的核心圈内，掌握了大量劳万户的违法犯罪证据。

就在劳万户的团伙和卞三斤的团伙准备火拼之时，与陆平乡单线联系的上级对他下达了撤离的命令。但为了制止双方火拼，陆平乡提前行动，搞定了劳万户的一众马仔。自己押解着头目劳万户前往公安局投案。不承想，半路却遭到伏击，他和劳万户的车子一同坠落到山崖下。劳万户当场死亡，而自己则捡回半条命。当一切尘埃落定，陆平乡想重回组织时，却发现负责和自己单线联系的上级突发脑梗去世，而自己那份卧底档案也随着上级的死亡不见了踪影。陆平乡自此成了一个游离的影子。

陆平乡从回忆里拉回思绪，开始翻看第二份材料。这是一张联防队员表格，依旧是十几年前的制式，姓名一栏填着：汪正义，年龄二十六岁，未婚，单位是市公安局档案科。再往下看，一个熟悉的名字闯了进来。在家庭成员的父亲一栏，填着汪海林。陆平乡愣住了，他意识到这个汪海林正是当年犯罪头目劳万户的大管家，而劳万户的所有私生子都把汪海林登记为亲生父亲。没想到劳万户的这个私生子竟然暗藏在市局档案科。陆平乡全身发抖，强忍着继续翻看这份联防队员档案。在五张考核为优秀的表格后，是一张辞职报告。上面盖着市局的公章：准予辞职。

一切都明白了。作为劳万户的私生子，汪正义被安排进入市局档案室工作，有可能接触到涉及卧底资料的秘密档案，进而知道了陆平乡的卧底身份。劳万户覆灭后，汪正义意识到一定有卧底潜入了其父亲的团伙，他开始查询那些卧底档案，并最终发现了陆平乡的真实身份。为了报复，汪正义将这份卧底档案销毁，使陆平乡无法回到正常的警察身份。而汪正义自己，则在辞职后，消失在了茫茫人海。

那么汪正义到底在哪里呢？

陆平乡摩挲着这一沓联防队员的材料，手指突然触碰到纸背的一个凸起。陆平乡翻过这张纸，看到凸起的是一张一寸照片。陆平乡细细辨认，认出了照片上的那个年轻人是谁，与此同时，他也暗暗说出了这个年轻人的名字：刀客。

陆平乡将两份档案收好，然后开始陷入沉思。两份档案各有倾向，但又互相连接。在第一份档案中，郝义军已经明确查出华亿公司和龙隐山旅游开发之间的违法联系，并找到了那个握有关键证据的污点证人土拨鼠汤宝；而第二份档案，郝义军则在努力调查自己从公安系统被开除的真正原因，并发现了那个能接触到卧底档案的汪正义，也就是今天的刀客。

如此看来，郝义军的牺牲不仅仅是为了查询华亿公司犯罪的证据，更是为了找回自己丢失了的警察身份。想到此，陆平乡的眼睛湿润了。

几个年轻人坐在了陆平乡邻近的桌前。陆平乡将两份档案收到桌下，放在了膝盖上，目光则转向窗外。小雪又下了起来，陆平乡努力平复着心中的情绪，暗暗做了个决定：他要把汪正义的那份档案复印一份寄到华亿公司去。

龙隐山的密林里,陆冰心蹲下身,用手指在烧焦的树干上摩挲,草木灰沾在指尖,然后又被风吹走。陆冰心的身后是米克的尸体,他不敢看,但画面却连成了影像,在他的大脑里滚动播放。肖扬来到他的身后,一只手搭在他的肩膀上,淡淡地说:"走一走。"

陆冰心点点头,站起身,两人向着林子深处走去。走得越深,身后现场勘查的声音就越邈远,两人也就越没有开口讲话的欲望。一条小河横在两人的面前,他们停下脚步。肖扬轻轻一跃,跳过了小河,陆冰心也跟在后面过了河。

在树丛里又艰难行进了十几米,他们俩发现了那片林中空地。两人略一惊愕,陆冰心一个箭步冲到木屋前,打开门,熟悉的气息扑面而来。陆冰心闭上眼,深呼吸,这是父亲陆平乡的味道。肖扬也挤在门口,她第一眼看到的却是那个视频监控的屏幕。

陆冰心来到床边坐下,手伸进了没有叠上的被子里,冰凉。他抽出手,从窗台上拿下一个相框,照片上是身着旧式警服的陆平乡抱着还穿着开裆裤的自己,两个人笑得是多么开心啊。

肖扬开始回看案发当日的视频,陆平乡、枪侠、刀客、一个小女孩、一头公野猪相继出现在屏幕里。偌大的林子,每个人既是猎手又是猎物,肖扬看完这一切,关上了监控。陆冰心轻声问:"是他?"

肖扬转过身,点了点头。

陆冰心将脸埋在手心里,安静下来。肖扬走到陆冰心身边,抬起手,犹豫了一会儿,指尖插入了陆冰心的头发,向后梳理,一下又一下。陆冰心突然张开双臂,抱住了肖扬。肖扬一怔,全身僵住,那只摩挲的手也停了下来。陆冰心呼出的热气,浅浅地喷在肖扬的耳根,肖扬的身体开始发软,她也伸出双臂,想把陆冰心抱在怀中。但就在此时,陆冰心放开了肖扬,脸上恢复了平静的神色,或许这神色中还有些许愧疚。他背过身,快步走出了房子。

肖扬有些尴尬地站在那里,但她很快将这份尴尬隐藏了起来,跟着出了房间,不带感情地说:"不管出于什么理由,你父亲这次是杀了人了。"

陆冰心点点头,深深叹了口气。

"在灰色的世界待得久了,就不容易辨清黑白了。"肖扬说。

"我以为他会来找我。"陆冰心仍自顾自地说。

"他已经站到了悬崖的边缘,他不想把你也拖到危险中。"肖扬说。

"我是一名警察!"陆冰心有些激动。

"他是你的父亲!"

陆冰心不说话了。

"当务之急就是把你父亲找到,让他主动投案也罢,把他抓起来也罢,总比他被别人追杀的好。"肖扬说。

"是的。"陆冰心抬头看着天空,心中想着:父亲究竟在哪里呢?

"太冷了,回去吧。"肖扬说着,开始往回走,陆冰心跟在她身后,两人跨过小河,绕过那片厮杀的战场,回到林子边上的警车里。肖扬启动车子,打开暖气,边将手放在送风口前取暖,边对陆冰心说:"咱们来理一理近期都发生了哪些事情,你先说说杀手那边的情况。"

"毫无疑问，汤宝作为污点证人，联系到了郝义军，没想到杀手刀客和枪侠紧追不舍，郝义军为了保护汤宝而牺牲。杀手也不清楚郝义军到底掌握了哪些证据，所以才会潜入重案组郝义军的办公室，并继续追杀汤宝。此外，那两个杀手还担负了追杀陆平乡的任务。在借毛弟之死伏击陆平乡失败后，两人反倒是被陆平乡盯上。陆平乡趁乱救下了汤宝，进而获取了指认杀手幕后老板的关键证据。而随着汤宝的死，陆平乡也成了杀手追杀的头号目标。陆平乡也意识到了这一切，他利用绑架川七，诱使枪侠和刀客进入到龙隐山的密林里，那头公野猪引开了刀客，留下陆平乡和枪侠两人图穷匕见。"

陆冰心顿了顿，接着说："或许是我父亲想将枪侠给抓住，逼他说出幕后的老板是谁，只不过枪侠没有给他这个机会，主动选择了死亡。"

肖扬点了点头，表示同意陆冰心的分析，她换了个话题问道："除了陆平乡，还有一个人可能部分掌握了汤宝手中的证据。"

陆冰心点点头："阿信！"他沉思了一下，接着说，"但自从我们解救他的女友失败后，阿信就不愿意再和我们合作了。"

"这是一方面原因，但你有没有觉察出哪里有不对的情况？"肖扬问道。

"当然！"陆冰心说，"作为汤宝逃回平远古城，和他第一个有过实际接触的人，那些杀手没有理由不去对阿信进行造访。更何况，阿信还有能力窥探汤宝隐藏在暗网中的那些秘密。"

"我觉得你有必要盯紧阿信这条线，没准那个刀客也在暗中观察着他。"肖扬道。

陆冰心点点头,问道:"你对龙隐书院和放下院长调查的情况如何?"

"截至目前,我已经对放下进行了三次催眠疗法,帮助他找寻过去的记忆。虽然依然没有什么突破性的进展,但可以肯定的是,放下院长的过去肯定纠缠着各种罪恶。而这些罪恶,想必也掌握在其他知情人的手中。另外,华亿公司几次与放下院长进行接触,要求其参与龙隐山的旅游开发,放下也多次明确表示拒绝。围绕着各自利益诉求,双方一定也存在着各种暗战。"

陆冰心叹口气:"天下熙熙,皆为利来;天下攘攘,皆为利往。"

肖扬突然笑了:"这么深沉,装得像领导一样。"

陆冰心也笑了:"你才是领导。"

肖扬假装正色道:"那我布置工作啦。"

陆冰心抢着说:"我继续盯杀手那条线,而你则盯着龙隐书院这条线,对吧?"

肖扬佯装生气:"你倒是抢我的台词。"说着,猛踩油门,一溜烟离开了这片密林。

二十九、邪恶搭档

他们回到重案组时,放下已经在办公室等了肖扬有一会儿了。

肖扬简单问候过放下,便领着他到了四眼井所在的派出所会议室。一盒盒四眼井居民户籍档案全部摆在会议室的长条桌上。

放下看着这些档案,有些出神。

肖扬在边上问道:"你准备好了吗?"

放下沉一口气:"我准备好了。"

肖扬点点头,开始对这些档案盒进行整理。这些档案是按照家庭为单位登记的。有的家庭成员新近变更,比如有人迁入、孩子出生,便被装订在前面。有的家庭户没有变动,档案便被压在下面,时间推延,档案纸也明显发黄。而压在最下面的,都是因为人口迁出、死亡、失踪而消失解体了的家庭。

肖扬整理完一盒,放下便翻看一盒。他认真审阅着每一个人的名字、生卒年月、伴侣信息,仿佛在阅读他们的一生。放下一页页翻着,突然间,他停下了翻动的手,定定地看着一张彩色照片。肖扬凑上前去，看到姓名那一栏写着阿信的名字。肖扬心中暗自感慨：阿信原来也住在这里啊。

放下继续看阿信的家庭人员档案：父亲吸毒，母亲下落不明，十岁辍学。放下翻到最后一页，那是阿信的爷爷，一个因为死亡而被注销的人口。放下默读这个死去老人的名字：胡广耕。就在一瞬间，胡广耕这三个字变成一头猛兽，从布帘后方撕开一条缝，挥舞着致命的利爪。放下再看老人的照片，一种难以磨灭的印象浮在脑海。放下方寸大乱，他勉强再看老人的死亡日期，正是自己失忆的那一年。

放下呆坐在椅子上，至此，往事已经彻底溃坝，记忆全部涌上心头。肖扬也意识到放下发现了什么，她正要开口。却发现放下惊恐地望着自己，拼命了摇着头，然后像一个酒醉之人，扶着墙，跌跌撞撞跑了出去。

放下已经走远，肖扬回到桌前，再次审视阿信的家庭档案，想了会儿，她也隐约觉察到了什么。

放下跌跌撞撞回到龙隐书院，穿过前殿，撞开了正要作揖行礼的几名小学徒，一头扎回位于后院的书房内。

放下拉上窗帘，关上灯，熄掉燃着的檀香。书房慢慢随着四下灌入的冷气沉寂下来，但记忆的火焰却越燃越凶，风暴般扫过放下心灵的每个角落，将埋葬在最深处的记忆剥离了出来。放下闭上眼，他仿佛看到了一辆骑行的自行车。

那是一辆老式的二八大杠自行车，丁零当啷，慢慢轧过龟裂的路面。车座上是一个高个子青年，背影似曾相识。自行车后座系着一个布包，摇摇欲坠。自行车驶过一家邮政储蓄银行，停下，等待了一段时间，然后又加速向前，和一个刚从储蓄银行走出的老头擦身而过。正低头赶路的老头停下脚步，发现那个自行车后座的布包落到了自己的脚边。老人想招呼那个骑行的高个子，但那个高个子却踩着自行车跑远了。老人犹豫了一下，将装着刚从邮政储蓄银行取出的五千元的钱包揣进了自己棉衣里，再弯下腰将地上的布包捡起。打开，便看到了花花绿绿的一堆冥币。老头刚一眨眼，另一个留着长头发的小伙子搂住了老头的肩膀。

"见者有份。"长头发嘿嘿笑着。

"我……我……"老头站在原地，努力维持自己的平衡，却还是架不住长头发的推搡，被带向了路旁边的公厕。

公厕里没有人，老头下意识缩紧了身子，装着五千元的布包贴靠在自己的胸口窝。长头发倒不急，他点上一根烟，向外瞅。老头想离开，长头发又拉住了他的胳膊，把他留了下来。然后是丁零当啷，那辆老旧的二八大杠自行车又骑了回来。高个子小伙也进到公厕内，一只大手顶住了老头的胸膛，将他逼到了墙上："你捡了我的钱？"

老头不敢说话，只是斜眼看边上抽烟的长头发。长头发只是抽着烟，一副事不关己的表情。老头只得将那个刚才从路面上捡起的布包递了过去。

高个子打开布包，将里面花花绿绿的冥币掏出，摔在老头脸上，骂道："你个老不死的，你给我送终哪？！我的真钱去哪里了？"老头呜呜说着："就是这些。"高个子反手给了老头一个耳光，然后两只大手开始在老头身上摸索。

老头只得用双臂护住自己前胸，瑟瑟发抖。但高个子还是强行将老头子的双臂掰开，伸进他的棉衣，将那个装着五千元钱的钱包一把掏了出来。老头刚要叫喊，喉咙却被高个子的大手死死卡住。老头歪着头，想向那个长头发求救。可是长头发只是嘿嘿笑着，又点了一支烟。高个子骂了一声："老不死的，还想黑了我的钱？！"然后，他将钱包揣进自己的口袋，骑着二八大杠自行车，丁零当啷地离开了。老头瘫软在地上。那个长头发的小伙子从他身上跨过，回头看了一眼，又嘿嘿笑了一声，也离开了公厕。

　　清风吹走了鼻尖的恶臭，长头发小跑几步，追上前面二八自行车，踮脚一跳，屁股就坐在了后座上。高个子背过手将钱包递给长头发。长头发将五千元钱取出，先塞进口袋，然后又摸出一张身份证，正是那个老头的。长头发默读老头的名字：胡广耕，再然后，便将身份证连同钱包扔到了路边的草丛里。

　　记忆出现了断档，氤氲一片。放下喘口气：记忆的深处居然裹藏着一场骗局！而他究竟在这场骗局中扮演着什么样的角色？是那个高个子，还是那个长头发呢？

　　放下将蜡烛点燃，回忆又接续起来。应是又过了几日，高个子和长头发在马路上游荡，一阵鞭炮声响起。他们停下脚步，看到巷口的标牌标记着：四眼井。两人便往里走，迎面撞见了一支出殡队伍。打头的是一个哭泣的小男孩，七八岁的样子，手里捧着一张黑白照片。长头发盯着遗像中的老头：嘴巴微张着，像是在诉说自己的冤屈。长头发一愣，再看高个子。高个子也傻了。两人的心沉入了水底，因为他们知道，死去的老头，正是前几日被他们骗走五千元的胡广耕。

　　记忆又出现了混沌，没有画面，只有隆隆的火车声，隆隆的雷声,隆隆的钟声。漫天大雨浇透了泥沼里向前挣扎着的两个人。傍晚刚尽,天地却几乎全黑,只有山顶的几处房子发出些许光亮。长头发走在前面,却依然不时回头看着那个高个子。他们没想到老头居然会因这场骗局而被气死。他们因此恐惧,开始逃亡。但逃亡路上却充满着争吵和无助,其中一人提到了投案自首,另外一人则要破罐破摔。渐渐地,长头发和高个子出现了罅隙。终于,其中一人举起了石头,向另外一人的后脑使劲砸了过去,两个人的命运也因此而彻底改变。

放下摸了摸后脑勺的伤疤,心里明白,他就是在那时失去的记忆。

放下起身,推开后窗,山风吹了进来,伴随其中的还有那头公野猪的哭嚎。这哭嚎也让放下心痛。他猜想,在那支送葬队伍中,打头的男孩无疑便是阿信。那时的阿信是否知道发生了什么?而如今的阿信又因何机缘巧合,出现在龙隐书院内?他在以后的日子里,又该如何面对这个孩子?放下陷入了苦恼之中。

但比之苦恼,更纠缠放下的,还是那些模糊的记忆。在那场把老头气死的骗局中,他究竟是高个子,还是长头发?而除去自己,他的那个同伙又是谁?还有,他与同伙,究竟谁才是主谋?

放下的思绪随着山风开始盘旋,然后收回到那些过眼的人烟。放下突然想到了一个人,一个曾经暗示过他过去的人。放下打了个寒战,默念出他的名字:谢天慈。

谢天慈将车子开到华亿公司门口,董事长顾衍忠自己拉开车门，神色凝重地钻进后座。车子启动，驶离公司，汇入了城市主干道。暖气开得很大，顾衍忠头上竟出了一层细密的汗珠。他正要伸手去拿纸巾，谢天慈一脚刹车，在一个红灯前停下。

顾衍忠看着司机沉默的背影，有些吞吞吐吐："出了点儿麻烦。"

谢天慈点头："阿信盯上了你。陆平乡也盯上了你。"

"该死的土拨鼠，死了还不让人省心。"顾衍忠抹了一把头上的汗。

"是你不让人省心。"

顾衍忠的手停下来，脸色有些发灰。他低声说："快要结束了。"

红灯变成绿灯，车子重新启动。谢天慈加大油门，在车流中穿行，好几次都和来车迎面撞去，在几乎酿成悲剧前再猛打方向。顾衍忠死死握住把手，不禁喊着："大哥！大哥！"

谢天慈减速，将车子停在路边，回过身看顾衍忠："船到中游方知险，要倍加小心。"

顾衍忠点头，底气不足地问："那该怎么办？"

谢天慈看向前方："阿信这边你不要愁，我能把他稳住，送到国外去。陆平乡那边我也会找人料理好。你只需要盯住龙隐山旅游开发项目的推进工作，做好龙隐书院加入项目开发的准备工作。"

顾衍忠的眼睛滴溜溜转着，他在想那些不需要自己经手，不需要自己发愁的事情，将会在谢天慈的运筹帷幄下如何解决。而令更他感到恐惧的是：在华亿公司运行的这么多年来，有太多的秘密他不知晓。他当然畏惧这些秘密，毕竟知道得越多越危险，但那些秘密却又在时刻纠缠着他的内心，他怕自己哪天也像汤宝一样，稀里糊涂地被那些秘密给吞噬掉。

顾衍忠犹豫着，将手轻放在谢天慈的肩膀上，几乎乞怜："我是可以信任的。"

谢天慈冷冷地说："除了利益，没有什么是可以永久信任的。"

顾衍忠将搭在谢天慈肩膀上的手慢慢放了下来。他沉默了两秒钟，改换了语气："你的许诺，会实现吧，在你走后？"

谢天慈微微笑道："我走后，除了龙隐山旅游项目外，华亿公司就是你的了。"

顾衍忠点点头，在车上又坐了一分钟，看谢天慈再没有什么交代，便拉开车门走了。

谢天慈又启动了车子，穿过古城正门，在护城河前停下。刀客上车后第一句话便是："顾衍忠刚在车上？"

谢天慈笑笑："你能嗅得到？"

"他怎么样？"

"显得很畏惧。"

"商人不值得信任。"刀客说。

谢天慈叹口气："再看看吧。"

"陆平乡寄信过来了？"刀客转到了另一个话题。

谢天慈点点头："他得到了郝义军的调查笔记，他也知道了你的身份，知道当年是你将他的卧底档案给销毁的。"

"我没有销毁。"刀客说。

"哦？"谢天慈从后视镜里瞅着刀客。

"当年我只是把他的卧底档案藏了起来。"刀客说。

谢天慈说："他要见你，为了他卧底档案的事情。"

"我也要见他，我要看看他到底知道多少龙隐山旅游开发的秘密。"刀客说着，压低嗓音，"当然，我见他，也是为了死去的米克。"

"要复仇？"

"当然。"

谢天慈沉默了一下，接着说："当一切结束，我离开后，你就要以一个新的身份接过龙隐山开发的项目了。"

"我会到龙隐书院，好好研读经典。"刀客说。

谢天慈笑笑，但他知道刀客并不是在开玩笑。"那就把龙隐书院当作我送给你的一个礼物收下吧。"

刀客点了点头，车子沿着古城转圈，刀客望着窗外那垒起城墙的一块块巨大方砖出神。他突然说："你走后，我的报恩也就结束了。"

"谢谢你。"谢天慈说。

刀客说："不需要谢我，当年我父亲劳万户因为陆平乡而坠崖身亡，是你出面帮助了我，让我能够一步步为父复仇。我希望和陆平乡的这一次会面，将会成为我复仇的终点。"

谢天慈将车子停下："那不会是一场交易，那将会是一场厮杀。你要保重。"

"放心！"刀客拍了拍谢天慈肩膀，轻声笑道，"他的档案还在我手上。"

三十、老警之死

转过一片煤场,刀客来到城东湖西岸,这是他约陆平乡见面的地方。入冬以后,气温急速下降,湖面上竟然结出了一层冰,晶莹剔透,反射着湛蓝的天空。刀客深呼吸,让冰凉的空气灌进自己的肺。他想大喊几声,一定会很舒服。

就在此时,电话响了,不是刀客自己手机的铃音。刀客低头,看到一个油纸包。他捡起纸包,打开,里面是一部手机和一个望远镜。电话还在响。刀客端起望远镜,看到湖东岸陆平乡正手持着手机,也端着望远镜望向这里。

刀客接起电话,陆平乡的声音传来:"汪正义。"

"是我。"刀客平静地回答,"你想怎样?"

"我就是想看看你。"

"那么,我来了。"

两人不说话,只是通过望远镜望着彼此,风声在听筒里呼啸。

刀客打破了沉默:"你不会把华亿公司涉嫌犯罪的证据交给我。"

"当然不会。"

"我想也是。"

"我想你对此也不在乎。"陆平乡道。

"我不在乎。"刀客轻哼了一声。

"那你在乎什么?"陆平乡问。

听筒里静默了会儿,刀客问:"米克死前,都说了些什么?"

"'去你妈的。'他就说了这句:'去你妈的。'"

刀客笑了:"这是米克的风格。"

"你虽然是一名杀手,但看起来你还是很在乎米克的。"陆平乡说。

"所以我来了。"

"来复仇,来杀我?"

"对。"

陆平乡笑了,他放下了望远镜。目光越过这片大湖,望着对面那个渺小如黑点般的人。"说说你吧,当年为什么要当一名联防队员?"

"我说我曾经想当一名警察,你信吗?"刀客说。

"我信。"陆平乡答,"你想过一种和你父亲劳万户不一样的生活。"

"我以为可以,但你的出现,颠覆了我的理想。"

"劳万户的死,是注定了的,不会因为我的出现而发生改变。"陆平乡沉一口气,接着说,"我当时要带他投案自首的,只是他选择了反抗,我们才会开车冲下山崖。"

听筒里又是静默。刀客接着说:"我没想去了解这么清楚,都是过去的事情了。"

"但你也改变了我的命运。"陆平乡吼道,"你利用职务之便销毁了我的卧底档案。"

"销毁?"劳万户冷笑一声,"我建议你看一看我手上的东西。"刀客说着,从怀里掏出一个牛皮纸包装的档案袋。

档案袋上虽然没有名字,但陆平乡还是从望远镜里看到上面油印着的,曾经属于自己的卧底编号。陆平乡倒吸一口凉气。

"当年我把你的卧底档案从档案室偷走,找了个没人地方点燃了一把火,我想让你存在的证明彻底消失。但一转念,我又做了另一个决定,我要把你的这份档案带在身边。你知道吗,那种感觉很爽。那种将一个人的命运揣进屁股口袋,分秒之间就可以将他从这个世界上抹去的感觉很爽!"刀客大声笑着,几只飞鸟从冰面上惊起,扑扇着翅膀飞走了。

"你想怎样?"陆平乡的声音有些发颤。

"我记得小的时候,大概是90年代初的冬天,这片湖面结了冰,我和几个同学跑到冰面上玩,结果冰面裂了,一个同学掉进了水里。我们都傻了,看着那个同学在水里挣扎,冰窟窿却越来越大,裂缝就要蔓延到我们的脚下。我们就回头跑,跑回到岸边,再看湖面,那个落水的同学已经没有了影子。"刀客停了停,接着说,"那一年很冷,但应该没有今年冷。电视上说全球气候反常。如果你能穿过这片湖面,来到我的面前,我就会把档案给你。"

陆平乡放下手机,看着近在咫尺的冰面。对岸的刀客从岸边捡起了一个石块,用尽力气向陆平乡这边抛了过来。石头画出一个弧线,飞了五十多米,在冰上砸了一个窟窿,沉入水里。

"看样子还不够结实。"刀客说,"我给你五分钟的时间。"说完,他将陆平乡的档案也掷到了冰面上,再从口袋里掏出一个打火机,给自己点了一根烟。

陆平乡沉一口气,便迈开大步,走到了冰面上。岸边的冰不平整,突出的冰凌在陆平乡的脚下被踩烂,发出细碎的声音。陆平乡继续向前,离开了岸边二十多米,冰面变滑,变薄,脚下的细碎声变成一种低声的轰鸣,从水底深处传来。陆平乡将大衣脱下,扔到冰面上,试图减轻自己的重量。又往前走,轰隆声中夹杂着碎裂声,由远及近,又由近到远。再看脚下,湖水已经隔着冰面在脚下晃动。陆平乡停下脚步,慢慢趴下身子。手机听筒里又传来刀客的声音:"回头是岸。"

陆平乡骂了一句:"去你妈的!"

刀客微微一笑,挂了电话。

陆平乡在冰面上艰难地匍匐前行。冰碴割破了他的脸,冰面上留下了一行细细的血痕。终于爬过了湖中央,距离西岸也越来越近,陆平乡站起身,迈开了步子。那份消失了多年的卧底档案终于触手可及。此刻,刀客也向那份档案大步走了过来。在相距十米的地方,两人停下了步子。牛皮纸袋静静地躺在两人中间。

刀客掏出枪。陆平乡注意到枪柄上镌刻着六角星。

"不玩刀了?"陆平乡问。

"我要用米克的方式。"

"复仇,明白。"陆平乡耸耸肩。

两人静默,盘旋的飞鸟又回到了冰面上。

"还有什么话要说吗?"刀客问。

"把我的卧底档案留在这里。"陆平乡说。

刀客点了点头："我答应你。"

陆平乡望着那群在冰面上觅食的鸟儿,呼出一口白气,心中默语:就这样吧。

刀客扣动了扳机,一声枪响,鸟儿再度飞远,陆平乡倒在冰面上。

值班室的电话响了,城东派出所民警告诉值班的龚建:"有一名卧底警察在东湖的冰面上被枪杀。"龚建心中一沉:卧底警察?他忙问卧底的姓名。那个派出所民警说出了陆平乡的名字。龚建放下听筒,怔了会儿,出了值班室,一头撞见走廊里的陆冰心。

龚建又是一愣,然后张开双臂,将陆冰心抱在了怀里。陆冰心起初还有些摸不着头脑,但当龚建说道"一个老卧底离开了这个世界"时,陆冰心的心里便明白发生了什么。

肖扬驾车载着陆冰心直奔城东湖,两人一路无话,但悲恸与疑惑却始终充满了整个车厢。车停下后,陆冰心看到冰面上白色床单覆盖着一具躯壳。他强忍着颤抖,咬着牙问身边的派出所民警:"你说他是卧底?"

这位民警将一个透明物证袋递给陆冰心,说道:"这是在现场发现的死者的卧底档案。"

陆冰心接过物证袋,戴上手套,从里面取出了那份沾有血迹的卧底档案,打开第一页,便看到了父亲年轻时的面孔。陆冰心的一滴眼泪也在此时落在了纸页上。

当晚,一间灵堂在陆冰心和陆平乡曾经共同生活过的小巷支了起来。本以为会冷冷清清,没想到的是,公安局的那些同事,甚至是许多退休民警都来到灵堂祭奠。龚建偷偷告诉陆冰心:"是肖扬把你父亲牺牲的消息发到单位微信群里的。"

龚建那句话中的"牺牲"两个字,让陆冰心的眼眶又开始泛酸了。他望向灵堂外的肖扬。这位年轻的组长正在应付一拨又一拨前来吊唁的同事,一切都在她的打理下井井有条。

夜深了,来奔丧的人慢慢散尽,筋疲力尽的肖扬一屁股坐在陆冰心跪着的软垫上。陆冰心向边上挪了挪。

肖扬说:"腿跪麻木了吧?不行就坐一会儿吧。"

陆冰心摇了摇头,向肖扬建议道:"要不你进屋睡会儿吧?"

"再等会儿吧。晚上巡逻结束的那些家伙还没来呢。"说完,肖扬打了个哈欠。

陆冰心拈起一刀纸,放进火盆。火苗蹿了起来。两人便盯着火苗出神。肖扬又打了个哈欠,眼皮沉重,头一歪,靠在陆冰心的肩膀上打起盹儿来。陆冰心又静静地跪了会儿,直到肖扬鼻腔发出轻轻的鼾声,他的心才慢慢平静下来。

晕乎乎地又忙了一天,挨到出殡的追悼会上,那些同事们又都来了。虽然他们都没有穿警服,但却严守着平日里的纪律,一个个站得笔直。退休多年的老局长为陆平乡作了悼词,回忆了他身为警察时的光辉岁月,以及作为卧底时的巨大付出。老局长希望重案组能够继承陆平乡、郝义军的遗志,继续发扬刑警精神,在打击违法犯罪的道路上勇往直前。

火化炉前,陆冰心低声问肖扬:"老局长没有提到父亲和鬼头、王姐、阿贵等系列意外死亡案件的联系？"

肖扬答道："严格来说，你父亲算是这些案件的嫌疑人，局里面已经向检察院报告了情况，但由于你父亲去世了，鬼头、王姐、阿贵等人的意外死亡案件也就画上了句号。"

陆冰心点点头："所以是退休的老局长来主持的追悼会。"

"在任的局长毕竟要避嫌。"

由于陆平乡不是烈士，大家只得将其葬在了民政部门为烈士特别规划的墓园边上，距离郝义军的墓只有十几米远。大家用三组礼花，代替了为警察烈士鸣发的三次鸣枪。

送葬的人相继离去，只剩下龚建、聂风远和肖扬清理陆平乡墓上的鲜花以及鞭炮炸完后的碎屑。陆冰心站在一边，看着自己的战友一阵忙活。

清理完，龚建建议："咱们再给陆平乡、郝义军敬个礼吧。"聂风远说好。肖扬把陆冰心拉过来，大家站成一排。肖扬清亮的嗓音喊道："敬礼！"每个人都举起右手，给两位英雄敬了个标准的军礼。

三十一、艰难抉择

放下和着衣服,躺在地上睡了一夜。早课时间到来,书院响起钟声,他闭着眼,心中也咚咚咚响了三声,然后接着去睡了。不知过了多久,总之是天大亮了,窗外人影晃动,像是在嗅探书房内发生了什么。放下的心里冒出一句恶毒的诅咒,复又睡了过去。

日头到了中天,又偏向西头,天黑了,放下扯过一床被子,覆在自己身上,等待另一个天明。就这样又囫囵过了一日,有人在门外敲起了门。

放下挣扎起身,摇了摇沉重的脑袋,时空还有些混淆。他扶住门框,打开半扇门,一个小学徒先是一惊,露出怯懦,很快将一封信递给了放下,便飞也似的逃了。信封正面空无一字,放下翻到背面,看到了一只丑陋蝙蝠的图像,往事又一下子涌了过来。放下回到桌前,打开信封,里面只有一张纸,纸上只有一句话:想起来了吗?

放下的心一抽,突然怒不可遏,他将纸张撕碎,再撕碎,任其飘落在地上。望着那一地碎纸,放下的思绪又沉入到那些失而复得的记忆中。

那已经是很远很远的过去了……

彼时,有这么一群少年,都是矿工子弟。他们像一群永远在骚动的蜜蜂,群居在连排的矿上宿舍里,共享着彼此的油烟和争吵。一次井下的瓦斯爆炸,带走了其中几个少年的父亲,随后艰难的生计又让他们的母亲远走他乡,杳无音讯。

这几个没有管束教育的少年因此失去了指引,迷失了方向。他们偷熟了的瓜果,扒运煤的火车,抢古城脚下乞丐盆里的几毛钱,叠罗汉偷窥女职工澡堂……他们游荡在这座古城的每个角落,从一群蜜蜂变成一群马蜂。这群马蜂唯有一个地方从未涉足——那座吞噬了他们父亲的矿井。或是出于悲痛,或是出于恐惧(许多孩子父亲的骨殖还深埋于井下),那座废弃的矿井成了这群少年心灵的禁地。

随着时间推移,这群孩子坏事做得越来越多,胆子越来越大。风传那座废弃的矿井要被彻底填平,上面要盖大楼。流言传来的那天晚上,这群少年刚打完群架,其中有个少年提议:"我们去看一看那个煤窑吧。"没有人响应。少年又说,"那里面还埋着你爸,他爸,还有我爸。"另一个眼角流血的少年说:"去,一起去。"马蜂群便一言不发地向那座废弃的煤窑前行。

到了目的地后,所有少年围在窑口外,像是在默哀。提议的少年和第一个附和的少年迟疑了一下,便带头钻进了煤窑。附和的少年掏出打火机,却被提议的少年打落在地上。附和少年回过神来,想起瓦斯的危险,便默默跟在后面。他们往里走了几十米,踩着碎砾,嗅着咸腥,迎着更深的黑暗,裹着更静的寂静,深入到了世界的另一个层面。

然后便是窸窸窣窣的响动,很远久,却密密匝匝。打头的男孩停下脚步,弯腰,回身。身后的男孩看到他的眼睛眨了一下,一道光如水银泻出。打头男孩重又站起身,张开双臂,将肺里所有的污浊压成一个拳头,然后尽情呐喊。那拳头斜着向下,穿越了残破的巷道,唤醒了所有已死或未死的灵魂,回报以渐起的波浪,斜着向上,排山倒海般撞击过来。

身后的少年已经趴在地上,瑟瑟发抖间望着前方这个瘦削的,却几欲飞翔的背影。持续的蝙蝠尖叫充斥了狭窄的巷道,它们的翅尖掠过巷壁,陈年灰尘扑簌而下。不知为何,后面的少年只能低下脑袋,如父亲去世那天般委屈地哭泣。

一秒若一天,一分若一年,恐惧持续得越久,时间也就越模糊。总之过了许久,那群死亡灵魂终于散尽,趴在地上的少年扶着墙,颤抖着站起身。而前面的少年已经掉转过头,往巷口走去。身后的少年也跟随着他的脚步,重又回到地面。巷口的那些等待者们大概因为害怕,早已作鸟兽散。领头的少年看了看头顶上的一轮满月,摊开掌心,他鲜血淋漓的手心中躺着一只被捏死的蝙蝠。

放下想到:当年那个徒手捏死蝙蝠的少年便是谢天慈,自己则是在他身后瑟瑟发抖的孩子。而自那以后,谢天慈成立了蝙蝠帮,想要入伙的少年都要到蝙蝠栖身的井下徒手抓一只回来,只有这样才能在身上文一个蝙蝠文身。这群人做了许多坏事,而他自己则始终是跟随在谢天慈后面的从犯——直到他们意外害死了那个叫胡广耕的老头,直到谢天慈在那个逃窜的雨夜成为要杀害他的凶手。

放下感到脚心冰凉，他站起身，走来走去，打了一连串的冷战后，才镇静下来。他有种劫后余生的庆幸：他只是那个跟随者，而不是那个首恶之人。放下开始一遍遍自语："我只是那个跟随者，我不是那个带头干坏事的人，我不是那个带头逼死老头的人，我不是那个举起凶器的人……"

就在此时，手机响了，是为龙隐书院提供法律服务的律师事务所打来的。放下接通电话，抢在律师说话前，说道："我正有事要找你，半小时后到事务所。"

肖扬开车到达龙隐书院时，放下正从山门里冲出。她静静看着这个男人，胡子拉碴，丝毫没有往日里的整洁和风度。待放下走远，肖扬下车，进入龙隐书院。

书院里的氛围有些怪异，那些学徒们对肖扬既不问候，也不阻拦，任由她直奔放下的书房。书房的门是开着的，一个年轻的义工正在收拾凌乱的房间。义工认得肖扬，便默默退了出来。

肖扬跨过门槛，一股腐朽的、充满着雄性荷尔蒙的味道扑面而来。肖扬环顾一周，脑补了放下像一头困兽般肆虐的场景。随后，肖扬看到屋子正中的八仙桌上有一个信封和一份拼凑起来的碎字条。肖扬走上前去，看到上面的那一行字：想起来了吗？

肖扬咬着嘴唇，暗想：对方逼得可真够紧的。

肖扬又拿起那个信封打量，她看到了信封背面的那只蝙蝠。肖扬突然想起龚建曾告诉她：与其他地方的小混混在身上文青龙或白虎不同，平远古城的小混混更喜欢在身上文蝙蝠。

肖扬将这只蝙蝠拍了照，发到重案组的微信群中。

龚建很快回复：就是这只蝙蝠，我们在几年前抓了不少身上文这种蝙蝠的人。

聂风远也插话进来：我调阅了那些有蝙蝠文身的人员档案，发现他们犯案时大多未成年，而且单亲家庭居多。这些人自称为蝙蝠帮，跟在一个大头目和一个小头目后面混。但十多年前，这两个头目人间蒸发，蝙蝠帮也就自然解散了。

肖扬问：这个大头目和小头目分别叫什么？

聂风远答道：没有人肯说出那两个人的名字，他们大概害怕会遭到报复。

龚建补充道：但是有一个人曾把那个大头目的头像画了出来。龚建随即将头像画传到群里。

肖扬点看手机上的头像，放大，细细看了十秒钟，然后目光转向墙上挂着的放下院长的照片。

一切都明白了。

进入律师事务所，沿着长长的走道，走过若干隔间，放下推开尽头那扇办公室的玻璃门，面前的是事务所的合伙人，也是全市知名的程律师。程律师并没有起身迎接，他只是伸伸手，态度冷淡地请放下坐下。

程律师清清嗓子，说："经史子集中有许多故事，那些圣人喜欢用讲故事的方式来教化众生。我们律师也喜欢讲故事，因为故事有参考价值，像判例一样，哪些有罪，哪些没罪，哪些罪轻，哪些罪重，对照一下就清楚了。"

放下明白程律师话中有话，他说："那请你说一下你的故事。"

程律师抿一口茶,说道:"有这么一起案件,说有一个程序员,每天辛劳工作,不仅不被老板赏识,还被同事嘲笑,因此心中满是积怨。在一次软件项目开发过程中,他在写代码时,故意留了一个口子,使整个看似完美的系统存在一个致命的风险。系统交付客户后,小伙子继续新的工作,但他依然被忽视、被蔑视。有一天上班期间,他脑子一热,便利用这个预留的口子,对系统发起了攻击,导致系统的崩溃,直接损失至少在几百万元。"

程律师顿了顿,接着说:"客户当然不愿意了,程序员所在的公司赔付了客户损失,前提是客户不会将这次重大事故公之于众,毕竟这家技术公司向来以安全著称。当然,公司也不会报案,如此将同样损害它的商业信誉。公司开始了自查,可查来查去,每一个参与开发的程序员都有嫌疑。公司便一股气把这一拨程序员都解雇了。"

程律师看了一眼放下,说道:"说来说去,都是铺垫。现在进入正题了。那个程序员知道他干了违法犯罪的事情,便找到了我。我查了一下,他犯的是《中华人民共和国刑法》第二百七十六条破坏生产经营罪,情节很严重,应判处三年以上、七年以下有期徒刑。我问他所在的公司有没有报案。他说没有报案。于是,我建议他立刻收拾东西,到国外工作个十年再回来。"

程律师笑着问放下:"知道我为什么要让他出去躲个十年吗?"

放下点点头:"十年是这起案件的追诉时效。"

程律师拍了拍手掌："你果然博学啊。的确,只要公安机关没有立案,案件过了追诉时效,就不需要追究犯罪人的刑事责任。"说着,程律师转身到文件柜,抽出一份档案,放在放下的面前。程律师正色道:"在大部分的刑事案件中,我们律师都是以客户的利益至上,在法律允许的范围内,找出减轻或免于犯罪嫌疑人刑事处罚的依据。"

放下打开这份档案,看到了一份合同,上面有谢天慈的签名。

程律师说:"恰巧,你的朋友谢天慈也成了我的客户。他也向我说了一个故事。"

放下猛地抬头看向程律师,目光如炬,像是要将程律师一口吞下。

程律师一愣,耸耸肩:"整个故事的始末我就不说了,毕竟两位是亲历者,要比我清楚许多。我想说一说当年那起诈骗案的法律结果。虽然你们间接造成被害人猝死,但两者并不构成直接因果关系。另外,那个老人也没有就被诈骗的事情报警,所以这个案件也就同样存在追诉时效的问题。"

"追诉时效。"放下的语气有些怅然若失。

"对,案发距今已经十几年了,早已超过了追诉时效,你和谢天慈不需要再承担任何刑事处罚。"

程律师站起身,走到饮水机前,给放下倒了一杯水:"你还是平静下来,好好消化一下我说的话吧。"

放下已经进入到了一种虚空的情绪中,他喃喃道:"可是,我有罪。"

程律师将手放在放下的肩膀上,质问道:"谁知道?"

"我知道。"放下说。

"只有你、谢天慈和我知道。作为律师,我会保密的。"

放下还沉浸在自己虚空的世界里。

"你总不想让全世界发现,一位德高望重的大师竟然有这么不堪的过去吧?"程律师冷冷地说,"更何况,你形象的崩塌,对龙隐书院的社会信誉也会带来毁灭性的影响。"

放下心中一凛,他想到了"众口铄金"这个词。

程律师打开桌面上的一个文件夹,说:"谢天慈委托我和你签一个协议,如果你同意龙隐书院参与龙隐山旅游开发,他便保守你们当年一同设局诈骗老人的秘密。"

放下低头看着这份协议,一支钢笔静静地躺在纸面上,他的手在颤抖。

程律师说:"谢天慈希望你用一天的时间考虑一下。一天后,他便会将你们的故事讲给媒体听。"

程律师将那份协议塞到放下的布包里,理了理衣服,伸出手,做出了一个送客的姿势。

三十二、傀儡人生

怅然若失的放下徒步回到龙隐书院，在门外，他停下脚步，抬头凝望着这座历经千年的建筑。今日多云，太阳隐在云后，只给乌云镶了金边，点点阳光洒在龙隐书院大殿的琉璃瓦上。

放下已经失去了前进的力气。他在山门外的一个石凳上坐下，布包放在手边。一阵风吹来，露出了协议的一角。放下仅是一瞥，心中便翻涌起了憎恨之情。憎恨他人，憎恨世界，但终归还是憎恨自己。

山门开了，一个小学徒拎着木桶，走下九十九级楼梯，再将桶里的剩饭剩菜倒入一个石钵内。从前，野猪一家每天都会来到石钵前，吃完这些剩下的饭菜。但自从母野猪和小野猪毙命后，石钵里的饭菜再也没有被动过。全书院里人都认为那头公野猪不会再回来了，但有些呆萌的小学徒还是坚持每天将剩饭剩菜倒入石钵。

真是一个固执的小孩！

小学徒提起空木桶，回头看到了放下。小学徒一愣，放下别过脸去,余光之中,学徒欠了欠身,提着木桶回去了。

放下哭了,像一座高耸的大坝突然崩裂,一泻千里,一塌糊涂。直到太阳从乌云中挣脱,阳光洒在脸上,他才终止了自己的狼狈时刻。他擤了鼻涕,将沾着鼻涕的手指在袍子上蹭了蹭,然后从布包里掏出手机,拨通了谢天慈的电话。

等待音响了两下,谢天慈说了声:"喂。"

"我会签署那份协议。"放下开门见山。

对方停了两秒钟,才缓缓地说:"好的。"

"你以为征服了我?"放下质问。

谢天慈发出一声哼笑。

"在这之后,我会辞去书院院长的职务。"

谢天慈说道:"大可不必,你应该习惯回归到你过去的样子。"

"不,我只是屈从,你是在制造罪恶,我们的下场会不同的。"

"哦?我倒想听听。"

"我们都曾迷失方向,命运之船可能驶向任何方向,或拥抱光明,或投身黑暗。那时我们都是孩子啊,没有人替我们做决定,是你带我来到那个埋葬了我们父辈的矿井,下到幽深的地下,挖掘人性最黑暗的部分。"

放下说完后,听筒那边许久没有回话。半晌,谢天慈才问道:"你真这么想?是我带领你下到那个废弃的矿井里面的?"

放下强忍着心中的厌恶,没有再说话。

谢天慈叹口气:"如果你真这么想,我也无所谓,不管怎样,让过去的就过去吧。"

放下却逼问谢天慈："为什么你要做阿信的养父？"

"机缘巧合。"谢天慈说道。

"狗屁。"放下突然骂了一句。

谢天慈一愣，然后大笑出声："我越来越喜欢你现在的样子了。当年，我以为你死了，便回到了平远古城，一边做坏事，一边做生意，两边都风生水起。然后，很偶然地，我发现了阿信，他天天混迹在网吧里。了解后才知道，别的孩子到网吧都是打游戏的，他却在网吧钻研电脑程序。他被网吧撵出来那天，我带他洗了个澡，吃了顿饱饭，然后许诺帮助他进修电脑技术。阿信从来没有承认过我这个养父，他也只接受我对他最低限度的资助。但我内心，却还是把他当作一个养子来看待。"

这下轮到放下发出哼笑了："你真够伪善的。"

"没办法，有些内疚还是需要弥补一下。"

两人沉默了一会儿。

"的确是伪善。"谢天慈叹了一口气，"我会离开去国外，彻底消失，带着我们之间的秘密，还有那些罪恶和悔恨。"

放下没有说话。

"保守秘密，彻底消失。这样，阿信才不会看见那些邪恶和伪善，他才可以开始新的生活。"

电话这端，放下没有说话。

"会有一家很正规的公司对龙隐书院进行保护性开发，给书院留出一片清净。我们都退到台后吧。"谢天慈说。

放下沉了口气，说："明天早上，我会把协议交给律师事务所。"

"很好，那么，再见吧。"谢天慈说完，挂了电话。

放下将手机放回到布包,再抬头看天,镶着金边的云已经不见踪影。天,快要黑了。

就在龚建和聂风远一头扎进档案库,调集当年文了蝙蝠的犯罪前科人员资料及相关案件的同时,陆冰心窝在守林人的小屋中,默默地将父亲陆平乡、组长郝义军、书院院长放下、杀手刀客和枪侠、黑客汤宝和阿信一干人等串联起来。

他明白这些人在整个尚不明晰的犯罪网络中都只是工具性的人物,他们都围绕着一个巨大的利益而相互厮杀,深陷其中。那么这个利益究竟是什么呢?陆冰心静下心来,苦思冥想。他想了很久,却依然找不到其中的关联。

就在此时,手机弹出一条新闻:华亿公司和龙隐书院旅游开发项目签署会将于明日召开。

一瞬间,陆冰心像是打通了全部神经,他意识到这个核心利益,就是一场关于龙隐书院旅游开发的博弈。

电话响了,是肖扬。她在电话里面说:"你不会想到谁来投案了。"

"谁?"陆冰心问道,随即又脱口而出自己的直觉,"顾衍忠?"

"你够聪明的!"

陆冰心挂了电话,反思自己的直觉。的确,随着郝义军、陆平乡、汤宝、刀客等人相继退出这场生死游戏,剩下的秘密也越来越少,那些暗影中的边缘人物便不得不走到舞台中央来。

陆冰心迅速赶回重案组,看到施军正布置手下的特警守卫审讯室内外的安保工作。肖扬将陆冰心拦住,指了指审讯室的门:"来了一个小时了,一句话不说。"

"在纠结吧。"

"是的,肯定是各种恐惧,对法律的,对邪恶的,对自己未来的。"

"时间紧迫,我们就逼他一下吧。"陆冰心建议。

"OK!"肖扬做了个手势。

两人进入审讯室内,看到顾衍忠低着头,阴影笼着他的面孔,不甚分明。

肖扬先开口:"顾总,既然主动来了,就知无不言,言无不尽吧。"

顾衍忠摇了摇头,上牙咬着下嘴唇。

陆冰心走到顾衍忠面前,边将从法医那里获取的死者照片翻给顾衍忠看,边介绍道:"这是你的杀手枪侠,这是你的黑客汤宝,这是我原来的组长郝义军,这是我的父亲陆平乡。"陆冰心顿了一顿,接着说道,"他们都因为你的缘故,而相继死去。"

顾衍忠全身开始发抖,他说道:"不是我!不是我!我只是一个傀儡!"

陆冰心和肖扬面面相觑。肖扬问:"你为什么会来投案?"

"我害怕有一天,我也会像他们那样……"顾衍忠嗫嚅着,话都说不出来。

大家都保持沉默,等待这个男人在恐惧的逼迫中鼓起勇气。

沉默了几秒钟,顾衍忠抬起头,开始了他的讲述:"一切都要从十年前说起。那时华亿公司还只是一家小型的建筑公司，既欠别人的钱，别人也欠我的钱。年关将至，讨债公司逼我还欠材料商的二十万元，我呢，除非我向开发商要回欠我的五十万元，否则我根本还不了材料商的二十万。为了向我逼债，讨债公司对我非法拘禁了好几次。当我觉得实在挺不过去的时候，一个男人就像从天而降般，不仅帮我要回了开发商的五十万元，让我还清了欠债，还帮我拉来了几个大单子。"

顾衍忠停了停，脸色开始发灰，他接着说："渡过这次难关后，我回到公司时，发现公司保安、会计都换了，而那个从天而降的男人却莫名其妙成了我的保镖兼司机。从那以后，他成了华亿公司的实际控制人，公司发展进入了快车道，不到五年就成了全市最大的商业地产公司。"

"他是如何控制公司经营的？"肖扬问。

"公司的日常经营他不过问，只是定期核对账目情况。公司运营如果遇到什么困难，不管是财务上的，还是人脉关系上的，甚至是政策上的，只要告诉他，用不了几天，困难就能化解。此外，还有大笔不明来源的收入，通过编造虚假项目汇入到公司的大账上。"

肖扬问道："你知道这些不明来源收入的性质吗？"

顾衍忠摇摇头："我想应该是违法所得，但我拿不出证据。"

"他是如何攻克那些正常经营搞不定的问题的呢？"陆冰心问。

"金钱加暴力。"顾衍忠的回答言简意赅。

"说说金钱。"陆冰心问。

"当然就是贿赂，这通常由我来执行，每一笔多少钱，又去了哪里，我都记着，我会列一个名单给你们。但来投案前，我大概了解了一下，名单里的那些人死的死，疯的疯，还有许多已经出了国，看来已经被提前风险管控了。"顾衍忠顿一顿，接着说，"就暴力来说，我从来不参与，但我想，一定还有人在替他打打杀杀。"

"也就是说，"陆冰心问，"你和那些杀手，是这个实际控制人的两张皮。"

顾衍忠点点头："可以这么说。"

"说说华亿公司负责的龙隐山和龙隐书院旅游开发项目。"肖扬挑起了另一个话头。

"这不是华亿公司负责的，投资也不是由华亿公司来出，我只是在前台负责谈判和手续工作。现在所有审批工作都做完了，具体设计规划和资金也都到位了，龙隐书院也同意整体并入旅游开发了，明天就举行签字仪式。"

"你说这个项目和华亿公司没有关系？"肖扬问。

"这个项目是幕后老板亲自调度的，但究竟是为谁操作，谁又会最后成为旅游开发的获益方，我一点儿都不知道。或许，"顾衍忠沉一口气，"或许等到项目开工那天，华亿公司就已经失去了存在的价值，而我的生命也将走到尽头。"

"所以，你认为自己即将失去利用价值，才会来主动投案。"陆平乡说道。

顾衍忠点点头。

陆平乡看了看肖扬，最后问道："这个幕后老板，也就是你口中那个从天而降的实际控制人是谁？"

顾衍忠的牙齿打着战，他哆哆嗦嗦地说出了那个名字："谢天慈。"

三十三、逃亡之路

古城墙的箭楼上,刀客已经等候谢天慈多时。又是新的一天,晨阳如血,慢慢爬升,刀客竟然看得入了神。他在心中暗暗感慨:胜利总是要付出代价,甚至是血的代价。他打开双手,掌心虽很粗粝,但却很干净。刀客将手掌捧到眼前,盯着,仿佛一定要从掌纹中看到一些带血的痕迹。而谢天慈却在此刻拍了拍刀客的后背。

刀客转过身,谢天慈将一份文件递给他,说:"放下已经签字同意,龙隐山和龙隐书院的整体开发仪式明天就会举行。"

"顾衍忠到公安机关投案自首了。"刀客说,"需不需要……"

"不用管他了,"谢天慈打断了刀客的话,"他只掌握自己行贿受贿的情况,对于你所做的事情一概不知,留他一条活路吧。毕竟你就要成为企业老板了。"

刀客将文件收进了自己随身带着的公文包里,又举起公文包晃了晃,笑着问:"我看起来像老板吗?"

谢天慈笑了。

"你知道，我可能不想当这个老板。"刀客感慨。

"但你也不能像一个影子一样，永远在水下呼吸。"谢天慈拍了拍刀客的肩膀，"你放心，新的旅游公司将会有履历清白的人来打理，而你和我也该开始新的生活了。"

"什么时候走？"刀客问。

"明天。"

"最后一次见面了？"

谢天慈点点头。

"谢谢你当年收留了我。"刀客伸出了手。

"也谢谢你这么多年为我做出的牺牲。"谢天慈握住了刀客的手。

城墙上，两个人既像密友，也像合作伙伴。随后，便各自走开，从箭楼的两端下去了。

就在谢天慈和刀客做最后告别的同时，另一场告别也在龙隐山里上演。阿信到龙隐书院来找寻放下，小学徒告诉阿信："师父不在书院，他到山里面冥想去了。"

阿信遂到龙隐山中，在一块大石前找到了放下。

放下虽闭着眼，却能觉出有人靠近。他没有睁开眼，事实上，他到山里不是为了冥想，而是想避开龙隐书院的众人，他觉得自己没有脸见他们。

阿信站了会儿，发现放下没有理会他的意思，只得转身离开。走了几步，阿信又停下，轻声说："师父，我要走了，离开祖国，开始新的生活。"

放下猛然睁开眼，凝视着阿信，半晌才说："你要和谁一起走？"

阿信说:"和我的养父谢天慈一起。"

一瞬间,放下意识到谢天慈的深远用意,巨大的苦水突然涌入了喉咙,卡得他说不出话来。

阿信以为放下难过,只得深鞠一躬,道一声"保重",转身下山去了。

阿信走后不久,放下也扶着树干下了山,沿着青石铺的道路向前,身侧是野猪隐约的哭嚎,这声音伴随着他一路。放下或许可以加快步伐,追上阿信,但追上后又要说什么呢?

放下一路跌跌撞撞,来到出山的三岔路口。

究竟该去哪里呢?

放下蹲在路边,委屈的感觉将他淹没。他突然想起小时候,狭窄的楼道里传来那声惊号:瓦斯爆炸了!他那会儿的情绪和今天一样,如此无力。

远远地,尖锐的警笛声随风传来,一辆警车现出它的轮廓,并最终停在了放下身边。车窗摇下,是龚建和聂风远。他们没有说话,但放下知道他们要问什么。放下拉开车门,坐到了警车后座,警车又呼啸着驶回了重案组。

对顾衍忠的审讯已经结束,他对谢天慈的指控全部为口供,没有任何可以证明的书证和物证,因此,警方还不能对谢天慈采取任何强制措施。直到特警队员们将顾衍忠成功护送到看守所关押后,陆冰心和肖扬才松一口气。他们转而对放下进行了询问。

询问没有在审讯室,而是选在了接待室。肖扬和陆冰心进入接待室后,发现放下正靠墙站着。见到两位警官,放下深深地鞠了一躬，说道："我有罪。"

肖扬和陆冰心对视一眼。肖扬平静地说："很高兴，你能正视自己的过去。"

放下摇了摇头："在我得知真相后，我也犹豫过。"

肖扬接着说道："既然你来了，那就请吧。"

放下便从那场害死阿信爷爷胡广耕的骗局说起，先向后说到了他和谢天慈的争吵、逃亡及反目，又说到了他们儿时，在父亲都去世后，相互结伴，带着一群蝙蝠帮的不良少年做出的种种坏事。

放下说说停停，有些事情语焉不详，大概是旁枝末节还没回忆起来。陆冰心只能以时间为轴，将放下和谢天慈两人的过去和现在做大致的梳理。

肖扬在此刻插话进来："我们已经对你所说的蝙蝠帮进行了调查，我们发现，在当时，你和谢天慈是蝙蝠帮的头目。"

"他是蝙蝠帮的头目，我只是他身边的从犯。"放下顿了顿，"诈骗胡广耕的时候，我也是从犯。"

肖扬低头看了看蝙蝠帮曾经的马仔画的那两幅肖像画，又看了看放下，她怀疑放下在这件事情上的记忆有些混乱。

就在此时，陆冰心放下了笔，对肖扬说："我明白阿信为什么要一次次试图闯入公安情报数据库，以及提出要到档案室里查询资料了，他是要查明自己爷爷胡广耕真正的死因。"

肖扬点点头，问放下："那么，阿信知道你和谢天慈当年做过的事情了吗？"

放下痛苦地摇摇头："即便我能面对法律，我也难以面对阿信，是我和谢天慈毁掉了他的童年。"

肖扬叹口气："不知道你是否知道一个法律常识，你和谢天慈当年的所作所为，已经……"

肖扬的话没说完，便被放下抢白了过去："已经过了追诉时效，这个我知道。"

陆冰心接着说："而你想必也和谢天慈达成了某种协议，否则你不会同意对龙隐书院进行旅游开发。"

放下点点头："我是和他有一个协议，我以为这个协议能够将所有的罪恶再次埋葬在深处，不仅对我，对书院，也对阿信有好处。只不过，我没想到，这个协议会将心中更大的魔鬼释放出来。"

"什么样的魔鬼能够让你不惜损毁自己的名誉，而去直面和对抗？"陆冰心问。

放下咬了咬牙，愤恨地说："信仰不是可以讨价还价的，即便是一丁点儿的妥协，都会造成信仰的崩塌。而这种崩塌却来得比我预想的要快许多，因为我刚得知，谢天慈要把阿信带出国永久定居。我不能接受阿信每天和这个杀死他爷爷的仇人生活在一起。"

放下的话音刚落，肖扬和陆冰心就站了起来，他们齐问："谢天慈要出境？"

放下点头："他今天就要和阿信一起离开国内，前往厄瓜多尔。"

肖扬立即起身，拨打指挥中心的电话，请求查询今日出境航班信息。陆冰心招呼龚建和聂风远，要他们一起赶赴机场进行拦截。

看着重案组立刻进入备战状态，放下对着陆冰心高声道：

"我也要和你们一起去机场拦截谢天慈!"

就在重案组审讯放下的同时,谢天慈和阿信将行李放在出租车的后备厢,然后一道坐进后排。车子启动,慢慢汇入古城主干道来来往往的车流中。

在一处红绿灯前,车子停下,谢天慈指着古老的魁星楼对阿信说:"看一看窗外吧,以后这便是故乡了。"

阿信没有说话,只是塞上耳塞,闭上了眼。谢天慈心中略一感伤,车子启动,他也闭上了眼。

疾驰了一个小时,谢天慈和阿信到达机场。临近春节,候机楼旅客熙熙攘攘,工作人员各司其职,一派安详氛围。谢天慈观察了一会儿,确信没有人盯梢,便和阿信一起到了海关边检。工作人员检查过阿信的证件后,盖章通过。谢天慈也将自己的护照交给了海关。

工作人员同样确认无误,举起了章,一名警察却疾步赶来,对工作人员耳语。工作人员点了点头,对谢天慈说:"对不起,你被限制出境。"说着,将身份证和护照递了回来。

谢天慈愣在那里。阿信回头看着养父,也愣在那里。随后,阿信喊了声:"师父,你怎么来了?"谢天慈转身,看到放下站在距离自己十米开外的地方。谢天慈明白发生了什么。他哼笑道:"你又来了。"

阿信也从安检口退了回来,站在谢天慈和放下中间,不知所措。

放下的面色悲哀,却很坚决,谢天慈则一脸彻悟。谢天慈问放下:"反悔了?"

放下点头。

"何必呢？"

"正义和邪恶不能混淆。"

谢天慈又打量了放下几秒钟，确定已无回转余地，便摊开手，转向阿信："还是我来告诉你吧。在我和放下年少轻狂时，我们天天混迹街头，无恶不作，其中就包括骗了你爷爷胡广耕五千元钱，给他气得一命呜呼……"说完这一切，谢天慈深深地吐了口气，又理了理了大衣，看向放下。

阿信的喉咙动了动，他先看看谢天慈，又看看放下，然后用尽力气喊道："不！不！不！不！"一声接一声的尖叫让整个机场瞬时安静下来，所有人都将目光聚焦到这三个人身上。看到正围拢过来的重案组成员的谢天慈突然伸出手，挥了挥，什么地方突然传来尖叫："失火了！失火了！"

正在排队安检的一名旅行团游客的拉杆箱里突然冒出黑烟。旅行团员炸了窝，互相推搡，向外逃出。这一个小团体的慌乱带动了更大范围的慌乱。重案组的队员们挣扎着，向谢天慈的方向靠近。而谢天慈则低下身，从随身包里掏出一件衣服披上，又戴上了一顶旅行团样式的帽子，很快消失在四散的人群中。

三十四、尘埃落定

龙隐山暨龙隐书院旅游开发项目的签字仪式将在上午十点举行,各路嘉宾、各位老板都已到场,现场的一派热闹景象搅乱了书院日常的宁静。

距离仪式还有二十分钟。刀客一个人坐在放下的书房内,面对镜子中的自己,他屏住呼吸,开始从下颚处的皮肤揭开一个小口子,慢慢向上,越撕越大,一寸又一寸间,厚厚的嘴唇变成了薄薄两片,高高的鼻梁变成了胡乱堆砌的土丘,浓密的眉毛也消失不见,留下杂芜的两抹。

终于将这副覆在自己脸上多年的伪装揭去,刀客试着去笑,面部的肌肉却有些发僵。他伸出双手,用掌心温暖双颊,对镜子中这副陌生面孔轻声问候:"你好,汪正义。"

距离仪式还有十分钟时,电话响了,刀客按下接通键:"我是汪正义,你是?"

"我是谢天慈,救我!"

熟悉的声音,刀客心里一沉,目光瞟向刚刚揭下的那副面具,沉一口气,说:"到龙隐山后山等我。"

挂了电话，刀客脱去西装，换上便服，将那把短刀藏在袖内，出了龙隐书院，背对着仪式大典现场疾步走远。

谢天慈从候机厅逃出后，驾驶了一辆早已准备在停车场的轿车向古城方向疾驰。指挥中心随即对轿车行驶轨迹进行跟踪，集中发布到沿路各巡警队、交警队、刑警队和派出所，一张抓捕大网随即布下。

谢天慈若想逃离，就必须借助刀客这个 B 计划。但谢天慈首先要做的，就是到龙隐山和刀客接上头，再由刀客将其护送到边境去。为此，刀客已经详细规划了 B 计划的逃亡路线。

得知真相的阿信，则自顾自地跑出了机场候机厅。他不停歇地跑啊跑，好像奔跑才能让他冷静。一架架飞机从他的头顶掠过，拉高，直入云霄；一辆辆汽车从他的身边掠过，加速，驶上高速。还有那些团聚的、离别的人们，都成了他视野中模糊的一片。阿信终于跑不动了，他跪在地上，大口喘着粗气。一辆出租车停在他身边，司机摇下车窗："去哪儿？赶时间吗？"阿信抬头瞅着司机，缓了口气，说："走，龙隐书院！"

重案组一行四人也在指挥中心的调度下向龙隐山疾驰。他们分成了两拨，肖扬和陆冰心驾驶一辆警车行驶在前方，龚建和聂风远驾驶另一辆警车跟在后面。放下也在第二辆警车上。除了对讲机传出的各种嘈杂声，车里没有人说话，但龚建和聂风远都能感受到放下此刻内心的虚无与落寞。

临近龙隐山时，放下突然说："他没有出现在签字仪式上。"

"谁？"龚建问。

"那个接替华亿公司，来负责书院旅游开发的继任者。"放下将手机递给了龚建，上面是关于签字仪式的现场直播。

聂风远通过对讲机,将这个情况通报给了前车。

"他去保护谢天慈去了。"陆冰心答道,然后握紧方向盘,将油门踩到了底。

刀客潜伏在龙隐山后的林子中,静静地观察下面道路的情况。道路边上,一辆越野车停在那里,车里各种证件、易容道具、食物药品一应俱全。这些都是为谢天慈准备的。

二十分钟后,一辆轿车远远停下,驾驶座上下来一个人。刀客举起望远镜,看到是谢天慈。刀客将视线放远,两辆警车正从山下蜿蜒而上,五分钟即可抵达此处。刀客跃下公路,将越野车钥匙扔给谢天慈。谢天慈接住钥匙,只说了四个字:"谢谢!保重!"说完,便驾驶越野车继续逃离。刀客则坐进谢天慈原本驾驶的轿车,掉转车头,向两辆警车驶来的方向加速冲去。

两辆警车到了山隘时,龚建和聂风远驾驶着车辆向前山驶去,而肖扬和陆冰心驾驶着车辆绕后山而来。他们希望能够将谢天慈前后包抄。但肖扬和陆冰心的车辆刚转过一个弯,就看到谢天慈的那辆轿车掉头迎面冲撞过来。

就在两车即将碰撞的那一瞬间,两位司机都猛打方向,车身都横了过来。肖扬和陆冰心的警车后轮已经腾空。他们刚控制住车子的平衡,便看到一个男人从轿车驾驶座翻滚而下,钻进了路边的密林当中。陆冰心也急忙下车,跟随那个逃窜的背影追了出去。肖扬则紧跟在陆冰心的身后。

山林莽莽,难以前行,但凭着被追击者开出的道路,陆冰心还是能辨认前进的方向的。又追了一阵,陆冰心的耳朵里只有风声，没有了脚步声，身后，肖扬也不见了踪影。陆冰心一瞬间脊背发凉，他知道自己冒进了。他刚端起枪，一个黑影从树上飞下，对方将陆冰心死死地压在身下，熟悉的刀刃又一次顶住了他的喉管。

"是你。"陆冰心说。

"是我。"刀客说，"这次我不会客气了。"

"放下刀！"肖扬举起枪，出现在两人后方。

刀客抬起头，笑了笑说："我的刀比你的枪快。"话音未落，另一把匕首就从左手飞出，刀锋和枪口相撞，手枪被打飞了。肖扬回身去捡枪，而刀客则要趁此机会结束陆冰心的生命。

一声巨吼，刀客出现片刻迟疑。刚一抬头，一头巨型野猪狂奔而下。陆冰心被一阵蛮力卷翻，而身上的刀客则被撞飞很远。

陆冰心撑起身子，看到这头巨大的公野猪瞪着红眼，死死盯着从地上挣扎爬起的刀客。而下一秒钟，野猪和刀客便死缠在了一起。血肉和皮毛纷飞，间或也有带血的刀影。但随着时间流逝，刀客的脸开始变形，肉身也在解体。肖扬转到陆冰心的身边，握住他的手，全身颤抖。

随着喉管被咬断后的嘶嘶声，刀客不再挣扎，他已经变成了一团模糊的血肉。野猪蹒跚着往后退了几步，定住，回头看了眼陆冰心和肖扬，然后沿着山脊，昂首挺胸地离开了。

对讲机响了，是龚建在呼叫："你们怎么样了？"

陆冰心按住通话键，咽了口唾沫，说："杀手已经毙命。"

再回头看肖扬，她还在那里瑟瑟发抖。陆冰心将肖扬拥在怀里，轻声说："结束了，结束了！"

谢天慈开着越野车从后山绕到了前山，一路向下，却在山口停了下来，因为他看见阿信迎面走了过来。

阿信站到越野车前面，两人驻足凝视。龚建和聂风远也在此时呼啸赶到。他们下车，端着枪，对准了车内的谢天慈。谢天慈对阿信吼道："我可以随时开车把你轧死。"

阿信也吼道："来啊，你不是要帮我终结那些不幸吗？那就来轧死我啊！"

谢天慈挂着空挡，将油门踩得轰轰作响。

放下此时也从龚建的车上下来，走到越野车的一侧。他质问谢天慈："为什么把阿信带走？"

谢天慈瞥了一眼阿信，说："不为什么。总有些感情在作祟。"

"我不是一个玩具，被你们玩来玩去！"阿信向两个成年人吼道。

"我会为过去的所作所为付出代价，我和他都会。"放下指着谢天慈说道。

"你以为你是谁？"谢天慈大声嘲笑着放下，"你以为你是误入歧途的那个？你以为你是这全部罪恶的从犯？"谢天慈的目光冷峻，"你不会还以为蝙蝠帮的老大是我吧？"

放下愣在那里，惊愕到无法说话。

谢天慈冷冷地说："是你带着我到阴森的井下去捕捉蝙蝠；是你带领着一群孩子成立了蝙蝠帮；又是你谋划了那场调包骗局，把阿信的爷爷气死；还是你，带着我负罪潜逃，当我提出要投案自首时，你却对我动了杀机，要不是你失了手，我也不会将你打晕，然后逃回平远古城。"

"你说的不是真的。"放下只感到双腿发软,"你没有证据!"

谢天慈哼笑道:"难道你有证据来反驳我所说的一切吗?"

放下哽在那儿,不能说话。

一种悲哀的神色掠过谢天慈的面庞:"你只是想当然地认为你自己是从犯,因此才会为自己找那些理由,包括把那些记忆中模糊的部分修剪成你希望的样子……"

山风伴着警笛的呼啸声刮来,肖扬和陆冰心驾车赶了过来。只看一眼这两名刑警,谢天慈便猜测到了刀客的命运。谢天慈还未感慨,放下就大声质问肖扬:"你们对蝙蝠帮做过调查,你告诉我,到底谁才是头目?而谁又是从犯?"

肖扬愣了一下,指着谢天慈,说:"他是从犯。"肖扬又指了指放下说:"你才是主犯。"

放下还是拼命摇头,表示不相信。

肖扬说:"已经有曾经蝙蝠帮的手下做过辨认了,你的确是他们的头目。"

放下靠在崖壁上,手里拽着一截暴露在外的树根,不住地摇头,嘴里念叨着:"不!不!"没有人能体会到他心中正经历着怎样的幻灭。随着他悲号一声,那截树根掀起了泥土和碎石,扑簌落下。在众人的惊呼中,一块巨石从山上滚落,劈头砸下,放下就这样结束了自己的生命……

谢天慈被带回到重案组,他以为警方没有足够的证据指认他。没想到阿信却将汤宝在暗网上保存的华亿公司涉嫌谋杀、洗钱、非法经营等一系列犯罪证据交给了陆冰心。再加上已经及随后落网的顾衍忠、川七等人的证人证言,谢天慈很快被检察院公诉到了法院,检察官给出的量刑建议是死刑。

在看守所关押期间,阿信给谢天慈寄过一些衣物,却没留下只言片语。之后,阿信便北上,应聘了一家科技公司,当了一名普通的程序员,在一个陌生的城市开始一段新的生活。

由于龙隐山旅游开发项目中的暗箱操作被媒体曝光,这个项目宣告终止。一位新院长接替了放下空出的位置。据小学徒说,新院长很喜欢山里的各种动物。那头野猪也重新出现在书院庙外,吃倒在石钵里的剩菜剩饭。

首犯抓获后,重案组将涉案贪官的线索上报给监察部门,将他们列为海外追逃的对象。完成这一切后,肖扬在重案组挂职的日子也即将结束。

临走前一天,她约陆冰心一同攀上古城,沐浴着朝阳,绕着城墙又跑了一圈。两人在正门楼上方停下,肖扬远眺龙隐山,说:"我真有点儿喜欢上这座古城了。"

陆冰心笑着说:"有没有想过留下?"

肖扬却说:"有没有想过去北京工作?"

两人都笑了。

陆冰心说:"这是我的故乡。"

"我也想念我的故乡了,想念那西北广袤的大草原了。"肖扬问陆冰心,"六月份,我们一起请个公休,我带你到家乡去看漫山遍野的薰衣草,怎么样?"

"好啊!"陆冰心不假思索地答道。

太阳越过了城楼上方,琉璃瓦泛起了金光,折射到肖扬和陆冰心的脸上。两人微笑着,一同眺望远方。阳光普照着大地,如此温暖,如此灿烂。

ⓒ 米可 2022

图书在版编目（CIP）数据

如果记忆会说谎 / 米可著. —— 沈阳：万卷出版公司，2022.1
ISBN 978-7-5470-5616-5

Ⅰ.①如… Ⅱ.①米… Ⅲ.①长篇小说—中国—当代 Ⅳ.①I247.5

中国版本图书馆CIP数据核字（2021）第012981号

出 品 人：王维良
出版发行：北方联合出版传媒（集团）股份有限公司
　　　　　万卷出版公司
　　　　　（地址：沈阳市和平区十一纬路25号　邮编：110003）
印 刷 者：辽宁新华印务有限公司
经 销 者：全国新华书店
幅面尺寸：145mm×210mm
字　　数：230千字
印　　张：9
出版时间：2022年1月第1版
印刷时间：2022年1月第1次印刷
责任编辑：张鸿艳
责任校对：高　辉
封面设计：仙　境
版式设计：万晓春
ISBN 978-7-5470-5616-5
定　　价：39.80元
联系电话：024-23284090
传　　真：024-23284448

常年法律顾问：王　伟　版权所有　侵权必究　举报电话：024-23284090
如有印装质量问题，请与印刷厂联系。　　　　　联系电话：024-31255233